종을 훔치다

종을 훔치다

2010년 3월 29일 처음 펴냄
2012년 9월 18일 3쇄 찍음

지은이 이시백
펴낸이 신명철 편집장 장미희 편집 장원 디자인 최희윤
펴낸곳 (주)우리교육 검둥소 등록 제 313-2001-52호
주소 (121-841) 서울특별시 마포구 서교동 449-6
전화 02-3142-6770 팩스 02-3142-6772
홈페이지 www.uriedu.co.kr 검둥소 블로그 blog.naver.com/geomdungso
전자우편 geomdungso@uriedu.co.kr
출력 한국커뮤니케이션 인쇄·제본 미르인쇄

ⓒ 이시백, 2010
ISBN 978-89-8040-347-9 03810

이 책의 내용을 쓰고자 할 때는, 반드시 저작권자와 출판사 양측의 허락을 받아야 합니다.
잘못된 책은 바꾸어 드립니다. 책값은 뒤표지에 있습니다.

이 도서의 국립중앙도서관 출판시도서목록(CIP)은 e-CIP 홈페이지(http://www.nl.go.kr/cip.php)에서
이용하실 수 있습니다.(CIP 제어번호:CIP2010001068)

종을 훔치다

이시백 지음

차례

작가의 말 — 누가 학교 종을 훔쳤는가   7

교장이 수업하던 날   11
대마초를 피우지 않는다   26
간첩을 찾아라   44
부대찌개 연극부   55
왕자의 난   98
흑인이면 어때서?   142
학교도 기업이다   149
주는 돈을 왜 반납해   190
일제고사가 돌아왔다   200
부대찌개 뜨다   216
서랍 뜯는 선생들   236
아이가 없어졌다   252
진리가 너희를 자유케 하리니   268

작품 해설 — 열린 교육과 그 적들   277

작가의 말
누가 학교 종을 훔쳤는가

학교에는 으레 종이 매달려 있었다. 시계가 귀하던 시절에 아이들을 불러 모으는 데 쓰였겠지만, 학교 종이라면 무언가 가르치고 깨우치는 소리로 받아들여졌다.

그렇게 보자면, 우리네 학교에는 참 별스러운 종들이 많았다. 무엇인지는 모르겠지만 전인적 인간을 기르겠다는 종도 있었고, 입시 학원을 본받으라고 윽박지르는 종을 비롯하여 한때는 반공을, 한때는 새마을을 내세워 군대식 종을 지겹도록 쳐 대더니, 요즘 들어서는 모든 걸 돈으로 따지려는 장사꾼 종이 요란하다. 하나같이 아이들을 위한다고 울어 대지만 막상 아이들은 그 종을 별반 미더워하지 않는 눈치다. 믿는 건 고사하고 종을 훔쳐다가 어딘가에 패대기를 쳐 버리는 아이도 있다. 내게는 그런 아이들이 '누가 교육을 훔쳐 갔느냐'고 정색을 하며 따지는 듯하다.

　요즘 무슨 꿍꿍이 속인지는 몰라도 홍역 걸린 아이 솜이불 싸매듯, 가리고 덮기 급급하던 교육계의 비리들을 들춰내고 있다. 스스로의 종아리에 회초리를 치고 싶다고 한다. 가슴이 뻐근해질 정도로 감동적인 말이다. 낭창거리는 회초리로 정신이 날지 의문스럽다. 야자 빼먹고 달아나는 애들 잡던 박달나무 몽둥이라도 빌려 주고 싶다. 두엄 내 낭자한 사립학교를 신줏단지 모시듯 하던 이들이 또 다른 종을 울리고 나섰다. 요란히 종 치지 말고, 자신의 가슴부터 치기를 권한다.

　이 책에는 비교적 건실하다는 소리를 듣는 서너 사립학교에서 있었던 이야기가 엮여 있다. 혹 호기심 많은 독자께서 이 책에 나오는 이야기들이 사실이냐고 묻는다면 아니라고 답하겠다. 사실은 이보다 더욱 참담하고, 차마 글로 옮기기 부끄러워 누구처럼 좀 마사지를 했다.

　사립학교법 고치기가 국가보안법 고치기보다 더 힘들다고 한다. 둘 사이에 뭔가 수상쩍은 고리가 있다는 느낌을 덜어 낼 수 없다. 여러 장점에도 불구하고, 사립학교의 담은 좀 더 낮추고 열어 둘 필요가 있다. 그 안에서 다정하게 한솥밥을 먹는 즐거움도 크겠지만 학교는 가족끼리 옹기종기 닭이나 기르면서 배를 불리는 곳이 아니라, 남의 귀한 자식들을 기르는 곳이라는 말을 해 주고 싶다.

학교는 작은 사회라고 한다. 학교가 아이들을 어떻게 줄 세우는가를 보면 바로 우리 사회의 눈길을 알 수 있다. 경쟁이라는 말을 내세워 앞선 아이들만 챙기는 학교와 저 뒤편에 처진 아이들은 어떻게 될 것인지 고민하지 않는 우리 사회의 비정함에 놀라야 한다. 그런 점에서 아이들을 어떻게 바라보느냐는 사실은 학교를 넘어 우리 사회의 중요한 관심사가 아닐 수 없다.

책이 나오도록 정성을 다해 도와준 우리교육 검둥소 신명철 님과 장미희 님, 그리고 바쁜 중에도 해설을 맡아 주신 홍기돈 평론가, 귀한 글로 북돋워 주신 한홍구 님, 박노자 님, 좋은 그림을 주신 최규석 님께 열렬한 애독자로서 또한 감사를 드린다.

한때 교사로 있었던 기억들을 정리하면서 끝내 자리를 지키지 못한 부끄러움을 여실히 느끼며, 오늘도 아이들 곁을 지키고 있는 선생님들께 깊은 경의의 마음으로 이 책을 드린다.

교장이 수업하던 날

그려, 완전히 종 치고 만 거여.
그랬다. 오늘도 누구를 위하여 우는 것인지 모르는 종은 때가 되니 조금의 사정도 보아줌 없이 절겅거리며 울리고 말았다. 교무실에 앉아 있던 선생들이 종소리에 이끌려 삐걱거리는 몸을 일으켜 세우는 걸 바라보며 변주영 선생은 몇 마디 이죽거리는 걸 잊지 않았다. 예정보다 일 분쯤 늦은 종이었지만 교실로 들어가는 선생들의 얼굴에는 아쉬움이 덕지덕지 들러붙어 있었다. 그 가운데에는 최 교장도 끼어 있었다. 교사가 일 분 늦게 들어가면 한 반 아이들 오십 명의 귀한 시간 오십 분을 날리는 것이라며 잔소리를 입에 달고 지내던 최 교장이었다.
지금 그는 몸에 맞지도 않는 체육복을 주섬주섬 챙겨 입고 흰머리 몇 올이 간신히 달라붙은 대머리에 운동모를 비스듬히 얹고 운동장으로 비척비척 걸어 나가고 있었다. 교무실 창가에 달라붙어 내다보던 여선생들은 어머, 어머 소리를 내며 분필 묻은 손으로 입을 가렸다.

"썩어도 준치라카는데……."

그래도 술잔깨나 마주 부딪쳤다고 주병선 선생이 역성을 들고 나섰다.

"이 대목에서 뭐라 한마디 해야 않겠나?"

"뭘요?"

"저, 머리 허연 거 안 보이나?"

"안 보이는데요."

"기리 노니까네 기런 소리 듣는 기다."

팔짱을 끼고 야구 구경하듯 밖을 내다보고 있는 백경훈 선생과 울근불근 대거리를 하고 난 주 선생은 유난히 붉은 혀를 내밀어 손가락으로 가리켰다. 빨갱이라는 뜻이리라. 백 선생은 전교조 분회장을 맡고 있었다.

"워째 싸울 일 가지구 말루만 헌대?"

한바탕 들러붙어 언쟁을 벌일 눈치에 변 선생이 슬며시 끼어들어 누구 하나 귀담아 들을 리 없는 턱없는 농을 늘어놓았다. 변이 그렇게 남의 걱정까지 해 가며 챙기고 나선 데에는 앞자리에 앉은 박선호 선생 때문이었다. 새된 소리로 앞에 나서는 백 선생은 안중에도 없었다. 행여 최 교장 일로 심기가 편치 않은 판에 박 선생이 물려 들어가 험한 꼴이나 당하지 않을까 저어되어 몇 마디 눙치고 나선 것이었다.
 다행히 박 선생은 창밖만 무심히 내다보고 있었다. 이따금 쿨룩거리는 기침 소리를 듣자니 고질인 편도선이 부은 모양이었다. 옆 반에서 수업을 하다 보면 쇳조각을 비비는 듯한 그의 목소리가 교실 칸을 넘어 고스란히 전해 왔다. 그럴 때마다 변은 박 선생이 미련스럽기도 하고, 안타깝기도 하였다. 분필 가루를 몇 되쯤 먹었으면 요령도 생겨야 하는 게 아닌가. 수업이 좀 많다 싶은 날이면 아침부터 목소리를 낮추고 책을 읽히거나 자습도 시켜 가며 목을 돌봐야 하는 게 아닌가. 언제까지 청춘이라고 목에 퍼렇게 핏대를 올리며 수업을 하겠다는 것인지 안쓰러웠다. 궁상스럽기 짝이 없는 박 선생의 뒷모습을 물끄러미 바라보며 변은 소리 내어 혀를 찼다.
 궁상스럽기로는 창밖의 인간도 그에 못지않았다. 사열대 밑에 내려선 최 교장은 모래바람을 피해 형편없이 몸을 옹송그리고 있었다.
 최충운 교장이 평교사로 내려온다는 말을 처음 들었을 때만 해도 연말마다 떠다니는 민간 발령쯤으로 여겼다. 아무리 명절날 모이는 이사장네 가족들끼리 다 해 먹는 게 사립학교 인사라지만 교장 자리를 한칼에 내려치기야 하겠느냐고 생각했던 게 순진한 일이었다. 만에 하나 그런 돼먹지 못한 일이 있다 해도 사표 던지고 나가겠지 여긴 것은 더 순진한 일이 되고 말았다. 교장 자리는 대충 빌어먹기 맞춤인 늙다리 평교사로 내려앉고,

그 허망한 인생은 교무실 구석탱이 자리를 꾸역꾸역 꿰차고 앉게 된 것이었다.

이름뿐인 봄방학이 거의 끝나 갈 무렵, 시간표를 짜던 수업계 쪽에서 스멀스멀 별스러운 이야기가 새어 나왔다. 최 교장이 체육과로 내려와 열여덟 시간 수업을 하게 된다고 체육 부장이 구시렁거리며 입을 내밀고 돌아다닌 것이다.

"체육과 의리두 옛말여. 뻑하면 즐기던 합반 수업은 워디루 다 가출헌 겨?"

"어머, 어머. 저 흙먼지 좀 봐."

머리에 한 켜 얹힌 흙먼지를 모자로 탈탈 털며 들어서는 최 교장을 바라보며 여선생들이 울상을 지었다. 과학 부장 김금순 선생이 벌게진 눈으로 재빨리 수건을 찾아 들고 쫓아 나갔다.

"넌 오늘 뒤질 줄 알어."

매번 이런 결정적인 순간을 놓치지 않고 등장하는 이 포졸이 복날 끌려가는 개처럼 버둥거리는 아이의 귀를 잡아끌고 들어섰다. 장미집 아들 재석이었다.

"아야야! 증말 난 아닌데요."

"일단 이십 대 두들기구 대화를 나눠 보자구."

이 포졸은 제 책상 밑에서 마대 자루를 꺼내 들었다.

"진짜 이번엔 아녜요."

"깔어, 새꺄."

모두 못마땅한 눈으로 쏘아보는데도 저 혼자 마땅한 기색으로 물색없이 마대 자루를 치켜 올리는 이 포졸을 그래도 직속상관 격인 변이 못 본 척하고만 있을 수는 없는 일이었다.
"시방 초상집에 개 잡는 겨?"
믿었던 제 부장이 퉁겨 대는 소리가 야속한지 이 포졸은 억울하다는 듯 더욱 목소리를 높였다.
"이게 종탑에서 담배 빤 걸로도 모자라 오줌까지 깔겼대니깐요."
"오줌은 아닌데요."
교무실 바닥에 엎드렸다가 슬며시 몸을 일으키려는 재석을 이 포졸이 걷어찼다. 대번에 발에 걷어차인 개구리처럼 허리를 꺾고 바닥을 구르는 재석을 향해 발뒤꿈치를 치켜 올리는 이 포졸을 박 선생이 붙들었다.
"이 선생, 그만해."
움찔하고 뒤를 돌아다보던 이 포졸은 박 선생과 눈이 마주치자 거칠게 팔을 잡아 뺐다.
"왜 또 고발하려구요?"
그 말에 변은 이치성 선생의 옆구리를 손가락으로 쿡 찔렀다.
이태 전 일이었다. 창고에서 김택근이라는 남학생이 담배를 피우다 걸렸다. 흡연으로 벌써 네 번째나 걸린 것이었다. 규정으로 따지자면 첫 번째는 화장실 청소, 두 번째는 양로원 봉사 활동, 세 번째는 금연 교육 이수로 되어 있고, 네 번째부터는 전학이나 퇴학이었다.

그렇게 엄중한 규정에도 불구하고 아이들은 쉽게 흡연의 유혹에서 벗어나질 못했다. 쉬는 시간이면 화장실에서 새어 나오는 담배 연기로 복도가 자욱했다. 담배를 문 아이들과 마주치기를 꺼려 선생들은 아예 그 근처를 피해 다녔다.

앞서 학생 부장을 맡았던 한영무 선생은 독특한 흡연 지도로 유명했다. 담배 피다 걸린 아이들에게 담배 한 보루를 사 오게 한 뒤, 그걸 눈앞에서 다 피우게 했다. 담배 스무 개비를 볼이 미어지게 입에 물리고 한꺼번에 불을 붙인 적도 있었다. 택근이도 이미 그런 벌을 거쳤지만 여전히 담배를 끊지 못했다. 제 딴에는 머리를 쓴다고 후미진 창고에 숨어서 담배를 피우다가 한 선생의 눈에 띈 것이다. 한 선생은 전학을 가겠는지, 아니면 매를 맞을 것인지 아이에게 선택하게 했다. 아이는 몸으로 때우기로 했다. 한 선생은 아이의 몸에 고무호스를 칭칭 동여맸다. 그리고 알루미늄 야구방망이를 꺼내 아이의 몸에 휘둘렀다. 한 선생은 야구 선수 출신 체육 교사였다. 스윙 연습을 하듯 휘두른 야구방망이를 수십 대 맞고 아이는 정신을 잃었다.

아스피린을 얻으러 양호실에 들렀던 박 선생은 누워서 신음하던 택근을 보았다. 외견상 큰 상처는 없었지만 아이는 제 몸에 손가락도 못 대게 했다. 며칠 동안 학교도 나오지 못한 택근은 온몸에 역청을 칠해 놓은 것처럼 시커멓게 멍이 들었다. 그걸 본 택근의 어머니는 까무러치고, 논에서 모를 심던 아버지가 흙투성이 장화를 신은 채 학교로 달려왔다. 한 선생은 한 번만 더 담배를 피우면 어떤 벌이라도 달게 받겠다는 아이와 어머니의 서명이 든 각서를 내밀며 오히려 큰소리를 쳤다.
"때려 죽여서라도 버릇을 고쳐 달라매요?"
한 선생의 말에 아버지는 입만 크게 벌린 채 부들부들 떨었다. 무어라 한마디 따지려던 그는 한꺼번에 달려들어 비난하는 선생들의 목소리에 눌려 제대로 대거리도 하지 못했다. 결국 교감이 점잖게 아버지를 타일렀다.
"애들 생활지도는 가정에서 책임져야 해요. 나라에 법이 있듯이, 학교에도 규정이란 것이 있는데 상습적으로 이걸 어기면 벌을 받아야 하는 거 아니겠어요?"
규정대로 하자면 퇴학이나 전학이라는 말에 택근의 아버지는 고개를 숙이고 사죄했다. 자식 잘못 가르친 아비의 잘못이니 너그럽게 용서해 달라는 말을 남기고 돌아갔다. 이곳을 떠나 살아 본 적이 없던 그들로서는, 자식을 데리고 딴 데로 나가 산다는 것은 상상도 못 하는 일이었다. 어깨를 축 늘어뜨리고 돌아가는 택근의 아버지를 박 선생이 따라 나가 붙잡았다.
"아버님 잘못이 아닙니다. 아무리 아이가 잘못을 해도 매질하라는 법은 없습니다."
그 말에 용기를 얻은 아버지는 택근을 병원에 입원시키고, 오 주 진단서를 떼었다. 결국 한 선생은 택근의 치료비를 물어 주고, 그 부모에게 고개를 숙여 사과를 해야 했다. 택근이는 훌쭉해진 얼굴로 한 달이 넘어서야 학교로 돌아왔다.

그 일이 있은 후로 박 선생은 배신자 소리를 들어야 했다. 선생들은 복도에서 마주쳐도 외면을 했고, 회식 자리에서 술에 취한 한 선생에게 멱살을 잡히기도 했다.
"재석아, 솔직히 말씀드려라."
"증말 아닌데요."
"담배는?"
"폈어요."
재석을 의자에 앉히고 이야기를 주고받는 박 선생 등 뒤에다 마대 자루를 동댕이치며 이 포졸이 밖으로 나갔다.
"선생 노릇, 혼자서 다 하슈."
박 선생은 작년에 재석의 담임을 맡았다. 재석이네는 미군 부대 앞에서 '장미집'이라는 술집을 했다. 한때는 '로즈가든'이라는 미군 상대 주점을 했지만 미군들이 빠져나간 지금은 가뭄에 콩 나듯이 찾아오는 한국인들을 상대로 색싯집을 하며 겨우 생활을 꾸려 나가는 형편이었다. 순진한 구석도 없지 않아 있긴 했지만 워낙 어려서부터 고만고만한 또래들과 어울려 하루가 멀다 하고 크고 작은 말썽을 일으켜 왔다. 재석이는 그런 아이들과 어울려 하급생들 돈도 빼앗고, 다른 학교 애들과 패쌈도 벌여 수시로 학생과에 불려 왔다.
"재석아, 너 꿈이 뭐랬지?"
"…… 비보이여."
재석은 기어드는 목소리로 중얼거렸다. 곁에서 지켜보던 변 선생이 재석의 머리를 가볍게 쥐어박으며 한마디 했다.
"니가 비보이면 나는 서태지여."
그 말에 재석은 직각으로 고개를 꺾었다.
"재슥아, 담배 피다 걸리믄 워찌 되는 중은 알구 있겠지?"
"예."
"그려, 일루 와."
변은 어깨를 축 늘어뜨린 재석을 제 앞으로 불러 세웠다.
수업을 마친 박 선생이 삼 층에 올라왔을 때 변은 재석이를 혼내고 있었다. '무엇을 도와 드릴까요' 라는 문구가 적힌 상담실 문이 열리며 박 선생이 들어서자, 신문을 뒤적거리고 있던 상담 선생이 변에게 헛기침을 했다.
"쟤 엄살은 알아줘야 한다니까……."
귀밑머리가 허옇게 센 상담 선생은 이내 보던 신문에 눈을 돌렸다. 양말 한쪽을 벗은 채 매로 발바닥을 맞고 있던 재석이 박 선생을 보고는 풀썩 고개를 떨어뜨렸다. 변은 버둥거리는 아이의 맨발을 두 다리 사이에 끼워 넣고는 차분히 매질을 이어 나갔다.
"또 필 껴?"
"절대 안 피겠습니다."
"그려야지. 열너이 대 남았든가?"
"한 번만 봐주세요."
"내가 교통순경이여? 봐주게?"

아이가 열네 대를 다 맞을 때까지 박 선생은 그 곁에 서서 기다려야 했다. 재석은 땅바닥을 딛지 못해 까치발로 변 선생 앞에 섰다.

"늴까정 어무이 꼭 모시구 와야 혀. 안 그러믄 알지? 몇 대?"

"…… 팔십 대여."

마지못해 대답한 재석은 절름거리며 복도로 쫓겨 나갔다.

"어쩐 일이셔?"

"재석이는 어찌 되나?"

"규정대루지, 뭐. 네 번째니께 전학 가야겄지?"

"가게도 있는데 전학을 가겠어?"

"안 그러믄 퇴학이지, 뭐. 집에서 데리구 가르쳐 봐야 혀."

"얌전히 집에 있겠어?"

"안 있으믄? 속을 썩어 봐야 선생덜 고생허는 걸 안대니께."

발바닥 때리던 몽둥이로 지휘하는 시늉을 하던 변은 박 선생을 물끄러미 바라보았다.

"한 번 더 기회를 주면 안 될까?"

"발써 세 번이나 준 게 기회여."

"그렇긴 하지만……."

"그려구 쟈는 다른 껀두 있어. 애새끼덜 모아 갖구 부대찌개 파라는 걸 맨들었잖여?"

"해체시켰잖아?"

"해체는 폐차장에서 쓰는 말이구. 학교만 파하믄 간첩 접선

허드키 끼리끼리 몰려댄닌다는 첩보가 빗발쳐."

변의 말에 박 선생은 더 대꾸를 하지 못했다.

작년에 재석이 함께 어울리는 애들과 부대찌개파라는 불량 서클을 만든 일로 한바탕 시끄러웠었다. 고등학교에 올라와 출신 중학교별로 주먹질을 하던 말썽꾸러기들이 제 나름대로 화해를 한다고 벚꽃 피는 봄날, 뉘 집 무덤가에 쭈욱 둘러앉아 술판을 벌인 것이다. 새우깡에 소주를 돌아가며 마시고 부대찌개처럼 한데 어울려 멋지게 살아 보자고 결의를 했단다. 팔뚝지에 담뱃불까지 지져 가며 죽어도 변치 않을 의리를 다짐한 부대찌개파들은 기념으로 인근 중학교를 찾아가 쓸데없이 많은 돈을 지니고 다니는 아이들 주머니를 뒤진 것이다. 돈을 뺏긴 애들이 제 부모에게 일러 경관을 앞세워 학교로 들이닥친 뒤, 재석이를 필두로 부대찌개파 열한 명이 줄줄이 불려 왔다. 범죄 조직 구성에 관한 법률 어쩌고 하는 경관을 행정 실장이 구석진 데로 데려가, 격무에 바쁜 가운데 이런 사소한 일로 번다히 만든 점을 사과하는 마음의 표현을 주머니에 찔러 넣어 주고서야 겨우 수습이 되었다.

열한 명의 아이들은 상담실에 끌려가 부대찌개가 되도록 매를 맞았다. 죽어도 변치 않겠다던 의리는 서로의 뺨을 때리는 벌을 받으며 물거품처럼 사라지고 선생들이 달려들어 뜯어말릴 지경의 싸움으로 끝났다.

그런 아이들이 다시 몰려다닌다니.

"내가 좀 얘기를 해 보면 안 될까?"

"말이야 못 헐 게 뭐 있었어? 들어 먹어야 말이지."

일거리 하나를 덜어 낸다 싶어 변은 선뜻 재석이를 넘겨주었다.

"낼여. 하루에 사십 대씩 느니께 알아서 혀."

다리를 절름거리면서도 재석은 당장 놓여난 것에 안도의 숨을 내쉬었다.

"이제 어떡할 거니?"

내일 어머니를 모시고 올 생각에 재석은 이내 시무룩해졌다. 전학 아니면 퇴학이라는 말을 들으면 재석의 어머니는 지난번처럼 또 까무러칠 것이다. 우선 벗어 놓은 양말부터 신으라는 말에 재석은 금세 닭똥 같은 눈물을 뚝뚝 흘린다. 박 선생의 표정도 침울하긴 마찬가지였다. 변이 뒤에서 보자니 흡사 집 나갔다가 돌아온 자식을 끌어안는 늙은 아비의 모습이 따로 없었다. 눈물 흘리는 재석의 등을 다독이는 박 선생의 손길은 그 아비의 심경에 모자람이 없어 보였다.

변도 그렇게 눈물 흘리는 아이의 등을 다독인 적이 없지 않았다. 되돌아보고 싶지 않은 기억이었다. 집 나가서 몸을 팔다 돌아온 여학생이었다. 비 맞은 새처럼 바들거리며 선생 앞에서 떠는 모습이 안쓰러워 목소리를 한껏 누그러뜨리고 받자를 해 주니 아이는 어깨를 들썩이며 눈물을 흘렸다. 제가 겪은 험한 일들을 눈물에 콧물 섞어 가며 더듬거리던 아이의 등을 다독이며 변은 제가 할 수 있는 최선의 인자함으로 달래 주었다. 다시는 나쁜 짓 안 하고 착하게 살 거예요. 아이의 말에 변은 자못 감격까지 했었다. 그리고 밖으로 풀려난 아이가 복도에서 기다리던 제 친구들과 하던 말을 듣지 말았어야 했다. 손수건을 떨구고 가서 가져다주려고 뒤미처 따라 나갔더니 조금 전까지 어깨를 들썩이며 눈물을 흘리던 아이가 요사스럽게 깔깔대며 제 친구들에게 호기롭게 지껄여 댔다. 좆나 재수 없어, 쌩까기도 힘드네.

그 뒤로 변은 아이들 눈물을 믿지 않았다. 아니, 눈물 아니라 웃음이건 뭐건 믿을 수가 없었다. 요즘 애들은 선생들 머리 위에서 놀았다. 어떤 말을 해야 선생들이 감격하는지도 알고 있는 아이들은 선생들을 손바닥 위에 올려놓고 울리고, 웃겼다. 숙맥 같은 박 선생도 결국 아이들 손에 놀아나고 있는 셈이었다. 박 선생 같은 이들이 애들 버릇 망쳐 놓는다는 푸념도 있었지만 박 선생은 그런 사실마저 알지 못하고 있었다. 그렇게 모르는 편이 어찌 보면 다행인지도 몰랐다.

"한 번 더 기회를 주면 내 말대로 하겠니?"

"예."

재석은 무슨 조건인지도 모르면서 덥석 대답부터 내놓았다. 박 선생은 재석이 겁을 집어먹고 멀리 달아나지 않도록 타일러 보내는 것을 잊지 않았다.

"거의 돌아온 탕자를 보는 기분여."

변의 말에 박 선생은 겸연쩍어하며 고개를 돌렸다. 변도 아이들이 그리 모질지 못하다는 건 알고 있었다. 모질지 못하니까 못된 짓들도 쉽게 고치지 못하는 것이리라. 아이들은 허전한 마음을 못된 버릇들로 채워 나갔다. 담배 피우다 혼나고, 혼나고 나면 이내 화장실로 달려가 담배를 피우는 아이들이었다. 술도 마찬가지였다. 아이들은 어른도 버거운 소주 예닐곱 병을 빈속에 들이켜고, 밤새도록 방죽이나 으슥한 무덤가에서 토하고 괴로워했다.

"인생은 다 갈 길이 따로 있는 뱁여."

점잖게 이렇게 마무리를 하고서 더 말은 않았지만 변은 멀어지는 재석의 뒷모습을 바라보는 박 선생의 눈길이 어찌 그리 애틋한지 기가 막혀 더 말을 잇지 못할 지경이었다.

점심이나 먹자고 풀이 죽은 박 선생을 끌고 식당으로 향하는데, 복도에서 백경훈 선생이 앞을 가로막았다.

"대리 수업을 하겠대요."

기가 막혀 죽겠다는 표정으로 박 선생을 과학실로 데려갔다. 아직 물이 빠지지 않은 그의 흰 실험복에서는 화학 약품 냄새가 진하게 풍겼다.

"실험했나 봐."

"벌써 합반 수업한다는 말이 나돌아요."

종이컵에 따라 준 녹차를 후후 불며 마시던 박 선생은 고개를 끄덕였다.

"화랑 관창 시절에 수업허던 이여."

곁에서 듣고 있던 변이 한마디 끼어들었다.

"애들은 어떻게 하고요? 한 반만 풀어 놔도 시장 바닥처럼 바글거리는 운동장은요?"

"잠깐 그러다 말겠지, 설마."

"말다니요? 교장은 수업하면 안 돼요?"

따지자고 달려들면 별로 그르지 않은 말이었다. 교장에서 물러나 교사가 된 뒤에야 마땅히 수업을 해야 할 것이다. 그것이 변도 가입되어 있는 전교조에서 쇳소리가 나도록 주장해 온 교장 보직제에도 합당한 일이었다. 그러나 세상 일이 어찌 그리 빡빡하게만 돌아가서야 쓰겠나. 변은 밤샘 토론이라도 벌일 듯 달려드는 백의 기세에 눌려 목구멍에서 근질거리는 말을 꾸욱 삼켜 버리고 말았다. 박 선생도 편치 않은지 앞에 놓인 녹차만 마시고 있었다.

교무실에 들어서자, 여선생들에 둘러싸여 있던 최충운 교장이 자리에서 일어섰다. 자신을 바라보는 박 선생의 눈을 피하면서 그는 별관에 있는 체육실로 내려갔다. 변은 박 선생이 그의 엉덩이에 묻어 있는 흙먼지를 망연히 바라보는 걸 놓치지 않았다.

대마초를 피우지 않는다

변은 박 선생과 같은 해에 교직을 시작했다. 사회로 치자면 입사 동기인 셈이었다. 학교에 딱 둘만 있는 동기이다 보니 자별하게 지내는 사이였다. 워낙 말수가 적고 조용한 박 선생이지만 변 앞에서는 시시콜콜한 집안 이야기도 허물없이 털어놓았다.

승일종고 교목과 막역한 사이인 목사가 다리를 놓아 적잖은 사례비를 디밀고 선생 자리를 얻은 변은 박 선생도 그렇거니 여겼다. 어느 자리에선가 은근히 부임 경위를 묻게 되었는데 박이 들려준 이야기는 전혀 딴판이었다.

박 선생은 집안이 어려웠다. 사글셋방에 다섯 식구가 오글거리며 살면서 그는 평생 글이나 쓰면서 살겠다던 문청 시절의 호기를 접어 내릴 수밖에 없었다고 한탄했다. 자신이 굶는 것은 견딜 수 있어도 굶주리는 가족을 지켜봐야 하는 것은 감내하기 힘들었다는 것이다. 대학 다닐 때 이수해 두었던 교직과목 덕에 그는 교사 채용 면접에 응할 수가 있었다.

변은 면접장에서 만난 박선호의 첫인상을 생생히 기억하고 있었다. 면접에 온 여남은 명이 이래저래 주절거리는 틈에도 멀찌감치 떨어져 앉아 먼 하늘만 쳐다보던 그가 변의 눈에는 별나다 못해 좀 모자라게 보였다. 그는 종합고등학교가 뭔지도 모르고 있었다.

변은 박 선생과 함께 짝이 되어 면접을 치렀다. 당시 교무주임이었던 최충운 선생이 그들을 어느 교실로 데려갔다. 애들도 없이 빈 교실에서 선생 몇을 앉혀 놓고 하는 수업 평가를 마친 뒤 교장실로 안내했다.

인상이 온화한 교장은 박을 좋게 본 눈치였다. 대학 성적도 월등하고, 수업 평가도 좋게 나왔다며 대놓고 칭찬을 했다. 변은 속으로 박이 저보다 훨씬 많은 기부금을 디밀었나 보다고 생각했다.

"집도 가깝고 아주 좋습니다."

그때 박 선생은 전날 저녁에 쌀 항아리를 박박 긁던 어머니와 등록금이 밀려 다니던 중학교를 그만두고 동사무소 사환 노릇을 하는 어린 여동생의 창백한 얼굴이 눈앞에 어른거렸다고 했다.

"교직의 사명감은 있지요?"

뒤적거리던 서류를 덮으며 지나가는 말처럼 교장이 물었다. 뒤편에 앉았던 변은 그가 잠시 머뭇거리다가 '없다'고 대답하는 걸 듣고 제 일처럼 화들짝 놀랐다. 교장이 고개를 치켜들고 그를 바라보았다. 그런데 왜 교사가 되려고 하느냐는 물음에 그는 기울어진 가세를 돕기 위해서라고 대답했다. 곁에 서 있던 최충운 선생이 고개를 갸웃거렸다. 교장은 못내 아쉬운 듯 그를 붙들고 이런저런 이야기를 물었다. 교육에 관한 이야기도 있었고, 신앙에 대한 물음도 있었다.

"하나님을 믿는 사람에게 가장 중요한 게 뭐라고 생각합니까?"

갑작스러운 질문에 잠시 머뭇거리던 박 선생이 사랑이라고 대답했다.

"사랑은 참 소중한 거지요. 하지만 충성과 순종이 없으면 사랑도 소용이 없지요."

지금도 박 선생은 이따금 그 일을 이야기하곤 했다. 그 뒤에 무슨 이야기가 이어졌는지는 잊었지만, 교장이 한 충성과 순종이라는 말만큼은 변의 기억에도 뚜렷이 남아 있었다.

집에 가서 기다리라는 말에 박은 틀렸다고 포기했다고 한다. 하긴 변이 곁에서 보기에도 그러했다. 서둘러 다음 차례를 불러들이는 교무주임의 표정에서도 그런 기색은 역력했다. 박 선생은 면접장을 나서며 새벽마다 무릎을 꿇고 눈물로 기도를 드리던 어머니의 모습이 눈앞에 어른거렸다고 했다. 그날 저녁, 멀

건 죽을 퍼 놓고 빙 둘러앉은 밥상에서 집에 가 기다리라고 했다는 말을 전하자 가족들이 한숨을 쉬던 모습을 박은 잊을 수가 없다고 했다.

학교에서 걸려 온 전화를 받은 건 그의 어머니였다. 최종 면접을 보러 오라는 전갈이었다. 큰 문제만 없으면 채용이 된다는 귀띔에 어머니는 전화기를 손에 든 채 쉴 새 없이 감사하다는 말을 되풀이하고, 중학교를 그만둔 여동생은 말없이 눈물만 흘렸다고 했다.

합격자는 두 사람뿐이었다. 아버지의 헌 양복을 다려 입고 달려왔다는 박은 학교의 서무실에서 서류 몇 장을 작성해야 했다. 서무실 여직원은 두 사람 앞에 두툼한 사진첩을 가져다 놓았다.

"이걸 보시고 소감을 적으시면 됩니다."

사진첩을 펼치자, '승명학원의 살아 계신 역사, 양승명 이사장님께서 걸어오신 길'이라는 금박 문구가 박혀 있었다. 용정의 어린 시절부터, 사변을 만나 홀몸으로 피난 와서 길거리에서 고무줄을 팔고, 연탄 배달부며 쌀가게 점원으로 갖은 고초를 겪으면서 오로지 독실한 신앙의 힘으로 자수성가하여 대동극장을 세우고, 이윽고 일생을 거쳐 모은 재산을 하나님과 나라를 위해 바치고자 승명학원을 설립할 때까지의 빛바랜 사진들이 촘촘히 꽂혀 있었다.

빈 볼펜만 돌리고 있던 변이 눈치 빠르게 행정실 여직원에게 무엇을 어떻게 써야 좋으냐고 슬며시 물었다.

"좋게 쓰세요."

그 말을 듣고 변은 승명학원의 역사이며 평생을 신앙과 후세 교육을 위해 헌신한 이의 일생을 찬양하는 글을 백지 서너 장에 빼곡히 적어 나가기 시작했다. 한동안 고심하는 기색이 역력하던 박도 그 비슷한 글을 채우는 눈치였다.

그렇게 해서 두 사람은 선생이 되었다. 최종 합격 통지를 전하며 최충운 교무주임은 즉시 학교로 달려오라고 했다. 숨이 턱에 차게 달려가자 그는 종이 두 장을 내밀었다. 한 장은 각서였다.

1. 담배를 피우지 않는다.
2. 술을 마시지 않는다.
3. 대마초를 피우지 않는다.

술과 담배를 밥보다 더 즐기던 변은 별 웃기는 각서도 다 있다고 태연히 서명을 했다. 대마초와 담배는 아니지만 이따금 술을 마시던 박은 그 대목에서 고민했다고 한다. 거짓말하기가 싫었지만 전화기를 붙들고 무수히 감사하다고 절을 하던 어머니와 하염없이 눈물을 흘리던 여동생이 생각나 눈 딱 감고 서명을 했다는 것이다.

그걸 받아 든 최충운 선생은 엄숙한 표정으로 또 다른 종이 한 장을 내밀었다. 거기에는 이런 내용이 적혀 있었다.

```
          사   직   서


    본인은 일신상의 이유로 사직하고자 하오니
           선처를 바랍니다.




              년    월    일
    이름 :              (서명)
```

어리둥절해하는 두 사람에게 최 선생은 이렇게 말했다.
"참, 날짜는 그냥 비워 둬요."
두 사람은 그렇게 사직서를 쓰고서야 승명학원의 교사가 될 수 있었다. 대한민국 사립학교의 선생이 된 것이다.
최 선생은 그 후 교감이 되고, 교장까지 오르게 되었다. 그와 함께 보낸 이십 년 세월이 엊그제 같은데, 바지에 흙 자국을 묻힌 채 비척거리며 걷는 그의 뒷모습은 쓸쓸하기만 했다.
첫해에 변은 박 선생과 함께 1학년 담임을 맡았다. 연구부에 속한 변이 교무실에 붙어 앉아 온갖 통계니 공문 보고니 하는 것들과 씨름하는 중에 박은 온종일 교실에 머물렀다. 쉬는 시간에도 교실에 남아 아이들과 얘기를 나누고, 점심시간이면 양푼에다 아이들과 함께 밥을 비벼 먹었다. 수업이 끝나면 아이들과 어울려 운동장에서 공을 차느라 땀투성이가 되기 일쑤였다. 이따금 교무실에서 그를 찾는 방송이 확성기로 울렸다. 제출해야 할 통계나 서류가 늦는다고 싫은 소리를 듣기도 했지만 그는 밀린 잡무를 처리하느라 퇴근 시각을 미루면서도 여간해서 아이들 곁에서 떨어지려 하지 않았다.

냄새 나는 채변 봉투 걷는 일이며, 월말고사 성적표를 내는 일은 늘 꼴찌였지만 그는 제가 맡은 반 아이들 상담은 밤이 늦도록 이어 나갔다. 장학 검열 준비로 학교가 온통 뒤집혀 야근을 할 때도 그는 집 나간 아이를 찾는다며 시외버스 터미널 부근을 뒤지다 못해 밤 열차를 타고 동해안의 어느 해수욕장까지 달려가기도 했다. 부서마다 그러면 머리를 내젓는 골칫덩어리가 되어 가는 걸 변은 안쓰러운 심정으로 바라보았다.

언제부턴가 교무 회의 때마다 그는 불려 일어나게 되었다.
"박 선생, 그 반 애들 청소는 시키는 거요?"
"아이들 책상에 있는 낙서는 보았소?"
교감의 지적을 받고 그는 밤늦도록 남아서 교실 바닥이 훤해지도록 물청소를 했고, 사포를 사다가 아이들 책상을 말끔히 닦아 냈다. 그 뒤로도 여전히 지적은 계속되었다. 아이들의 자율 학습장을 걷어 오라고 하더니, 나중에는 박 선생이 맡은 학급의 아이들 국어 공책까지 교감에게 가져가 검사를 받아야 했다.

영문을 모른 채 허둥대는 박 선생을 보다 못해 변이 넌지시 불러 세웠다.

"설마 인사를 거른 건 아니었지?"

"인사라니?"

"교장 선생 찾아보는 거 말이여."

영문을 몰라 하는 박 선생에게 변은 교장 선생 집을 일러 주며 퇴근 후에 꼭 찾아가 인사를 드리라고 전했다. 아무리 숙맥이라도 그 지경이 되면 무슨 인사를 하라는지 알아들어야 하는 게 아닌가.

박 선생은 변이 그려 준 약도를 짚어 교장 선생 집을 찾아가기는 했다. 덜렁 인삼차 한 상자를 내려놓고 왔다는 말에 불안함을 느낀 변이 그 안에 무얼 넣었느냐고 물었다. 박은 태연히 인삼차가 들어 있다고 했다.

"딴 건?"

이리 물어도 어리벙벙한 표정을 짓는 박 선생은 변이 손가락까지 동그랗게 말아 가며 눈앞에 그려 보여도 알아듣지를 못했다. 이런 사람에게 무슨 충고며 대화가 통하겠는가. 인삼차 상자 안을 까뒤집으며 봉투를 뒤졌을 교장의 표정을 그려 보자니 변은 기가 막혀 선웃음도 차마 나오지가 않았다. 교장도 기가 막혔는지 더 이상 박을 괴롭히지는 않았다. 나중에 그런 이야기를 하자, 박은 웃으며 모르기를 잘했다고 했다. 박 선생은 그런 사람이었다.

교무실 문을 반쯤 열고 안을 살피던 반장이 박 선생에게 꾸벅 절을 한다. 청소 다 했으니 서둘러 종례를 해 달라는 재촉이었다. 아이들이 가장 싫어하는 것이 종례를 오래 하는 것인데, 박 선생은 그런 점에서 좋은 담임이 아니었다.

"벌써 청소를 다 했어?"

의자 깊숙이 몸을 넣은 채 한껏 기지개를 펴던 환경 부장이 한마디 끼어들었다. 반장 아이는 쭈뼛거리며 선뜻 대답을 못 했다. 환경 부장은 자신이 가서 검사를 해 봐도 좋겠냐며 아이를 을러댔다. 담임인 박 선생에게 청소 시간에 임장하라는 잔소리를 그리 전하는 것이었다.

"어이, 굽도리. 잔소리 좀 그만혀."

보다 못해 변이 나서서 한마디 해 주었지만 타고나기를 쇠가죽보다 질기게 생겨 먹은 환경 부장은 들은 척도 않았.

교무 회의 때마다 일어서서 청소 지적 사항만 짚어 대는 환경 부장은 별명이 굽도리였다.

"오늘 청소도 잘해 주시고, 특히 굽도리의 먼지 좀 잘 살펴 주시기 바랍니다."

명색이 아이들을 가르치는 선생인데도 변은 굽도리란 말의 뜻을 알지 못했다. 나중에서야 그것이 벽 밑을 돌아가며 두른 돌출 부분을 뜻하는 말임을 알게 되었다. 한때는 새마을부로 불리던 환경부는 새마을운동이 어느 불행한 군인 출신 대통령이 어느 시월의 마지막 밤에 역시 불행한 군인 출신들과 술 마시다

참으로 불행하게 살해되는 것과 함께 시들해져 버린 덕에 졸지에 한가한 부서가 되었다. 교무 회의 때마다 돌아가며 발표하는 부장 교사들의 차례에 마냥 주저앉아 있기도 무안했던지 그는 아침마다 굽도리 타령을 늘어놓았다. 언젠가는 직접 손걸레를 들고 굽도리 먼지를 닦아 내는 시범을 보인 적도 있었다.

아침마다 청소 이야기로 싫은 소리를 듣는 건 출근하다가 바짓가랑이에 개똥을 묻히는 일만큼 유쾌하지 못한 일이었다. 심지어 경력이 적은 담임선생들은 단골로 불려 일어나 제대로 청소가 되지 않았다는 지적 사항을 들어야 했다. 그렇게 일으켜 세워진 담임은 얼굴이 벌게진 채 제 교실로 들어가 종다리처럼 하루를 즐거이 시작하려는 아이들에게 자신이 당한 몇 곱의 잔소리를 퍼붓게 되어 있었다.

"애들이 청소하러 학교 옵니까?"

수업 시간에 청소 당번들을 불러내 지적받은 청소를 시키라는 방송을 듣고는 환경 부장에게 박 선생이 항의한 적이 있었다. 기다렸다는 듯이 교감이 끼어들어 청소도 교육임을 강조하며 요즘 아이들이 제 방에 비질도 제대로 못한다는 소리를 늘어놓았다.

"청소가 그렇게 좋은 교육이라면 정식으로 프로그램을 만들어 가르쳐야죠."

"지금 하는 청소도 다 좋은 교육 프로그램이에요."

그 말에는 변 선생도 쓴웃음을 금할 수가 없었다. 지각을 하거나, 공부 시간에 떠들면 벌로 시키는 청소 프로그램을 말하는 것인가. 그렇게 배운 아이들이 제 부모가 거리에서 청소를 하는 환경미화원이란 걸 부끄러이 여기고 죄라도 지은 것처럼 목을 움츠리며 사는 것이라는 박 선생의 말이 억지스럽지만은 않았다.

"그렇게 좋은 교육을 어째서 서울 아이들은 시키지 않지요?"

웬만해선 목소리를 높이지 않는 박 선생이 어쩐 일인지 물러서려 하지 않았다. 변 선생도 교사 연수에 가서, 서울 강남에 근무하는 선생들이 "아직도 애들한테 청소 시키는 학교도 있어요?"라며 까치 뱃바닥처럼 흰소리를 늘어놓는 걸 고깝게 들은 적이 있었다. 청소 업체에 용역을 주어서 화장실부터 교실까지 먼지 하나 안 나게 말끔히 청소를 해 놓는다는 선생에 이어, 제 학교는 먼지 날리는 게 싫어 톱밥을 깔고 그걸 궁굴려 쓸어 담는 업체에 맡겼다는 선생에 이르기까지 자랑이 줄을 이었다. 그 말을 들으며 변 선생은 제 학교 아이들 처지가 좀 초라하다는 느낌이 들었다. 한겨울에도 찬물을 떠다가 손이 빨갛게 되도록 걸레질을 하고, 얼어붙은 재래식 화장실에 솟구친 똥 덩어리까지 괭이로 찍어 내는 아이들이 그런 이야기를 들으면 어떤 표정을 지을까. 변 선생은 학교가 다 똑같은 학교가 아니고, 아이들이 다 똑같은 대한민국의 학생이 아니라던 박 선생의 말이 새삼 머리를 스쳤다. 그 일을 두고 박 선생은 몹시 분개했다. 차라리 학교 돈이 모자라서 어쩔 수 없다는 말이라도 한다면 솔직한 맛이나 있을 터인데, 돈 안 드는 아이들에게 궂은일을 시키면서 청소도 교육이니 하는 소리가 가증스럽다는 것이었다. 이따금 학생부에 불려 온 아이들에게 먹다 남은 음식 그릇도 닦아 오라고 시킨 적이 있던 변은 그저 고개만 건성으로 끄덕일 수밖에 없었다.

반장을 앞세우고 교실로 돌아간 박 선생이 종례를 하고 있었다. 복도 바닥에 붙은 껌을 떼고 있던 변은 창문 너머로 그가 종례하는 장면을 물끄러미 바라보았다.

어디 달아난 아이가 없나 빈자리를 살피는 박 선생에게 아이들이 입을 모아 소리친다.

"없어요."

"기특한데."

"교통안전, 귀가 지도, 건전한 여가 생활……."

제 담임의 잔소리를 한 수 앞서 읊어 댄 아이들은 벌써 엉덩이가 들썩거린다. 손을 들어 앉으라는 손짓을 하자, 여학생 하나가 볼멘소리로 투덜거렸다.

"아, 씨발년아, 조용히 해. 너 땜에 늦잖아."

영석이었다. 아마 욕을 뒤집어쓴 아이는 삐지기 잘하는 소영일 것이다.

"영석이가 담임까지 챙겨 주네."

"제가 한 서비스 하거든요."

"근데 이따가 나하고 고운 말 공부 좀 하고 가자."

한꺼번에 터지는 웃음 속에는 조금 전 삐져서 눈을 하얗게 흘겨 뜨고 영석을 노려보던 소영의 것도 포함되어 있었다.

"오늘은 좀 골 아픈 이야기가 있어서 십 분쯤 늦을 것 같다."

"뭔데요?"

타고나기를 골 아픈 것과는 거리가 멀다고 믿는 아이들은 대수롭지 않게 제 담임의 말을 기다린다.

"우리 학교도 보충수업을 한다니까, 내일까지 부모님 사인 받아서 신청서들 내라."

"보충요?"

어이가 없다는 반문에 이어 여기저기서 웃음이 터져 나온다. 실업계에서 보충을 한다는 게 아이들은 믿어지지 않는 눈치였다.

"새로 오신 교장 선생님 특별 지시 사항이야."

"뭘 보충하는데요?"

"영어, 수학하고 컴퓨터."

"아, 짱나."

분첩을 꺼내 들고 볼을 두들기던 여학생 하나가 혀 짧은 소리로 투덜거렸다.

"국어는 안 해요?"

"안 한다."

인터넷 관련 기업체를 운영하던 새 교장은 아이들에게 무엇보다 목표 의식을 심어 주는 게 중요하다며, 실업과를 포함하여 모든 학생들에게 보충수업을 실시하라고 지시했다. 취업하려는 아이들에게 무슨 보충이냐고 실업과 선생들이 이의를 제기했지만 소용이 없었다. 취업이든 대학이든 기본 실력은 갖춰야 치열한 경쟁에서 살아남을 수 있다며 일축했다. 실제로 상과, 사무자동화과, 정보처리과로 이루어진 실업과 아이들도 대부분 대학에 가기를 원하고 있었다. 집안 형편이 어렵거나 영 공부할 싹이 안 보이니 일찌감치 직장이나 들어가라고 부모가 윽박지른 아이들 몇몇을 빼놓고는 너나없이 대학을 가려고 했다.

취업 정보를 주거나 진로 상담을 할 때도 대학에 갈 것이라며 상담도 하지 않으려는 애들이 많았다. 공부라면 넌더리를 내고, 대번에 풀썩 어깨를 늘어뜨리는 아이들일수록 대학에 가겠다는 의지는 확고했다. 성적은 아랑곳하지 않았다. 저보다 못한 선배들이 들어갔다는 지방의 전문대를 줄줄 엮어 댔다.

그른 말은 아니었다. 입시철이 가까워 오면 볼펜 다발이나 명함 꽂이들을 바리로 싸 들고 와서는, 성적에 관계없이 애들만 보내 달라고 무슨 보험 판촉 사원처럼 찾아오는 교수들이 줄을 이었다. 제게 할당된 아이들을 데려오지 못하면 알량한 교수 자리를 내주어야 한다며 한탄하던 후배를 보며 변 선생은 혀를 찼다. 그래도 제 대학에 들어온 아이들이 제 이름 석자도 한자로 적지 못한다며 오두방정을 떠는 일류대 교수들보다는 그들이 나았다. 보내만 주면 어떻게든 잘 가르치겠다는 마음이 훨씬 교육적이지 않은가.

보충수업 신청서를 부모에게 보여 주고, 두 과목 이상 신청하라는 말을 하면서도 박 선생은 목소리에 힘이 빠져 있었다. 새로 교감 자리에 앉은 이근호 선생의 입에서 대학에 간 아이들이 영어, 수학을 못 따라가 중도에 대학을 그만둔다는 이야기를 들으면서 변 선생은 헛웃음을 터뜨리고 말았다. 얼마 전까지만 해도 강제로 시키는 보충수업과 야간 자율 학습의 폐해에 대해 목소리를 높이던 이근호 선생이었다.

수업을 하려고 교무실에 들러 종소리를 기다리던 변은 여기 저기서 구시렁거리는 소리에 귀를 기울였다. 아침부터 볼멘소리를 내는 건 실업과 담임들이었다. 고삐 풀린 망아지처럼 이리 뛰고 저리 뛰는 아이들에게 한 명도 빠짐없이 보충수업 신청서를 받아 내라는 말은 하기는 쉬워도 따르기는 어려운 일이었다. 늦게 이어지는 꽃샘추위에 옷깃을 세운 선생들이 난롯가에 모여 불평들을 늘어놓고 있자니, 교무실 문이 왈칵 열리며 아이 하나가 밀려 들어왔다.
사무자동화과 상준이었다.
뒤를 이어 얼굴을 붉힌 그의 담임이 들어섰다. 멀쑥하니 서 있는 상준의 머리를 들고 있던 출석부로 후려갈기며 김미옥 선생은 들으라는 듯 목소리를 높였다.
"뭐, 보충은 희망대로 하는 거라구? 지나가는 개가 웃겠다, 이놈아."

선생들에 둘러싸인 교무실 분위기에 주눅이 들긴 했지만 상준이는 한쪽 다리를 삐딱하니 내민 채 제법 벋대고 있었다.

"대학도 안 갈 건데 보충해서 뭐하게요?"

"니 성적표를 들여다보고 그런 말을 해, 이놈아."

"공부란 게 잘하는 애도 있고, 못하는 사람도 있잖아요?"

"그리 똑똑하면 니가 교육부 장관 해라. 니 맘대로 하고 싶으면 하고, 하기 싫으면 안 하는 게 공부냐?"

어제 출장을 가느라 오늘 아침에 보충수업 신청서를 나눠 준 모양이었다. 어떻게든 예외 없이 신청서를 받아 내려고 아이들을 구슬리는 중에 저는 대학에 안 갈 것이니 보충수업 안 받겠다며 상준이가 판을 깬 모양이었다. 가뜩이나 하기 싫었던 김에 여기저기서 저도 보충수업 안 받겠다고 버티고 나오니 담임이 화가 날 만도 했다. '학교가 꼭 대학 보내는 곳이냐, 취업을 하든 장사를 하든 배워 두어야 할 공부를 하라는데 못 하겠다고 선동하는 게 잘한 일이냐.' 이런 비난에 맞서 아이는 '그럼 다 시키면 되지 무엇 하러 희망 신청서를 내라고 하느냐'며 제 담임의 아픈 데를 찔러 댔다고 한다. 부대찌개파인 상준은 평소에도 제 담임 속을 썩여 온 말썽쟁이였다.

"뭐, 청와대에다 편지를 써? 써라, 이놈아. 청와대가 그렇게 할 일 없는 덴 줄 아냐?"

"쓸 테면 못 쓸까 봐요."

"그래, 써 봐. 만일 못 쓰면 넌 죽을 줄 알아."

상준은 교무실 바닥에 꿇어앉은 채, 제 담임이 던져 준 종이에 무어라 끼적거리기 시작했다. 곁에 있던 선생들이 한마디씩 타박을 주었다. 하는 일마다 말썽이라느니, 못된 송아지 엉덩이에서 뿔난다느니, 그렇게 담임 속 썩이다 저 닮은 자식 낳는다느니…….

아이가 끼적거리는 편지란 걸 뺏어 든 담임이 들으라는 듯 큰 소리로 읽기 시작했다.

"대통령 각하, 사람은 제각각 능력이 틀리게 태어났다고…….."
담임선생의 편지 낭독은 오래가지 못했다.

"야, 이놈아. 맞춤법이나 제대로 써라. 이게 어디 고등학생 글씨냐?"

교무실에 있던 선생님들이 와아 웃음을 터뜨렸다. 얼굴이 벌게진 아이는 울음 섞인 목소리로 상소리를 한마디 뱉고는 밖으로 뛰쳐나갔다. 복도에서 애꿎은 유리창만 주먹으로 후려 깨고는 아이는 달아나고 있었다. 모두들 학생 부장인 저를 쳐다보니 가만히 앉아 있을 수만도 없어 변은 황급히 뒤를 쫓아 나갔다. 교문 밖으로 달려 나간 아이는 변 선생의 외침에 잠시 걸음을 멈추었다.

"거기 서서 잘 생각혀라. 한번 나가믄 다신 못 들어오는 겨."

잠시 머뭇거리던 아이는 이내 가운뎃손가락을 치켜 올리며 변 선생에게 감자를 먹였다. 뒤미처 박 선생이 달려왔지만 아이는 이미 멀리 달아난 뒤였다.

"그려, 뻑큐다 이놈아."
 맥없이 서서 두 사람은 까맣게 점이 되어 사라지는 아이의 뒷모습만 망연히 바라볼 뿐이었다.

간첩을 찾아라

그날 퇴근 후에 감자탕 집에 앉아 낮에 있었던 상준이 이야기를 나누자니, 박 선생이 괴로운 얼굴로 입을 열었다.
"요즘 왜 이러는지 모르겠어. 엉거주춤 있다가 때를 놓치고 후회하고……."
"워쩨, 뭔 일이 있는 겨?"
"일은 무슨……. 그렇지 뭐."
싱겁기는 소금 빠진 설렁탕 국물 같고, 맥없기로는 가을바람 맞은 방아깨비 같은 그를 보자면 참 그것이 제 자식이 아니기를 천만다행으로 여겨 온 변이었다.
"낮에 상준이 일만 해도 그렇고……. 학교 일도 그 모양이고……."
"애덜 속 썩이는 게 워디 어제 오늘 일여. 말짱 그런 놈들투

성인걸."

"아마 그 아이는 다시 학교로 돌아오기 어려울 거야. 평생을 두고 후회할지도 모르지."

"제 놈이 발로 찬 복을 워쩨?"

"애가 그 지경이 되어 뛰쳐나가는 걸 구경만 하고 있었으니……."

"즈이 담임이 지도 중인디 누가 나서?"

박 선생의 고질이 또 도졌다. 어째서 지구는 하루에 한 바퀴만 도는 것인지 제 탓을 않는 게 용했다. 무엇이든 제 탓으로 여겨 스스로를 괴롭히는 것도 참 별나다 못해 고약한 병이 아닐 수 없었다.

"어채피 얌전히 졸업장 손에 쥐구 나갈 놈이 아녀. 따박따박 애덜 수업이나 가르치구 봉급이나 타 먹으믄 되는 것이지 오지랖두 유분수여."

그렇게 못을 박아 주어도 박 선생의 궁상은 여전했다. 아이가 뛰쳐나간 것도 제 탓이고, 학교에서 새로 시작하는 보충수업도 제 탓이라고 여겼다.

"교감이 와서 보충수업 얘기를 할 때도 듣고만 있었지."

"듣고 말 게 뭐가 있댜? 그 뺀질이가 허는 소리야 뻔허지? 수요자 중심 교육이니 글로벌 인재 양성이니 찔고 까불었을 텐디……."

"국어과는 못 하겠다고 했어. 다른 교과는 알아서들 정하면 될 일이라고……."

"틀린 말두 아니잖여?"

약빠른 교감이 평소에 제가 하던 말이 있으니 선배인 박 선생을 찾아가 상의랍시고 몇 마디 의견을 물은 모양이었다. 수능에 필요한 국, 영, 수 교과에 컴퓨터 교과를 넣어 보충수업을 하겠다는 말에 교과 협의회에서 결정할 일이라고 원칙적인 말만 전한 것이 박 선생은 마음에 걸리는 모양이었다. 어차피 다 정해 놓고 하는 일인데 제가 나서지 않아 그리 된 줄 알고 속을 끓이는 그를 지켜보자니 변은 어이가 없어 혀를 찰 염도 나지 않았다.

"그래서 국어 천재반인가럴 허기루 혔다며?"

박 선생이 속한 국어과에선 보충수업 대신 한글 해득이 완전하지 않은 아이들에게 한글 기초 강좌를 하겠다고 했다. 학교에선 무슨 논의를 어떻게 했는지는 몰라도 시대적 수요와 실업계 아이들의 대학 진학 추세에 발맞춰 영어와 수학 두 과목에다 컴퓨터를 넣어 보충수업을 하기로 했다는 말이 전해졌다.

"국어과 문제가 아니야."

"그럼, 뭐여? 다른 과들은 다 지들이 허겠다구 헌 거구. 애덜? 애덜이야 대한민국서 태어난 죄구."

오죽하면 고3병이라는 말이 생겼을까. 입시를 앞둔 고3 아이들의 고생은 필설로 형용할 수 없었다. 방학에도 이어진 백이십 시간 보충수업은 겨우 일주일의 틈만 주고 밤낮으로 학교 의자에 아이들을 붙잡아 놓았다. 다른 학교에서도 다 그렇게 하니 더 하면 모를까, 덜 할 수는 없는 일이었다.

"즈이들 좋은 대학 가믄 즈이들 좋은 일 아니겄어?"

"그래서 대학 안 가겠다는 애들까지 강제로 시키는 것이군?"

보충수업이라는 것이 선생들 수당을 나눠 줘야 하니, 머릿수가 어느 정도 맞아야 했다. 아이들 사정을 봐 가며 하나, 둘 빼 주다 보면 죄다 빠져나가는 바람에 예외 없이 하는 걸 원칙으로 하고 있었다.

"글지 말어. 중간에서 담임들두 죽을 맛 아니겄어. 위서는 쪼지, 애들은 버팅기지. 증말 헐 수만 있다면 보충이니 야자니 싹 없애 버리믄 을매나 좋겄어."

변이 생각해도 정규 교과 일곱 시간에 아침저녁으로 얹어지는 보충수업 두 시간, 그리고 밤 열 시까지 이어지는 야간 자율 학습은 무겁기만 했다. 주당 평균 스물한 시간이 넘는 정규 수업에다 매일 두 시간씩 보충수업까지 하고 나면 목에서 쇳내가 났다. 게다가 담임들은 야간 자율 학습까지 남아서 지도를 하다 보니 여간 힘이 드는 일이 아니었다. 인문과 담임 몇 년 맡으면 무쇠 같던 젊은 선생들도 몸이 맥없이 무너졌다. 운동장에서 공을 차다가도 숨을 헉헉거리며 제 풀에 주저앉는 인문과 선생들을 볼 때면 딱하기는 했다. 그러나 그런 일이 교육 강국 대한민국에서 어디 승명학원뿐이겠는가. 몇 백만 원씩 들여 가며 높은 담장에 갇혀 옥살이를 하는 기숙 학원들도 못 들어가 안달인 아이들이 줄을 섰는데…….

　박 선생 같은 이는 이런 말끝마다 학교가 학원이 돼서는 안 된다고 하지만, 꿩 잡는 게 매라고 좋은 대학만 들여보낼 수 있다면 학원이 아니라 감옥소라도 되겠다고 기를 쓰는 학교들이 즐비한 현실을 몰라서 하는 소리다. 그럴 때 보면 변은 박 선생이 물정 모르는 어린아이 같았다.

　"변 선생, 생각나? 교사 모임 처음 하던 날?"

　뜬금없는 물음이었지만 변은 그날의 일을 생생히 기억하고 있었다.

　선생들이 처음으로 모이게 된 것도 보충과 야자 때문이었다. 놀이방에 아이들을 맡긴 채 날마다 밤 열 시가 넘어서야 집으로 돌아가는 여선생들의 고충은 더욱 절실했다. 서로 농담 한마디 건네지 않던 선생들이 학교 부근 삼겹살집에 모이게 되었다. 주임 교사들과 몇몇 선생을 제외하고 대부분의 평교사들이 입에서 입으로 전해진 소식을 듣고 한자리에 모인 것은 승명학원이 생긴 이래 처음 있는 일이라 했다.

　더 이상 못 견디겠다는 말에 이어 무언가 대책을 마련해야 한다는 의견이 나오고, 당장 야자를 그만두자는 불만들이 쏟아져 나왔다. 보충수업도 대폭 줄이거나 거부하자는 용감한 목소리도 나왔다.

　그때껏 서로를 못 믿어 옆자리 동료 교사와도 입을 열지 않은 채, 흡사 칸칸이 나뉜 양계장 닭처럼 시키는 일만 죽어라고 해 온 선생들로서는 그것은 참으로 놀라운 용기라 할 만한 일이었다. 한번 열린 선생들의 입에서는 전교조에 가입하자는 말까지 등장했다.

때는 촌지 받지 말고, 참교육 하자고 나선 전교조 선생들을 수천 명이나 학교에서 쫓아낸 이듬해였다.

"그때에 비하면 지금은 양반여. 요즘만 같어두 살 만허지, 뭐."

"살 만하게 된 게 거저 되었다고 생각해?"

변은 박 선생이 무얼 말하려는지 금세 알아챘다. 이제는 숨소리만 들어도 상대가 무얼 생각하는지 짐작할 사이가 되었다. 변은 별로 내키지는 않았지만 무지근하니 기억 속에 숨어 있던 일들을 되살리기 시작했다.

한자리에 모이게 된 선생들은 친목을 핑계로 정례적으로 주말마다 모이게 되었다. 토요일마다 모여 밥을 먹는다 해서 '토먹회'라 이름 붙인 모임은 얼마지 않아 이해창 선생의 제안으로 평교사 협의회로 이름을 바꾸게 되었다. 이 소식은 예상대로 빠르게 학교 측에 전해졌다. 평교사들 대부분이 참여한 이 모임에 대해 학교도 당황했지만, 여태껏 서로를 학교 측 끄나풀로 의심했던 선생들 자신을 놀라게 했다.

변은 부임하던 첫날을 잊지 못했다. 익숙지 않은 넥타이가 목을 조이고, 여기저기서 흘깃거리며 바라보는 선배 교사들의 눈길은 차갑기만 했다. 개학을 앞두고 중, 고 선생들이 함께 강당에 모였는데, 탁자에는 은박 접시에 귤이 소복이 담겨 있었다. 그러나 누구도 그것을 집어 들거나 껍질을 벗겨 입에 넣는 이가 없었다. 회의가 끝날 때까지 누구 하나 말을 걸어오는 사람이 없어 변은 제 앞에 놓인 귤만 정물처럼 바라보아야 했다.

그런 침묵은 두어 달이 지나도록 이어졌다. 누구도 말을 건넨 적이 없고, 다른 선생들끼리도 잡담을 나누는 것을 본 적이 없었다. 고작 업무와 관련된 말만 주고받을 뿐이었다. 학교는 얼음 창고 같았고, 하루하루가 온기라곤 느낄 수 없는 금속성의 시간들이었다.

두 사람에게 처음 말을 건넨 이는 국어과 정주봉 선생이었다. 같은 1학년 담임이었던 정 선생이 환경 미화를 하느라 교실에서 색종이를 오리고 있는 그들에게 말을 걸어왔다.

"박 선생은 글을 쓰신다던데?"

대학에서 문학을 전공하고, 소설을 쓴다는 소리를 어디서 들었는지 정 선생은 박 선생의 안색을 살피며 부임 두 달 만에 처음 말을 건넸다.

"예, 조금……."

"아, 그러면 약주도 좀 하시겠네요?"

술이라는 말에 박 선생은 변을 바라보며 고개를 끄덕였다. 둘 다 술을 마신다는 말을 듣고 난 뒤에야 굳었던 정 선생의 얼굴에 화색이 돌았다.

"난 그것도 모르고, 간첩이라는 말에……."

"간첩요?"

"그런 게 있습니다."

정 선생은 퇴근 후에 한잔하자며 눈을 껌벅거렸다. 그날, 정 선생은 간첩이 접선이라도 하듯 학교 앞에서 몇 정거장 떨어진 곳에서 만나 시내 뒷골목의 어느 으슥한 술집으로 두 사람을 데려갔다. 그곳에는 체육 선생과 수학 선생 둘이 먼저 와 앉아 있었다. 학교 안에서는 데면데면하던 이들이 손을 맞잡으며 반겨주었다. 그이들과 어울려 술을 마시며 변은 간첩이라는 게 무엇인지를 비로소 알게 되었다.

여호와를 경외하는 것이 지식의 근본임을 믿는 미션스쿨답게 승명재단의 학교에서는 모든 교사의 음주와 흡연을 금하고 있었다. 각서를 제출한 바 있는 두 사람도 이미 알고 있는 일이었다. 개중에는 주초를 즐기는 교사들이 없지 않을 터에 이들이 퇴근 후에 어울려 술자리를 가진 적이 있다고 한다. 그런데 며칠 지나지 않아 이들은 교장실로 호출이 되었다. 한 명씩 불려가 술을 마시느냐는 물음을 받았는데, 하나같이 안 마신다고 잡아뗐지만 몇 월 며칠에 꼬꼬호프집에서 맥주 몇 잔에 소주 몇 잔을 마시지 않았느냐고 들이대는 통에 둘러댈 말을 잃었다는 것이다. 한 번 더 그런 일이 있으면 미리 제출한 사직서를 바로 수리하겠다는 말에 기겁을 한 술꾼 선생들은 저희 가운데 누가 학교에 고자질을 했는지 고민하게 되었다. 이리저리 궁리한 끝에 성가대를 맡고 있던 음악 선생을 의심하게 되어, 그이에게 간첩이라는 별호를 붙이게 되었다. 그런데 그 후에 체육 선생들이 학교 뒷산에 올라가 담배를 피운 사실이 교장 귀에 들어가면서 마침 출장 중이던 음악 선생 외에도 또 다른 간첩이 도처에 숨어 있으리라는 사실이 전해지며, 서로를 의심의 눈으로 바라보게 되었다.

이렇게 믿을 인간이 하나도 없게 되었다고 자탄한 선생들은 경주마처럼 앞만 보고 달리게 된 것이다. 다른 반에 뒤지지 않게 제 반만 잘 가르치면 된다며 머리 터지게 경쟁만 해 온 선생들이 한자리에 모여 술과 떡을 나누며 마음 놓고 학교 험담을 주고받게 되니 스스로도 놀랄 만한 일이었다.

모임이 계속되면서 힘을 얻은 평교사 협의회는 학교 측에 정식으로 제안할 문제들을 논의하게 되었다. 학급마다 담임이 남아서 지키는 야자 감독을 한 층에 두 명씩 번을 돌아가며 하자는 안은 박수로 뜻이 모아졌다. 내친김에 보충수업이 아이들 공부에 별 도움도 안 되면서 고생만 시킨다는 성토가 이어졌다. 너나없이 지금 하고 있는 보충수업이 지나치게 과다하고, 교육적으로도 문제가 많다는 데 공감했다. 이제 보충수업을 없앨 것이냐, 그대로 할 것이냐를 두고 거수로 찬반을 묻기로 했다. 두 사람이 보충수업은 다른 학교도 다 하는 것이니 우리만 안 할 수 없다는 이유로 폐지에 반대를 하고, 나머지는 다 보충수업을 없애는 데 찬성하였다. 그를 근거로 학교에 보충수업 폐지를 건의하자고 의견을 모을 무렵, 투표 방식에 대한 이의가 제기되었다. 쪽지에 무기명으로 적는 비밀투표를 하자는 안이 나왔다. 워낙 압도적으로 찬성이 많았던 터라 대수롭지 않게 여겨 묵은 달력을 찢어 무기명 투표를 다시 하게 되었다.

  결과는 찬성 19, 반대 22로 나왔다. 조금 전 거수로 투표한 찬성 39, 반대 2와는 너무나 판이한 결과였다. 나중에야 박 선생은 시간당 팔천 원씩 받던 보충수업 수당이 가볍게 털어 낼 만한 것이 아님을 알게 되었다. 문제집에서 복사한 프린트 한 장 나눠 주고, 삼십 분 동안 풀라고 한 뒤 이십 분 답 풀이를 해 주면 시간당 꼬박꼬박 주머니에 들어오는 수당 팔천 원이 자동차 할부금이 되고, 기름 값이 되어 주었다. 방학 중에 하는 백이십 시간 보충수업 수당을 모아 대학원을 다닌다는 이도 있고, 해외여행을 간다는 사실을 그는 미처 모르고 있었다. 결국 교사들의 불만은 돈 안 주는 야간 자율 학습 감독에만 머무를 뿐이었다.

  아마 박 선생이 보충수업에 대해 각 교과에 맡기고 뒤로 물러앉는 데에는 그때의 충격이 아직도 말끔히 가시지 않았기 때문일 것이다. 눈치가 빠삭한 이근호 교감이 직접 찾아와 협조를 청할 때 그는 이렇게 말했다고 했다.

  "아직 한글도 모르는 아이들이 있어. 그 아이들을 모아 보충 대신 하겠어."

  실업과로 밀려온 아이들 가운데에는 한글을 제대로 못 쓰는 아이들이 적지 않았지만 학교가 그런 아이들까지 일일이 살필

틈이 없었다. 박 선생이 그 아이들을 모아 가르치겠다고 하니 교감도 더 이상 다른 말을 하지 못했을 것이다. 국어과 협의회를 통해 국어과는 박 선생이 대표해서 한글 미해득 학생들을 모아 보충수업을 하는 것으로 정리가 된 일이다.

그런데 문제는 아이들이 협조를 하지 않는 것이었다. 교실 문 앞까지 왔다가는 슬며시 달아난다고 박 선생은 고민을 했다. 어찌 알았는지 한글을 제대로 모르는 아이들을 따로 모아 가르친다는 사실이 알려지면서 아이들은 선뜻 교실에 들어오질 않았다. 박 선생은 아차 싶어 아이들을 조용히 불러 모아 설득을 했다고 한다.

"너희들 에디슨 아니? 인류 사상 최고의 천재라고 알려진 사람인데, 그 사람이 글을 몰랐다는 사실 모르지? 난독증이라고 너희만 할 때까지 글을 제대로 읽을 줄 몰랐거든. 너무 머리가 좋은 천재들 가운데에는 그런 일이 종종 있다고 해. 아마 너희들도 그런 천재일 가능성이 많아."

다음 날부터 한글 미해득반이라는 명칭은 '국어 천재반'으로 바뀌었고, 아이들은 조금씩 보충수업을 받으러 왔다.

🔔 부대찌개 연극부

며칠 동안 부대찌개파 아이들을 앞세워 상준이를 찾으러 다니던 박 선생은 눈에 띄게 안색이 초췌해 보였다.

"선생헌티 빽큐 먹인 눔을 찾아 뭐 허게? 지 발루 찾아와두 짤라 버릴 판인디."

"그나마 학교라도 품고 있어야 할 애들야."

"망아지를 물가까지 끌구 갈 수는 있어두 물을 멕일 수는 없다잖여. 발모가지를 묶어 둘 수두 없구, 짐승처럼 고삐를 채울 수두 없는 걸 워쩌?"

"학교를 그만두면 걔들이 뭘 하겠어? 뻔하지."

"세상 애들이 다 착허구 공부 잘허믄 쓰레기는 누가 치우구, 술집 웨이터는 누가 헐 껴? 다 즈이 달란트대루다가 사는 게 세상 이치여."

"나머지 애들도 심상찮아."

부대찌개파 아이들이 덩달아 집을 뛰쳐나가려는 눈치가 보인다며 전전긍긍하던 박 선생은 기어코 여드레 만에 서울 중국집에서 철가방을 들고 다니던 상준이를 잡아 오고 말았다.

재석이와 상준이의 어머니들을 데리고 박 선생이 찾아왔을 때 변은 돌아보지도 않았다. 두꺼운 화장으로도 감추지 못한, 수심이 그득한 얼굴로 아이들의 어머니들은 그에게 머리를 조아렸다.

"선생님 뵐 면목이 없어요."

"봐줄 도리가 없어 지가 되려 면목이 없네유."

변의 말에 재석의 어머니는 당장 눈물을 쏟을 듯한 눈으로 바라보았다. 규정대로 재석이는 다른 학교로 전학을 가고, 상준이는 자퇴 원서를 내면 되는 것이었다.

"자식이라고 하나뿐인데 그렇게 속을 썩이네요. 달랑 가게 하나로 먹고사는데, 맘대로 옮겨 다닐 형편도 안 되고, 끼구 있어도 저 모양인 애를 혼자 떨어뜨려 놓고 자취를 시킬 수도 없구요."

벌써 이골이 나도록 들은 말이었다. 변은 학생부 단골손님인 재석이네 처지를 잘 알고 있었다. 충청도에서 농사를 짓다 이쪽으로 옮겨 온 재석의 아버지는 돼지를 길렀다. 미군 부대서 흘러나오는 음식 찌꺼기를 얻어다 남의 땅을 빌려 돼지 오십 마리를 기르던 재석 아버지는 돈콜레라가 돌면서 기르던 돼지들을 땅에 묻고 빚더미에 올라앉았다. 집마저 남의 손에 넘기고 빈손으로 기지촌 앞의 무허가 움막으로 쫓겨나던 날, 그는 제초제를 마시고 세상을 떠났다. 혼자 남은 재석의 어머니는 양색시들 빨래나 밥 뒤치다꺼리를 하며 모은 돈으로 몇 해 전에 장미집이라는 술집을 인수했다. 새마을금고에서 일부 대출을 받아 마련한 가게는 사실 사기를 당한 셈이나 마찬가지였다. 머물던 미군 병력이 상당수 철수한다는 정보를 미리 알게 된 주인이 물정 모르는 재석의 어머니에게 팔아넘기고 빠져나간 것이다. 얼마 남지 않은 미군들과 이따금 찾아오는 한국 손님들을 상대로 색시 장사를 하고 있으나 벌이가 신통치 않을 것은 묻지 않아도 알 일이었다. 학교를 옮기라는 소리는 학교를 그만두라는 소리나 다름없었다.

"부장님이 선처해 주실 테니 너무 걱정 마세요."

곁에 섰던 박 선생이 제 마음대로 남의 선처를 내세우는 바람에 변이 황급히 손을 내저으려는데 질척해진 눈가에 시커멓게 눈 화장이 번진 어머니들은 번갈아가며 허리를 꺾어 절하기 바쁘다. 멀쑥하니 서 있는 아이들을 박 선생이 붙들어 앉혔다.

"너희들, 춤추고 싶다고 했지?"

"예."

"니들 연극 한번 안 해 보겠니?"

또 무슨 일을 박 선생이 저지르려는지 겁부터 난 변이 가만히 듣고 있자니, 언젠가 박 선생이 하던 얘기가 생각났다. 국어 시간에 희곡을 가르치는데, 재석이 아주 그럴싸하게 대사를 읽었다며 대견해하던 일이 있었다. 감정까지 넣어 얼굴 표정까지 지어 내는 품이 정말 그럴 듯했다는 것이었다. 아이들 앞에서 칭찬을 받고 박수까지 받은 뒤로 재석은 적어도 국어 시간에는 엎드려 자는 일이 없어졌다고 했다.

"아무리 그려두 안 되는 일여."

박 선생의 의도를 짐작하게 되었지만 쉽게 동의할 수가 없는 일이었다. 재석이나 상준이 문제를 그냥 넘어가면 앞으로 담배 피거나, 선생에게 대드는 다른 아이들을 제대로 지도할 수가 없었다. 게다가 재석의 흡연을 적발한 이치성 선생의 입장도 무시할 수가 없었다.

"일단 선도 위원회나 열어 줘."

"여는 거야 어려운 일은 아녀. 글구 선생헌티 빽큐 먹인 눔, 니는 우선 내헌티 발 마사지 줌 받구 가셔야겄어."

이틀 뒤 열린 선도 위원회에 박 선생은 아이들의 담임과 함께 참석했다. 학생 부장인 변은 이후 학생 지도 단속의 고충을 내세워 원칙적인 말을 했고, 변호인 격인 담임과 상담 교사가 선처를 바란다는 말을 마지못한 얼굴로 했다. 변이 징계 결정에 앞서 참고삼아 들으라며 박 선생에게 발언 차례를 주었다. 상준을 비롯하여 부대찌개파로 알려진 말썽꾸러기 아이들을 연극부에 넣어 각별히 지도하겠다는 이야기에 교감이 고개를 끄덕이며 힘을 실어 주었다.

"무조건 잘라 낸다고 될 일은 아니지요. 박 선생님께서 책임지고 지도하시겠다니 한번 기회를 주어 보지요."

 퇴근 시간이 가까워 오자, 벽에 걸린 시계만 번갈아 바라보던 선도 위원들은 교감의 말에 서둘러 동감을 표했다.

 "아무래도 담임이 있는 박 선생님 혼자서는 벅찬 일이니, 학생 부장님과 함께 맡는 걸로 하지요."

 난데없이 연극부를 떠맡게 된 변은 가뜩이나 많은 학생부 일을 둘러대며 버텨 보았다.

 "원래 학생부 일이 아닙니까?"

 똑같은 말을 해도 저리 얄밉게 해야 속이 시원하단 말인가. 변은 평소에도 곱지 않게 뵈던 교감이 이날따라 여간 얌통머리 없는 게 아니었다. 하지만 영 그른 말도 아니니 어쩔 도리가 없었다. 결국 골칫덩이 부대찌개파 아이들은 박 선생과 변이 함께 맡는 조건으로 마무리가 되었다. 박 선생이 고맙다고 했지만 변은 심기가 편치 않았다. 잘라 버리면 말끔해질 일을 공연한 일을 만든 박 선생이 원망스러웠다. 하려면 저 혼자 페스탈로치 시늉을 하든가, 어째 가뜩이나 일에 찌든 사람까지 불똥을 튀게 한단 말인가. 연극이라고는 장바닥에 드러누워 떡메로 배를 치는 약장사 차력 쇼밖에 본 적이 없는 변은 그저 박 선생이 하는 양을 지켜볼 셈이었다.

 남의 속도 모르는 박 선생은 퇴근하려는 변의 팔목을 잡고 학교 앞 분식 가게로 끌고 갔다. 부대찌개파 아이들과 대면 인사라도 나누고 가라는 말에 변은 기가 막혔다.
　난데없이 학생 부장이 들어서자 아이들은 고개를 숙인 채 이리저리 눈치만 살폈다.
　"야, 부대찌갠지 김치찌갠지 니들 앞으로 잘혀. 내가 니들 감독여."
　"감독요?"
　"그려, 연극부 지도 선생님은 박 선생님이고, 나는 감독이여."
　그 말에 아이들은 코끝을 찡그렸지만 먹음직스러운 떡볶이가 앞에 놓이자 대번에 화색이 돌았다. 젓가락을 들고 달려들던 아이 하나가 제 친구들이 옆구리를 찔러 대자 움찔하며 선생의 눈치를 살폈다.
　"먹는 거 앞에 놓고 오래 기다리면 안 되지."
　박 선생의 말에 와아 달려드는 아이들 틈에서 재석이 떡볶이 한 가닥을 포크에 찍어 공손히 선생들에게 건넨다.
　"니나 많이 먹구 담배 좀 그만 빨어."
　변은 재석의 머리를 한 대 쥐어박았다. 눈꺼풀에 테이프를 붙여 가짜 쌍꺼풀 모양을 낸 지영이가 변과 눈이 마주치자 겸연쩍은 웃음을 짓는다.
　"그려 먹는 거래두 잘혀."
　순대와 만두 서너 접시를 비우고도 아이들은 서운한 눈치였다. 담배 생각이 나는지 문밖을 드나드는 아이들을 불러들여 박 선생은 짧게 이야기를 전했다.

"너희들 연극 한번 안 해 볼래?"

연극이란 말에 아이들은 뜨악한 표정을 지었다.

"무대에서 공연도 하고."

무대라는 말이 마법처럼 아이들 눈을 반짝이게 했다.

"예수님이 무덤에서 나오는 거요?"

아이들의 눈에서 잠깐 반짝이던 빛이 이내 까무러졌다.

학교에 연극부라는 것이 있긴 있었다. 종교부 김치원 선생이 지도하는 연극부는 일 년에 두 번, 부활절과 성탄절에 매년 해 온 성극을 공연하는 게 주된 활동이었다.

"저희들은 교회 다니지 않는데요."

젓가락을 입에 물고 담배 피는 시늉을 하던 영돈이 시큰둥하니 중얼거렸다. 곁에 있던 지영이가 저는 교회 다닌다고 한마디 쏘며 티격태격 말다툼이 벌어졌다.

"근데, 왜 예수님은 매년 태어나요?"

어깨를 흐느적거리며 춤동작을 연습하던 민수가 제법 능청맞은 질문을 던졌다.

박 선생은 아이들에게 선도 위원회에서 나온 이야기를 하지 않았다. 그저 많은 사람들이 보는 무대에 올라가 춤이든 노래든 마음껏 놀아 보라는 말에 아이들의 눈빛이 조금 살아났다.

"정말 성극 말고 다른 거 해도 돼요?"

"랩도 돼요?"

수저통을 들고 기타 치는 시늉을 내는 영돈이, 손가락을 꼬아

가며 무어라 랩을 중얼거리는 재석이, 까르르 웃는 아이들로 가게 안은 금세 라면 냄비처럼 들끓었다. 정신 사나워 한마디 소리를 지르려던 변은 흐뭇한 눈으로 아이들을 바라보는 박 선생의 눈빛을 대하고는 튀어나오려던 호통을 집어삼켰다. 가만히 지켜보고 있자니 가관이 아닐 수 없었다. 누가 선생인지, 누가 아이인지 구별이 가지 않았다. 어깨를 건들거리며 랩을 하는 아이들 틈에 끼어 박 선생은 뭐라 알아들을 수도 없는 말들을 흥얼거리고 있었다. 우우. 아이들은 환호성을 지르며 박수를 쳤다. 변은 정신이 사나워 더 앉아 있지 못하고 서둘러 밖으로 빠져나왔다.

"아예 가수루다 나서 봐."
출근길에 주차장에서 박 선생과 마주친 변은 어제 애들 틈에 끼어 노래를 부르던 그가 생각나 한마디 눙쳐 보았다. 박 선생은 싱겁게 소리도 없이 웃고 만다. 그의 손전화가 요란하게 울었다. 전화를 받는 그의 목소리가 가라앉으며 이마에 주름이 잡힌다. 그의 여동생일 것이라고 변은 짐작했다.
"이번 딱 한 번만 봐주라, 오빠 성격 내가 아는데, 아무리 그래도 이번 한 번만 도와주라. 일단 다리만 놔 주면 나머지는 내가 다 알아서 삶아 먹든 구워 먹든 할 테니까."
며칠 전부터 집요하게 걸려 오는 여동생의 전화 내용을 전하며 박 선생은 난감해했다. 어쩔 것인가는 이미 정해진 일이고,

그러면서도 여동생의 청을 단호하게 자르지 못하는 것이 그의 고민인 셈이었다.

"지가 삶아 먹든 구워 먹든 알아서 한대잖여."

"알아서 할 일이 아니잖아."

"아님 말구."

네 살이나 아래지만 어려서부터 직장 생활에 이골이 난 그의 여동생은 제 오빠를 그가 가르치는 고등학생쯤으로 여기는 모양이었다. 학교 안만 맴돌며 아이들이나 가르쳐 온 샌님 처지에 그런 대접도 받을 만한 일이었다.

다단계 회사에 다니던 그의 여동생은 거기서 나오는 세제들을 학교 측에 납품할 수 있도록 행정 실장에게 다리를 놓아 달라고 심약한 오빠를 흔드는 모양이었다. 그 전에도 선생들이나 학부모들을 소개해 달라고 조르는 바람에 그는 다른 선생이 주문하는 것처럼 해서 샴푸나 무엇이든 찌든 때가 한 번에 말끔히 닦인다는 세제들을 자동차 트렁크에 가득 싣고 다녔다. 그 덕에 주변 선생들은 샴푸며 세제를 거저 얻어 썼다.

언제 기회를 봐서 한번 부탁을 해 보겠다는 답을 주고서야 박 선생은 전화를 끊었다. 변은 그가 학교를 그만두면 모를까, 그 약속을 지킬 리가 없으리라는 걸 잘 알고 있었다.

교무실 문 앞에서 연극부 지영이가 기다리고 있었다.

"샘, 이거요."

지영이가 노란 매니큐어를 칠한 손으로 박 선생에게 종이 한

장을 내밀었다.
"부대찌개?"
"어때요?"
변은 어제 박 선생이 아이들에게 연극부 이름을 새로 지어 오라고 했던 일을 기억해 냈다. 지영은 걱정스러운 얼굴로 박 선생의 눈치를 살폈다. 복도에서는 재석이와 몇몇 애들이 이편을 바라보고 있었다. 그 잘난 불량 서클 이름을 그대로 쓰자는 심보가 과연 부대찌개다웠다. 지영의 머리에 군밤을 한 대 주려던 변은 박 선생의 말에 어리둥절해졌다.
"좋은데."
"정말요?"
지영의 얼굴이 단번에 환해졌다.
"개성이 있어."
"그죠, 그죠."
지영은 창문에 매달린 아이들에게 혀를 내밀어 보였다. 영돈이 변의 눈치를 살피며 박 선생에게 달려왔다.
"선생님, 이건 어때요?"
영돈이 내민 종이에는 '불량 제품', '에이에스', '하자 보수'라는 단어들이 적혀 있었다.
"그게 뭐야? 문제아 티 낼 일 있냐?"
"뭐, 넌 식당 차릴 일 있냐?"
"샘도 좋댔어. 개성적이고……."

"개성은 장미가 최곤데."

그 말에 지영은 풀썩 웃음을 터뜨렸다.

"재석이는요, '텍사스의 장미'라고 하재요. 지네 집 가게 이름요."

박 선생은 교무실 안으로 들어설 엄두는 내지 못한 채, 쭈뼛거리며 이쪽만 바라보고 있는 재석을 돌아보았다. 변은 얼마 전에 그 집에서 학생부 회식을 했던 일이 생각나 눈만 껌벅였다.

"그것도 나쁘진 않은데?"

"네에?"

지영과 영돈은 어이가 없다는 얼굴로 박 선생을 쳐다보았다.

점심 식사를 마친 뒤, 박 선생은 종교부에 가 보자며 변의 소매를 잡아끌었다. 별로 만나고 싶지 않은 사람 가운데 하나인 종교 부장 얼굴이 어른거려 내키지는 않았지만 모처럼 하는 그의 청을 거절할 수는 없었다.

아이들을 돌려보낸 뒤, 박 선생은 종교부실로 찾아갔다. 연극부 담당인 김치호 선생은 자리에 없고, 종교 부장 엄재명 선생이 난 화분에 물을 주고 있었다.

"연극부 문제로 드릴 말씀이 있어서요."

"연극부요?"

안경알에 입김을 쐬어 셔츠 자락에 문지르며 엄 선생은 잔뜩 찌푸린 눈으로 두 사람을 바라보았다. 정년이 얼마 남지 않은 그는 성격이 괴팍하기로 소문이 난 사람이었다. 오 층 도서관 곁에 자리 잡은 종교부실에서 온종일 두툼한 성경을 뒤적일 뿐 그는 좀체 다른 선생들과 어울리지를 않았다. 변은 지금 같은 독실한 신앙이 있기까지 그가 겪어 온 일들을 무슨 전설처럼 전해 들은 바가 있었다.

그는 승일종고의 전신인 대성실고에서 넘어온 교사 가운데 한 명이었다. 무슨 방적 회사가 세운 산업체 부설 학교였던 대성실고는 섬유산업이 한물가면서 경영이 어려워진 재단 측이 학교 빚을 떠넘기는 조건으로 학교를 지금의 이사장에게 넘겼다 한다. 몇 안 되는 대성실고 출신인 그는 새 이사장이 독실한 기독교 신앙을 건학 이념으로 내세우며 본격적인 미션스쿨로 바꾸는 과정에서 많은 고초를 겪었다고 한다.

재단이 바뀌자 학교에도 많은 변화가 있었다. 우선 학교 이름이 바뀌고, 교사들도 새 얼굴로 채워졌다. 그 가운데서도 엄 선생이 가장 곤욕스러워한 것은 아침마다 맞는 직원 조회였다. 새로 바뀐 학교에선 매일 직원 조회에 앞서 예배를 보았다. 이때 교사가 돌아가며 한 명씩 예배를 인도했다. 교회를 다니지 않는 교사들도 차례가 되면 일어나 찬송가를 부르고, 기도를 해야 했다. 난생처음 찬송가란 걸 남 앞에서 부르자니 등에서 진땀이 날 만했을 것이다. 기도문을 미리 종이에 적어 두었다가 읽는 일도 엄 선생에겐 고역이 아닐 수 없었을 것이다. 그런데 어느 날, 전날 마신 술이 덜 깬 엄 선생이 약간 트로트풍으로 찬송가 440장 '멀리 멀리 갔더니'를 구성지게 부르고, 기도문을 읽기 시작할 때였다. 날이 더워서 누가 켜 놓은 선풍기 바람이 그가 성경 갈피에 펼쳐 놓은 기도문을 날려 보낸 것이다. 몇 달째 써 먹어 나달나달해지긴 했지만 이젠 간간히 '할렐루야' 라는 장단까지 섞어 가며 읊어 대던 기도문이건만 그것이 눈앞에서 사라지는 순간, 그의 머릿속은 말 그대로 무저갱보다 더 어둡고 막막했을 것이다. 아버지, 하나님, 아버지, 하나님만 찾다가 그것이 왜 그 와중에 튀어나왔는지 모를 '주여, 맙소사' 가 튀어나오고 말았다.

그는 바로 교장실로 불려 갔다고 한다. 다음은 전설처럼 전해 오는 그날의 대화였다.

"엄 선생은 교회 다니십니까?"

"예."

"어느 교회 다니십니까?"

그는 언젠가 자신의 동네에서 본 교회 이름을 댔다.

"온누리 교회입니다."

"교파가 어디입니까?"

교파라는 말에 어리둥절해진 그는 당황하다가 제 가문의 문파를 대었다.

"문정공파입니다."

아무 말도 않고 그를 노려보던 교장이 그에게 목사님이 누구시냐고 묻자, 당황한 그는 주말 스포츠 시간에 중계해 주었던 WBA 패더급 세계 타이틀 매치의 한국 권투 선수 이름을 댔다고 한다.

교장은 마지막으로 그에게 세례를 받았냐고 물었고 그는 받았다고 대답했다.

"어떻게 세례를 주던가요?"

어디선가 주워들은 바는 있어서 그는 물로 준다고 대답했다.

"물로 어떻게 주던가요?"

"그냥 막 주던데요."

이날의 종교 심문은 그가 겪을 고행의 시작일 뿐이었다. 그는 어느 날, 전교생이 운동장에 모여 드리는 전체 예배 시간에 아무런 예고도 없이 대표 기도자로 불려 올라가 전교생이 보는 앞에서 땀만 뻘뻘 흘리는 수모를 겪어야 했고, 쉬는 시간마다 교목실로 불려 가 성경 공부를 해야 했다. 그런 날 저녁이면 그는 비슷한 처지의 선생들과 어울려 소주병을 비우며 '잔혹한 예수쟁이들'을 이를 갈며 성토했다고 한다. 그런 날 다음이면 어김없이 교장실로 불려 가 교장이 직접 그의 입 가까이 제 코를 들이대고 냄새를 맡는 음주 측정을 당해야 했다. 그런 그를 학교는 종교부 예배계로 보직을 명했다. 그는 매주 전체 예배를 주관해야 했고, 교사들이 교회에 충실히 나가는지를 알아보기 위해 매주 월요일마다 제출하는 교회 주보 통계를 내야 했다. 그와 비슷한 처지의 무교자나 타종교를 믿는 이들은 교회를 나가거나 학교를 그만두거나 양단간에 선택을 해야 했다. 몇몇 선생들이 감당할 수 없는 수난을 면하기 위해 교회를 나가거나, 제

종교와 신념을 지키기 위해 다른 학교로 옮겼지만 예배계 엄재명 선생은 끝까지 버티기로 이를 악물고 다짐했다고 한다. 제 눈으로 학교가 망하는 걸 보고 그만두겠다는 설도 있고, 그런다고 내가 하나님을 믿나 보자고 버텼다는 설도 있었다.

그런 엄 선생이 승일종고의 종교 부장이 된 것이다. 악과 오기로 버티며 홀몸으로 수난을 당하는 과정에 그 자신도 모르게 예수가 겪었던 고난을 공감하게 되었고, 결국 하나님 앞에 무릎을 꿇고 말았다니, 할렐루야! 누군가는 승명학원 이사장에게 무릎을 꿇었다는 말도 하긴 했지만 변은 그를 보면 신기하게만 여겨졌다.

"연극부는 왜?"

"제가 연극부를 해 봤으면 해서요."

"연극부를?"

그는 박 선생이 자초지종을 전하는 동안 여전히 안경알만 셔츠 자락으로 문질러 댔다.

"김치호 선생 일이 많긴 한데……."

"연극이란 것이 아이들 성취감에도……."

"생각해 봅시다."

남의 말을 동강 내며 엄 선생은 다시 두툼한 성경을 펼쳤다.

교감이 참석한 선도 위원회에서 양해된 사항이지만, 담당 부서에서 이의를 제기하면 마음대로 할 수도 없는 일이었다. 다행히 복도에서 마주친 김치호 선생은 이야기를 듣고는 반색을 했다. 연극에 관심이나 경험도 없는 데다 종교부 일이 잡다하게 많아 성극 공연만이라도 면하게 되면 너무 고마운 일이라며 박 선생의 손을 붙들고 몇 번이고 고개를 꾸벅였다.

　박 선생이 연극부를 맡게 되었다는 소식에 누구보다 연극부 아이들이 좋아했다. 그러나 이내 부대찌개파 아이들이 연극부에 들어오게 된다는 말에 절망했다. 아이들은 떼를 지어 찾아와 박 선생에게 항의했다.

　"연극이 장난이 아니거든요. 1학년 때부터 선배들한테 맞아 가면서 호흡법 배우고, 대사 치기 하느라 밤새우며 해 온 거거든요."

　"그런데?"

　"걔들이 연극을 어떻게 해요?"

　"왜 그렇게 생각하니?"

　"걔들은 한 달도 못 갈 거예요."

　"그러면 한 달만 참아 보자꾸나."

　"그동안 연극부는 쑥대밭이 되니깐 문제죠."

　보다 못한 변이 나서서 애들을 윽박질러 보았지만, 꼴에 무대 위에서 대사 몇 줄 외쳐 보았다고 눈 하나 깜빡이지 않았다.

　청소년 연극이란 것이 전문 극단도 아니며, 뛰어난 연기나 공연보다 서투른 친구들이 서로 격려하고 함께 뭔가를 만들어 나가는 데서 기쁨을 얻고, 뭔가를 배워 나가는 게 더 소중하지 않냐고 박 선생이 간절히 설득을 해 보았지만 연극부 아이들은 들으려 하질 않았다.

"부대찌개파 같은 애들이 들어오는 거 자체가 연극부를 모욕하는 일이거든요."

"그런 말을 들으면 친구들이 모욕감을 느끼지 않을까?"

"느끼라죠."

변이 호통을 치고 눈을 부라리고 나서야 연극부 아이들은 박 선생 곁을 떠났다. 그걸로 끝난 줄 알았더니 이튿날 아이들은 턱밑에 수북하니 수염을 기른 연극부 대선배까지 모셔와 박 선생 앞에 내세웠다.

"그래도 십육 년이 되는 전통이 있는 연극부를 하루아침에 없애신다니 좀 당혹스럽네요."

어떤 이야기를 들었는지 대학로에서 연출가로 활약하고 있다는 대선배는 섭섭함부터 내놓았다. 박 선생은 연극부를 없애는 게 아니라 제대로 만들어 볼 생각이라고 말했다.

"말이 연극부지, 사실 성극부라는 게 맞지요. 십육 년 전에도 했었을 '빈 무덤'이나 '아기 예수와 동방박사'를 언제까지 반복하는 게 아이들에게 도움이 되는지 모르겠습니다."

박 선생은 성극도 좋고, 학교 행사도 좋지만 연극을 통해 아이들이 무엇을 얻고 배우기를 바란다고 그를 설득했다. 사실을 제대로 알게 된 대선배는 박 선생에게 잘 부탁한다는 인사를 하고 돌아갔지만, 연극부 아이들 대부분은 그만두겠다고 고집을 부렸다.

"그려, 붙잡지 않을 테니 잠자쿠 짐 꾸려."
눈이 시어 못 봐 주겠던 변이 한마디 거들자 그 길로 아이들은 짐을 꾸렸다. 아이들이 떠난 연극부 교실은 휭 하니 비었다. 여기저기 잡동사니들이 어지럽게 널려 있는 교실에 웬 여학생 하나가 그것들을 주섬주섬 치우고 있었다. 정미였다.
"지저분해서요."
정미는 뒤를 돌아보고는 슬며시 손에 들었던 빗자루를 내려놓았다. 박 선생이 아이에게 다가갔다.
"넌 남을 거니?"
"예."
"재석이 걔들도 잘할 거야."
"관심 없어요."
머뭇거리는 박 선생에게 정미는 입을 비죽거리며 중얼거렸다.
"난 혼자서도 할 거예요."
알고 보니 연극부라는 것이 부대찌개파보다 더 성질이 못되었다고 변은 뒤늦게 절감했다. 하나같이 되바라지고 발칙하기 짝이 없었다. 그나마 남아 있는 것이 대견스럽다 여겼더니 그 입에서 나오는 말도 되바라지기는 덜하지 않았다.
변은 정미를 잘 알고 있었다. 얼굴이 까무잡잡한 정미는 요선도 학생 명단에 일찌감치 올라와 있었다. 정미는 별명이 탄순이였다. 상과 졸업반인 정미는 기지촌 클럽에 다니던 어머니가 쿠퍼라는 흑인 병사와 살림을 차려 낳은 혼혈아였다. 이 년 가까이 함께 지내던 쿠퍼가 임기를 마치고 본국으로 돌아가면서 정식 초청을 하겠다는 약속을 했지만 그것은 대부분의 기지촌 여성들이 한두 번 쯤은 겪는 공허한 약속이 되고 말았다. 정미를 낳아 혼자 기르면서도 정미 어머니는 쿠퍼가 초청장을 보내올 날만을 기다리고 기다렸다. 간간이 전해 오던 편지와 생활비마저 끊기게 되자, 정미 어머니는 다시 클럽에 나가 일을 하게 되었지만 눈물과 술로 범벅이 된 생활의 시작이었다. 그녀는 기지촌에서도 소문이 난 술꾼이 되었고, 술만 취하면 울면서 행패를 부려 한바탕 소동이 벌어지곤 했다. 그녀는 클럽에서도 쫓겨나 부엌 설거지 같은 궂은일을 하면서도 이곳을 떠나지 않았다. 주둔 미군이 줄면서 기지촌의 클럽이나 가게들이 대부분 평택이나 송탄 쪽으로 옮겨 갔지만 그녀는 여전히 이곳에 남아 쿠퍼를 기다렸다. 술 없이는 한시도 지낼 수 없게 된 그녀는 남의 집 일도 못 한 채, 생활보호 지원금과 정미가 편의점 아르바이트로 벌어오는 돈으로 근근이 생계를 이어 나가고 있었다.

  정미는 어려서부터 춤을 잘 추고 노래를 잘 불렀다고 한다. 언젠가 자신의 장래 희망을 돌아가며 발표하는 시간에 정미는 자신의 꿈이 인순이처럼 유명한 가수가 되는 거라고 했는데, 아이들은 검은 피부에 지독한 곱슬머리를 지닌 정미가 가수가 되겠다고 하는 것을 비웃었다. 연탄재처럼 얼굴이 검은 인순이라며, 아이들은 정미에게 '탄순이'라는 별명을 붙였다. 그런 정미가 연극부였다는 것은 변도 이번에 처음 알게 되었다.

부대찌개파 아이들은 정미 말대로 일주일을 넘기지 못하고 금세 싫증을 내기 시작했다. 방과 후에 박 선생이 연극 이론을 가르쳤는데 한두 명씩 빠지기 시작하더니, 얼마지 않아 절반이 나오지 않았다.

변은 혼자 애쓰는 박 선생이 안되어 아이들을 불러 모아 놓고 따끔하게 야단을 쳤다. 그렇게 하다가는 전학을 가야 한다는 말도 했다. 처음 듣는 소리인지 아이들이 수군거렸다. 학교에선 골칫덩어리 부대찌개파 아이들이 연극을 한다는 것을 두고 빈정거리는 소리들이 많았다. 개꼬리 삼 년 묵힌다고 황모 안 된다는 소리부터, 걔들이 연극을 하면 손에 장을 지진다고 제 손가락을 치켜드는 선생도 있었다. 변도 그와 크게 다르지 않았다.

"짤라 버리라는 걸 박 샘허구 내허구 손이 발이 되도록 빌어서 겨우……."

박 선생이 들어오는 바람에 변의 이야기는 거기서 마무리할 수밖에 없었다. 침통한 아이들 표정을 살핀 박 선생은 나지막한 목소리로 아이들을 다독였다.

"연극은 혼자서는 할 수 없는 거야. 한 명이라도 빠지면 못 하는 거야."

고개를 수그린 채 듣고만 있던 지영이 고개를 치켜들었다.

"랩도 하고 춤도 춘다고 했잖아요."

"우선 연극이란 게 뭔지는 알아야 되잖아."

"그걸 왜 알아야 되는데요?"

지영의 당돌한 물음에 박 선생은 선뜻 대답을 하지 못했다. 할 말을 잃고 머뭇거리는 박 선생을 대신해 변이 한마디 거들었다.

"차근차근 배워야 연극을 제대로 허는 거 아니겄냐."

"우린 랩이나 춤이나 그냥 했는데요."

그렇긴 했다. 변은 아이들이 낙서장에 끼적거린 노래 가사를 보면서 어깨를 흔들며 흥얼거리는 걸 자주 보곤 했다. 심지어 화장실 변기 앞에서도 흥얼거리고, 책상 위에 올라앉아서도 아이들은 엉덩이를 팽이처럼 돌렸다. 공부를 그렇게 열심히 했으면 서울대 갈 거라고 퉁바리를 주었지만, 아이들이 혼자 힘으로 춤이나 랩을 익혀 나간다는 말은 사실이었다.

"또 타월 뒤집어쓰고, 마구간에서 아기 예수 태어나는 거 하려고 그러죠?"

영돈이 눈을 갸름하니 치켜뜨고 박 선생을 바라보았다. 박 선생은 아이들이 무엇을 이야기하려는지 그때서야 알겠다는 표정이었다.

"무얼 하는지는 너희들이 정할 거야. 대본도 너희들이 쓰고, 연출도 너희들이 할 거라구. 예수님 성극을 하든, 서태지 이야기를 하든 니들이 정하면 되거든."

"근데 왜 공부만 해요?"

"아, 그것도 하기 싫으면 안 해도 돼. 그 대신 빠지지 말고 모여서 뭘 해야 좋을지 얘기를 해 보렴."

"공부 안 해도 돼요?"

"그럼."

"안 할래요."

아이들은 그날 연극부실에 모여 무엇부터 할지 상의했다. 박 선생은 일부러 자리를 비켜 주었다. 변은 머리를 맞대고 수군거리는 애들이 미덥지 않았다. 삼십 분이나 버티면 다행이었다. 좀 지나면 배고프다고 아우성칠 테고, 마음 약한 박 선생이 라면이나 사 먹이고 나면 골목 으슥한 데로 흩어져서 담배나 한 대씩 뺄 것이 틀림없었다.

두어 시간쯤 지나 정미가 교무실 문을 열고 들어왔다.

"연극 이론은 나중에 하기로 하고, 바로 연극 연습을 하겠대요."

기가 막히다는 표정으로 정미는 종이 한 장을 내밀었다. 아이들이 회의한 내용을 정리한 모양이었다.

"발성 연습도 안 되어 있고, 동선이라는 게 뭔지도 모르면서 무작정 무대 올라갈 생각부터 하는 거 있죠?"

"그래도 연극에 흥미를 느끼게 된 건 잘된 일 같다."

그 말에 정미는 입을 비죽이며 마뜩잖은 표정을 지었다.

"걔들은 재미로 하는지 몰라도 난 아니거든요."

"아니라니?"

"전 대학을 갈 건데요."

"대학?"

"연영과 시험 보려면 제대로 기본도 배우고, 이론도 배워야 하거든요."

미처 짐작하지 못했던 일이었다. 무어라 말을 건넬 틈도 주지 않고 정미는 교무실 밖으로 나가 버렸다. 박 선생이 건네받은 종이에는 '부대찌개, 난장을 까다'라는 글씨가 낙서처럼 적혀 있었다. 줄거리도 없이 배역부터 적어 놓은 종이는 그야말로 어지러운 글씨들로 난장판이 되어 있었다.

상준이가 며칠째 학교를 오지 않았다. 연극부에 들어와 잘 다니는가 싶더니 열흘을 넘기지 못했다. 어느 선생도 상준의 안부를 묻거나 걱정하지 않았다. 담임도 집에 들러 보거나 아이를 수소문할 생각도 않는 눈치였다. 박 선생이 지나가는 말처럼 묻자, 담임은 짜증부터 냈다.

"무슨 법이란 게 선생에게 쌍소리로 욕하고 유리창 깨고 뛰쳐나간 놈도 받아 줘야 하냐구요."

"집에 있대요?"

"몰라요. 부모란 이들은 코빼기도 안 뵈고, 전화로 애 어디 갔냐고 나한테 묻더라구요."

"집에도 없나 보네요?"

"그런 놈이 제 부모 말이나 잘 듣겠어요. 어디 피시방에나 처박혀 있겠지요."

"집안도 어려운가 보던데……."

"작년 담임도 일 년 내내 속 썩었대요. 결석이 오십 일이나 넘어서 간신히 올라온 거래요."

자신은 그렇게까지 속 썩을 이유도 없고, 오거나 말거나 내버려 뒀다가 결석이 칠십이 일 넘으면 바로 잘라 버리겠다고 상준의 담임은 단호하게 말했다. 수업 일수가 모자라면 퇴학 처리가 가능했다. 그러나 막상 퇴학이 된 아이도 다음 해 다시 학교에 다니고 싶다면 받아 주어야 하는 규정 때문에 교사들은 불만이 많았다.

"법이란 게 좀 법다워야지요. 다니기 싫으면 관뒀다가 심심하면 또 다니다가, 학교가 무슨 공중변소도 아니고."

"학교 안 나오면 더 문제지요."

"왜 그걸 학교가 떠맡아야 하냐구요? 제 부모들도 맘대로 못하는 골칫덩어리들을."

W시 소년 담당 검사가 승일종고 선생들을 만나고 싶어 한다는 말까지 있었다. 승일종고 아이들이 말썽을 부려 툭하면 검찰로 송치되는 일이 잦아서 생긴 말인 듯했다. 그런 소리를 들을 때마다 학생 부장인 변은 억울하기 짝이 없었다. 골칫덩어리들을 품에 안고 있는 게 화근이었다. 싹수가 노랄 때 미리미리 잘라 버리면 이런 소리를 듣지 않아도 될 일이었다. 잘라 버린 다음에야 무슨 짓을 해도 학교가 똥바가지를 뒤집어쓸 이유가 없었다.

아이들을 마구 퇴학시킨 적이 있었다. 한 반에 오십 명씩 시작한 학급이 학년 말에는 절반으로 줄었다. 빈자리는 또 어느 학교에서 말썽을 부린 아이들이 옮겨 와 자리를 채웠지만.

경력이 얼마 되지 않았을 때의 일이지만, 변은 나중에야 그것이 학교 측의 의도된 일이라는 걸 선배 교사들을 통해 알게 되었다. 정원 외로 학생을 받은 학교는 말썽 부리는 아이들을 대량으로 퇴학시키고는 또 다른 아이들을 받아 편법으로 수입을 늘려 나간다는 것이다. 아이들 머리 장사를 하다 감사나 장학 검열이 나오면, 정원 외로 받은 아이들 책상을 빼고 아이들은 집으로 돌려보내거나, 옥상으로 올려 보내 난데없는 야외 미술 수업을 하루 종일 시키기도 했다는 것이다. 대개 중도에 옮겨 오는 아이들은 다른 학교에서 퇴학을 받을 지경이 되거나 받은 아이들이어서 학교에 적잖은 돈을 내고 보결생으로 편입했다. 한 해에도 그런 편입생이 수백 명이 되니 무시 못 할 목돈이 될 일이었다.

어처구니없는 일은 그뿐이 아니었다. 처음 부임하던 해 변은 세 과목을 가르쳐야 했다. 윤리과 이급 정교사인 그에게 한문이야 그렇다 치지만, 뜬금없는 국사는 난감하기만 했다. 교무주임에게 하소연을 하니, 그이는 웃으며 체육 교사인 자신이 음악에 기술까지 가르친다며 입을 막아 버렸다. 변은 국사 시간에 아이들이 까다로운 질문을 하여 진땀을 빼던 일이 지금도 가위 눌리듯 되살아나곤 했다. 경주 박물관에 있는 금관이 진짜인지 가짜인지를 묻는 질문이나 교과서에도 나오지 않는 역사적 사건의 연대에 관한 물음들은 어떻게 둘러댈 재간이 없었다. 얼굴이 붉어져 진땀을 흘리노라면 아이들이 질문한 아이를 구박하며 그를 구원해 주었다.
"야, 윤리 선생님께 그런 질문을 하면 어떻게 하냐?"

보충수업과 야간 자율 학습에 불만을 지닌 선생들을 부추겨 교사 협의회를 띄운 것도 이해창 선생이었다. 구시렁거리며 학교나 교장 흉을 보는 데까지는 잘 모이던 선생들이 슬그머니 꼬리를 사리기 시작한 것은 이해창 선생이 전교조 가입을 추진하면서부터였다. 해직 교사를 돕기 위한 후원금은 군말 없이 내놓았지만, 막상 자신들이 전교조에 가입하는 일에는 선뜻 나서려 하지 않았다.
"교사가 노동자라니, 좀 거시기하네."
"상황 봐 가면서 차차 합시다."
"하려면 몽땅 한꺼번에 해야 탈이 없소."
의견들이 분분했지만 일부 교사만 가입하면 그들이 피해를 입을 게 뻔한 일이니 하려면 전원이 일괄로 가입해야 한다는 의견에 뜻이 모아졌다. 그 말을 거꾸로 뒤집으면, 한 명이라도 반대하면 가입을 하지 못한다는 말이라는 걸 나중에야 알게 되었다. 일부 교사들이 순수한 친목 모임만 하겠다며 뒤로 물러섰다. 나중에 알았지만, 관망만 하던 학교 측이 제 편 선생들 입을 통해 돌아가는 추세를 파악한 뒤 서서히 손을 쓰기 시작한 것이었다. 마음 약하고 형편이 어려운 선생에게 미리 제출했던 사직서를 들이대거나, 학교에 들어올 때 도움을 준 목사나 교직원을 내세워 앞에 나서지 말라고 종용했다. 변도 교목에게서 그 비슷한 충고를 받았다. 세상 돌아가는 얘기나 나누자는 교목과 차를 마시며 변은 학교에서 일어나는 일들에 대해 얘기했고, 교목은 학교를 걱정해 주어서 고맙다고 했다. 변은 교목이 그 이야기를 하나님에게만 전하지 않으리라는 걸 뻔히 알고 있었다.

"전교조라구 전부 나쁜 건 아니쥬. 몇몇이 사상적으루다 좀 건강하질 못헌디, 나머지 선생이야 뭐 너무 순진혀서 문제쥬, 뭐."

교목은 그 '몇몇'에 대해 깊은 관심을 가졌지만 변은 누구라 꼭 집어 말하기는 거시기하다고만 얼버무렸다. 그때까지만 해도 변은 교사 협의회에 적지 않은 기대를 걸고 있었다. 그런 가운데 일부 선생들이 발을 빼면서 모임에는 예상치 못했던 동요가 일어났다. 그 가운데서도 정주봉 선생의 변심은 큰 충격이 아닐 수 없었다.

성격이 호방하여 술, 담배를 즐기는 정 선생은 학교와는 견원지간이었다. 학교도 그라면 머리를 흔들며 한편으로 내놓은 사람이었다. 그런 그가 이상해졌다는 말이 돌 때만 해도 변은 말 좋아하는 사람들의 뒷얘기로만 여겼다. 그러나 정 선생이 학교 측의 하수인 격이라고 지탄을 받았던 교무주임 밑으로 자리를 옮기면서 소문이 조금씩 모습을 드러내기 시작했다.

교무주임은 별명이 염소였다. 교사 협의회 모임이 만들어지면서 학교 측은 예상보다 부드럽게 나왔다. 격해진 선생들이 요구한 공개 좌담회도 순순히 응하여 주말 오후 시간에 열리게 되었다.

수학여행 갈 때 특정 버스 업체를 지정하여 금품을 받은 사실을 따져 묻고, 보충수업도 안 하는 교장이나 교감이 관리 수당이라 하여 아이들이 낸 보충수업비의 일부를 꼬박꼬박 받아 챙긴 사실도 추궁했다. 이야기가 뜨거워지면서 교과서를 채택하고 출판사에서 학교에다 금일봉을 건넨 사실도 들춰졌다. 물론 학교를 대신하여 나선 교장은 잘 모르는 일이라고 발뺌을 하거나, 다른 학교들도 그렇게 하는 관례라는 걸 내세워 이리저리 빠져나갔다. 그때, 학교 측에 붙어서 교사들의 사생활을 고자질하고, 이간질시키는 이에 대한 비난이 터져 나왔다. 이에 대한 교장의 답변이 걸작이었다.

"무슨 말인 줄 알겠습니다. 그 선생이 누군지도 알겠습니다. 양 이야기로 답변을 대신할까 합니다. 양이란 짐승이 보기는 순해 보이지만 워낙 성미가 급하고 고집 센 동물이라 합니다. 양은 잠을 잘 때, 한군데로 몰려 엎치고 덮쳐 잠을 자는 버릇이 있어서 깔려 죽는 일이 많다고 합니다. 그래서 양을 기르는 이들은 양떼 틈에 염소 한 마리를 넣어 기른답니다. 염소는 곁에 닿는 것마다 뿔로 받는 버릇이 있어서 한데 뭉친 양떼 속에 들어가 이리저리 들이받아 헤쳐 놓는 노릇을 한답니다. 당장은 염소가 밉겠지만 결국은 양들 목숨을 구해 주는 게 바로 염소지요."

능글맞은 교장의 말에 교무주임은 졸지에 염소가 되었다. 대성실고에 있다가 넘어온 교무주임은 새로운 재단에 붙어 충성을 다했다. 학교 옆의 교회에서 집사까지 맡아 겉으로는 학교와 교회의 일꾼 노릇을 자처했지만 교사들을 몰아대는 악역을 자임하는 바람에 미움을 도맡았다. 정주봉 선생의 말에 따르자면, 기지촌 골목에서 술에 취한 그와 마주친 일이 있다고 했다.

"염생이, 그게 딱 걸렸더군. 나 같은 놈이야 워낙 개판이니까 그렇다 치지만 거룩한 집사님이 그럴 수가 있냐고."

이렇게 목소리를 높이던 정 선생이 교무주임 밑으로 들어갔다는 사실에 모두 어이가 없어 할 말을 잃었다. 한때 시를 썼다는 정 선생은 불교 신자인 데다 워낙 술을 좋아하고, 잡기를 즐겨 학교 쪽과 사사건건 부딪쳤다. 전날 새벽까지 마신 술이 덜 깨어 아이들 자습 시키기가 일쑤였고, 수업 중에 아이들 책상을 붙이고 잠을 자다가 교장실에 불려 간 게 한두 번이 아니었다. 수업 연구를 시키면 그는 참관하러 들어온 교장과 다른 선생들이 보는 앞에서 한 시간 내내 아이들에게 책만 읽혔다. 학교는 굴하지 않고 다음 학기에 유례없이 다시 그에게 연구수업을 시켰다. 이번에는 제법 작은 칠판까지 걸어다 놓고 무언가 하는 듯했다. 그는 한 시간 내내 원고지 쓰는 법만 가르쳤다.

정 선생은 그 나름대로 아이들에 대한 열정은 있었다. 대체로 운동부 아이들처럼 뒤처지거나, 문제 학생으로 소외된 아이들을 제 집에 데려가 술상을 마주 놓고 인생을 가르치는 훈화를 마다하지 않았다.

그런 정 선생의 교육 방법이 학교 측이 보기에 탐탁할 리가 없었다. 그는 예배 시간이면 부임 초부터 한결같이 애창해 온 찬송가 '양떼를 떠나서'를 그만의 독특한 창법으로 불렀고, 사시사철 전혀 변함이 없는 기도문을 꺼내 들고 줄줄 내리읽곤 했다.

학교는 그에게 노골적으로 압박을 가했다. 느닷없이 담임에서 제외하고, 모두가 꺼리는 청소 담당 보직을 주어 일 년 내내 운동장에서 아이들이 버린 휴지를 줍게 했다.

그런 보복에 지친 것일까.

교무부로 간 정 선생은 교무주임과 하루가 다르게 가까워졌다. 복도에서 마주치기만 해도 재수 없다고 외면하던 그가 교무주임과 농담을 주고받으며 큰 소리로 웃곤 했다. 들리는 소문으로는 그가 교무주임과 밤을 새워 코가 비뚤어지도록 통음하고, 호형호제하게 되었다고 했다. 어찌 됐든 정주봉 선생은 교사 협의회 모임에서 조금씩 벗어나기 시작했다. 모임 자체를 반대하지는 않았지만 모임에 빠지는 일이 잦아졌다. 그 나름대로는 체육 선생들과 가까워지며 여름내 운동장 구석에다가 땅을 고르고 소금을 사다 부으며 테니스장을 만드는 일에 골몰했다. 그리고 젊은 교사들을 방과 후에 테니스장으로 불러내어 공도 치고, 삼겹살도 구워 먹는 작은 모임을 만들어 냈다. 물론 그 모임에 교무주임도 끼어들게 된 것은 당연한 일이었다.

이해창 선생이 전교조 지회를 찾아가 혼자 가입을 한 것은 그 무렵의 일이었다. 전교조에 단체로 가입하는 문제가 지지부진해지면서, 교사 협의회도 반쪽짜리가 된 채 별다른 활동도 못하고 엉거주춤한 상태였다. 그렇게 한 해를 마무리할 무렵이었다. 겨울방학 중에 교사 협의회 회장이었던 안주병 선생이 공립 특채로 추천되었다는 말이 전해 왔다. 당시에는 사립학교 교사 가운데 해마다 한 명씩 공립학교로 특별 채용하는 제도가 있었다. 공립학교는 교장, 교감의 눈치를 볼 필요도 없고 완전한 공무원 신분이 보장된다는 점에서 사립학교 교사들 가운데에는 공립으로 특채되기를 바라는 교사들이 많았다. 한 해에 한 명밖에 추천을 할 수가 없으니 교사들 간에도 보이지 않게 경쟁이 심했다. 추천을 결정하는 학년 말이면 서로 가겠다고 교사끼리 언성을 높이며 싸우는 일마저 벌어지곤 했다. 이런 상황에서 사립학교는 단물 다 빠지고 급여만 많이 나가는 경력 많은 교사들을 방출했다. 그런데 경력도 그리 많지 않은 안주병 선생이 추천을 받은 일을 두고 말들이 많았다. 교사 협의회에 부담을 느낀 학교가 그 회장을 날려 버렸다는 해석부터, 학교가 넌더리를 내서 공립으로 쫓아내도록 안주병 선생이 사사건건 교장에게 들이대고 싸웠다는 이야기까지 나돌았다. 결국 안주병 회장은 공립으로 짐을 꾸려 떠나고, 빈 회장 자리를 놓고 개운치 않은 이야기들이 나돌았다. 공립 특채 추천이 보장된 교사 협의회 회장을 서로 하려고 경합을 벌인다는 소문이었다.
 이해창 선생이 술에 취해 하던 말을 변은 아직도 잊지 않고 있다.
 "우리가 그것밖에 안 되나?"
 평소에는 술을 마셔도 흐트러짐이 없던 그가 술집 탁자에 엎드려 혀 꼬부라진 소리로 내뱉던 말들이었다.
 "우리가 겨우 그걸 하자고 모인 건가?"
 그 말에 누구도 속 시원한 답변을 하지 못했다. 한번 흐트러지기 시작한 교사 협의회는 수많은 사모임으로 나뉘어 갔다. 남녀 교사별로 쪼개진 모임은 출신 학교와 고향으로 이합집산을 하더니 나중에는 부서별로 똘똘 뭉쳐 회식만 즐겨 다녔다. 학교에선 주임 교사들에게 협의회 비용이라며 회식 다닐 돈까지 내주었다.
 이해창 선생이 전교조에 가입한 뒤에 학교는 본격적으로 그를 괴롭히기 시작했다. 조합원 수가 늘기 전에 손을 보아야 한다는 판단이 섰는지, 아니면 일벌백계의 경종을 울리려는지 학교는 여러 각도로 손을 쓰기 시작했다.
 난데없이 출석부 검사를 하여 지도교사란에 서명을 빠뜨렸거나 출석 학생에게 찍게 되어 있는 점을 찍지 않았다고 시말서를 쓰게 했다. 그동안 실실 웃으며 호인 행세를 하던 교장은 눈을 부릅뜬 채, 교무 회의 시간에 이해창 선생을 세워 놓고 탁자를 주먹으로 쳐 가며 시말서 두 장을 쓰면 징계라는 엄포까지 놓았다. 그러나 이해창 선생은 전혀 위축되지 않았다.

"저는 학생을 지도할 때도 조용히 교무실로 불러 타이릅니다."

그 말에 교장은 얼굴을 붉히며 더욱 화를 냈지만 이해창 선생을 어쩌지는 못했다.

그런 가운데 이사장이 국회의원 선거에 나서게 되었다. 교장실에서는 날마다 주임 교사들이 머리를 맞대고 대책 회의라는 걸 가졌고, 교사들도 본의 아니게 선거 바람에 휩쓸리게 되었다.

"학부모들이 학교에 대해 너무 몰라요. 이사장이 누구신지, 뭘 하시는 분인지도 모르니 애교심이란 게 생기겠어요?"

난데없는 교장의 애교심 타령에 담임교사들은 당장 학부모들에게 전화를 걸어야 했다. 겉으로는 아이 문제를 상담하는 전화였지만 슬며시 지나가는 말처럼 이사장이 이번 국회의원 선거에 나선 사실을 알리며, 그이가 그동안 지역 발전과 교육을 위해 얼마나 많은 공을 세우고 헌신했는가를 선전해야 했다. 교무주임이 친절히 인쇄를 해서 나눠 준 '학부모 상담 요령'에 의하면 마지막에는 '이사장이 잘되어야 학교도 잘되고, 학교가 잘되어야 아이들도 잘될 수 있다'는 반협박조의 당부로 마무리해야 했다. 수업하랴, 공문 처리하랴 바쁜 일과 중에 틈을 내어 한 번에 십여 분은 족히 걸리는 전화를 돌리고 나면 교사들은 기진맥진하여 목이 쉬었다. 선거가 가까워지면서 그런 전화는 집에 가서도 이어져야 했다. 학부모당 두세 차례 전화를 걸어 기권하거나 엉뚱한 사람에게 표를 빼앗기는 일이 없도록 하라는 지시가 빗발쳤고, 교무주임은 매일 교사들의 통화 횟수를 집계했다.

선생들의 불만은 많았지만 누구도 앞에 나서서 이의를 제기하지는 못했다. 교장도 아니고, 하늘 같은 재단 이사장이 하는 일이요, 황차 그 넓은 가슴에 금배지를 달겠다는 일에 딴죽을 걸 엄두를 내지 못했던 것이다. 박통 시절에 가정방문을 나가 삼선개헌의 당위성을 설명하라는 바람에 논에서 일하는 학부모를 만나러 논두렁깨나 오르내린 경험이 있던 선배 교사들은 그 일을 무슨 자랑스러운 전력처럼 후배들에게 요령을 일러 주며 난 체를 했다.

결국 이해창 선생이 더 참지를 못하고 벌떡 일어서게 되었다. 촌지 받지 말고 참교육하자는 교사들에게 불법이라고 쫓아낸 이들이 정치 활동을 금지하는 공무원법을 어겨 가며 교사들에게 선거운동을 시키느냐고 따진 것이다. 교장은 얼굴이 벌게진 채 대답을 잃었고, 약빠른 교무주임이 바쁜 일정을 핑계 삼아 이 선생의 입을 틀어막으려 했다.

"이 선생, 그렇게 아무 때나 벌떡벌떡 일어나서 얘기하는 게 아녜요."

교무주임은 혀를 차며 이해창 선생의 무례함을 비난했다.

"벌떡벌떡 일어나는 게 싫으면 따로 이야기할 시간을 주세요."

이해창 선생에게는 '벌떡 교사'라는 별명이 붙어 있었다. 교장실에서 주임 회의를 마치면 교무 회의에서는 그저 주임들이 돌아가며 지시 사항만을 전달하는 것이 관례였다. 평교사들은 일 년 내내 말 한마디 하는 일 없이 지시 사항만을 교무 수첩에 적을 뿐이었다. 이해창 선생은 전에도 몇 차례 이런 부당함을 지적하며 교무 회의 때 누구든지 발언할 기회를 달라고 했지만 학교는 일정에 차질이 생긴다며 이를 허락하지 않았고, 참다못한 이 선생이 돌발적으로 자리에서 일어서서 발언을 하고는 했다. 이를 못마땅하게 여긴 이들이 그에게 붙인 별명이 '벌떡 교사'였다.

"조례도 들어가야 하고, 1교시 수업도 바쁘니까 할 말 있으면 교장실로 오세요."

발언을 계속하려는 이 선생과 이를 제지하려는 교무주임 사이에 옥신각신 시끄러워지자 교장이 인자한 목소리로 나섰다. 벌써 수십 번은 들은 말이지만 교장은 여전히 '교장실은 항상 열려 있으니 언제든지 할 말이 있으면 그리 찾아와서 얘기하라'고 했다.

"이게 교장 선생님하고 저만 둘이서 얘기할 일이 아니잖습니까? 다른 선생님들 의견도 들어 보고, 의견이 안 맞으면 토론도 해야……."

바로 그 대목에서 주임 교사들이 이 선생을 몰아세웠다.

"거, 그만 좀 합시다. 이 선생은 1교시 수업도 없소?"

"애들 생각도 해야지, 이건 사사건건 벌떡거리고 일어서선……."

이 선생이 무어라 항변했지만 떼를 지어 비난하는 소리에 묻혀 버렸다. 눈치를 살피던 선생들도 출석부를 뽑아 들고 교실로 들어가면서 교무실은 금세 훌쭉하니 비었다. 변은 그때 선생들의 뒷모습만 우두커니 바라보던 이 선생의 표정을 생생히 기억하고 있었다. 물이 지나치게 맑으면 고기가 살 수 없다는 말이 허튼소리가 아니었다.

변도 전교조가 하는 일이 그르다고는 생각지 않았다. 하지만 말이 옳으면 무엇 하겠는가. 사람을 얻어야 이기는 법이다. 변은 자신이 하늘처럼 섬기는 인간성이라는 것의 소중함을 그날 절감하였던 것이다.

일을 바르게 하기는 어려워도 망치는 것은 쉬운 일이었다. 이 사장은 선거관리위원회에서 불법 선거운동을 주의하라는 경고를 받게 되었고, 결국 그 선거에서 차점으로 낙선하고 말았다. 학교는 그 책임을 전부 이해창 선생에게 뒤집어씌웠다. 이 선생이 선거관리위원회에 고발을 했고, 상대 후보자 측에게도 이런 사실을 귀띔했다는 말이 돌았다. 교직원 예배 때면 주임 교사들은 예수를 팔아먹은 유다의 성구를 읽고, 창자가 터져 죽었다는 배신자의 비참한 말로를 들이대며 그를 노려보았다. 제가 몸담고 있는 학교의 명예를 실추시켜 교직원들이나 학생들에게도 해를 끼쳤다고 대놓고 비난하는 이도 있었다.

박 선생과 몇몇이 그를 옹호하려 했지만 다수의 목소리를 이기지 못했다. 아무리 문제가 있다 하더라도 제가 몸담은 학교를 바깥에 나돌며 흠을 잡는 것은 인간적으로 옳지 않다는 말에 눈치만 살피던 평교사들마저 등을 돌렸다. 때로는 비판에 한데 얹혀 가는 것이야말로 가장 현명한 호신의 처세였는지도 몰랐다. 변은 역시 자신이 믿어 마지않는 '인간성'의 문제를 또 한 번 절감하게 되었다. 낭떠러지의 외로운 소나무처럼 독야청청하던 이 선생이 자초한 어려움이었다.

 학교는 전부터 마음에 들지 않는 선생들을 다루던 수법대로 재단 내의 다른 학교, 명일중학교로 귀양 보내려 했지만 그가 거부하자 억지로 내몰지는 못했다.

 그렇게 학교 측과 이 선생이 힘겨루기를 할 무렵, 학교에 작은 소동이 일어났다. 염명복이라는 청년이 술에 취해 교무실에 들어와 난동을 부린 것이다. 그는 변이 부임하기 전에 학교를 다니다가 그만둔 학생이라고 했다. 몇몇 나이 든 선생들은 그를 기억했다.

 전두환 정권이 들어서면서 범죄를 일소한다는 명분하에 삼청교육대라는 것이 운영되었다. 말 한마디로 공수부대원들에게 끌려가 몇 달 동안 목봉을 들며 갖은 고초를 겪는 강제 훈련을 받아야 했다. 학교에도 이와 관련된 공문이 시달되었다 한다. 학교 안의 불량 학생들을 삼청교육대에 입소시키라는 지시였는데, 식견이 있는 학교들은 해당 없다고 보고를 하였다 한다. 그런 가운데 몇몇 학교가 학교 안에서 말썽을 부리는 학생들의 명단을 보냈고, 그 학생들은 어느 날 운동장에 들이닥친 군용 트럭에 실려 어디론가 끌려갔다고 한다. 염명복이라는 학생도 그 가운데 한 명이었다. 강원도 인제의 어느 부대로 끌려간 그는 말로 할 수 없는 매질과 고초를 여섯 달이나 받고 풀려났지만 그 충격으로 정상적인 생활을 할 수 없게 되었다 한다. 학교를 그만둔 것은 물론이고 몇 달 동안이나 집 안에만 숨어서 지내며 사람을 무서워하는 바람에, 부모들이 정신병원에 보내어 치료를 받게 하였다는 것이다. 몇 년 만에 정신병원에서 나온 그는 자신을 그렇게 만든 스승들을 찾아 정든 모교를 방문한 것이었다. 지독한 술 냄새를 풍기며 교무실로 들어선 그는 대뜸 욕설부터 뱉어 냈다.

"최충운 선생 어디 갔어?"

문 앞에 있던 쓰레기통을 걷어차자 여교사들이 비명을 지르며 황급히 몸을 피했다. 마침 교무실로 들어서던 최충운 교감과 마주치자 그는 이성을 잃고 달려들려 했다. 가까이 있던 체육 선생이 가로막아 가까스로 변은 피했지만 염명복은 악을 쓰며 교감에게 욕을 퍼부었다.

"그래 제자를 팔아먹고 교감질 하니까 살 만하냐?"

대꾸도 못한 채 선생들의 부축을 받고 황급히 밖으로 피하는 교감의 뒤에다 대고 그는 거침없는 독설을 내뱉었다.

"당신이 선생 맞아?"

그때서야 정신을 차린 선생들이 몰려들어 그의 멱살을 잡고 밖으로 끌어냈다. 안 끌려가려고 버둥거리자 누군가의 주먹이 날아들었다. 그는 매를 맞으면서도 교무실 문짝에 필사적으로 매달렸다. 그때 이해창 선생이 나서서 주먹질을 하는 선생들을 가로막았다. 어이없어하는 선생들을 헤치고 그는 염명복을 휴게실로 데리고 갔다. 빨리 돌려보내라, 경찰에 신고하라는 비난에도 아랑곳하지 않고 이 선생은 염명복의 이야기를 차분히 들어 주었다.

"제가 잘못한 건 알아요. 그땐 철이 없었으니깐요. 담배도 피우고 술도 마시고, 쌈박질이나 하고 다니며 껄렁껄렁 선생님들 속 썩인 거 다 알아요. 하지만 그렇다고 제자를 고발하는 선생님이 어딨어요?"

흥분을 가라앉히고 이야기를 나누게 되자 염명복은 복받치는 울음을 참지 못했다.

"열일곱 살짜리가 뭘 알겠어요. 그저 종아리나 몇 대 맞나 보다고 끌려갔는데……."

그는 더 말을 잇지 못했다. 중간중간 울음을 터뜨리며 그가 들려준 이야기는 너무도 끔찍했다. 불량 사범으로 분류된 그는 경찰서에서 몇 가지 요식적인 절차를 끝낸 뒤, 바로 강원도 산중의 어느 군부대로 끌려갔다고 한다. 군용 트럭에 엎드려 고개도 들지 못한 채 개머리판으로 뭇매를 맞으면서도 어디선가 선생님이 나타나서 저를 데려가리라, 다음부터 잘하라고 머리를 쓰다듬으며 빼내 주리라 여겼다고 했다. 그렇게 선생님들을 기다리면서 그는 무려 여섯 달이나 그곳에서 고초를 겪어야 했고, 끝내 선생님들은 만나지 못했다. 어린 나이에 감당하기 힘든 고통과 버림받았다는 절망감이 그의 정신을 병들게 했다. 그는 지금도 정신 질환 약을 먹는다며 품에서 한 보따리 약봉지들을 꺼내 놓았다.

"난 끝났어요. 이렇게 약이나 먹고 울면서 살겠지요. 이래 봐야 아무 소용없다는 것도 알아요. 하지만 이 말만은 꼭 하고 싶었어요."

그는 어깨가 오르내리도록 울면서 목이 멘 채 말했다.

"선생님들, 다시는 그러지 마세요."

신고를 받고 달려온 경관에게 끌려 나가면서 그가 애절하게 선생들을 향해 남긴 말이었다.

최 교감은 이해창 선생을 불러 학교에 난입한 불량배를 막기는커녕 그와 더불어 학교 욕이나 나누었다며 노기등등하여 야단을 쳤다. 그런 교감에게 이 선생은 제자에게 사과를 하라고 권했다고 한다. 가뜩이나 지난번 이사장 선거 문제로 눈엣가시처럼 밉보던 학교는 그를 그냥 내버려 두지 않았다. 불법 단체인 전교조에 가입하여 비교육적인 행태로 학교와 학생들에게 상당한 악영향을 끼쳤고, 특히 무례한 행동과 학교 내의 동료 교사들에게도 불화를 일으키며 자신의 업무나 수업도 충실히 하지 않았다는 점을 들어 전격적으로 파면을 결정해 버린 것이다.

어떤 징계가 있으리라는 건 예상했지만 이렇게 전격적으로 파면을 시킬 줄은 아무도 몰랐다. 학교는 오랜 시간을 두고 이를 준비한 듯, 이해창 선생의 문제가 될 만한 것들을 먼지 털듯 긁어모아 놓았다. 지각과 조퇴의 통계부터, 이 선생이 교무 회의 중에 벌떡 일어나 회의를 방해한 횟수며, 전교조 집회에 참여한 날짜까지 낱낱이 기록을 해 왔던 것이다. 이 선생은 항의할 틈도 없이 학교에서 쫓겨났다. 그의 책상은 창고로 옮겨지고, 그가 맡았던 학급은 부담임 선생이 대신 맡았다. 그가 남긴 짐들은 라면 박스에 담겨, 교문 앞에서 수위가 대신 전해 주었다. 아이들과 작별 인사라도 나누겠다는 부탁도 허락되지 않았다. 굳게 닫힌 교문 앞에 서 있는 그를 봐야 하는 변의 마음은 착잡했다. 막상 그의 편에 서서 함께하지 못하는 자신을 부끄럽게 여기면서도, 날들이 길어지면서 변은 자신을 그렇게 불편하게 하는 이 선생을 원망하는 마음도 슬그머니 들기 시작했다.

"하루 이틀도 아니고 언제까지 교문 앞에 서 있을 거냐고. 애들 눈도 있고, 솔직히 그 앞을 지나다닐 때마다 얼마나 불편한지 몰라."

"그렇게 억울하면 정식 재판을 하든가."

다른 선생들도 변의 심정과 크게 다르지 않았다. 아침마다 이 선생을 붙들고 눈물을 흘리는 아이들을 걱정하면서도 막상 교사들은 제 마음의 짐을 불편해했다.

마음이 무겁기는 박 선생도 마찬가지인 듯했다. 선택은 둘 중

하나였다. 이 선생을 위해 함께 싸우다가 학교를 그만둘 것인가, 아니면 모른 척하고 그냥 넘어갈 것인가. 그는 동사무소에 다니는 여동생과, 여섯 식구가 누우면 옆으로 몸을 돌릴 틈도 없는 사글세 단칸방을 생각하며 괴로워했다. 학교는 그런 교사들의 동요를 막을 심산으로 환경 미화며, 부활절 합창 대회 준비를 여느 해보다 다잡기 시작했다. 학급별로 나뉘어 서로 경쟁하는 데 익숙해진 교사들은 교문 앞에 서 있는 동료 걱정보다 당장 제 반이 이번 환경 미화나 합창 대회에서 꼴찌나 하지 않을까 하는 걱정부터 덜기 바빴다.

보름이 되는 동안 교문을 지키고 선 이해창 선생을 몇몇이 저녁마다 만나곤 했다. 닭 튀기는 기름 냄새로 찌든 호프집에 둘러앉아 학교의 처사를 성토했지만 뾰족한 대책 같은 건 생각도 못 하는 실정이었다. 날이 지날수록 무력감만 깊어 가고, 스스로의 한계에 지쳐 갔다. 이 선생과 각별하게 지내던 박 선생의 고민은 누구보다 커 보였다.

"나도 그만둘까 봐요."

"무슨 소리야?"

"나만 살겠다고 벙어리 노릇하는 선생 짓도 비굴하고……."

"그만두는 건 더 비굴한 거야."

"그럼 어떡해요?"

"싸워야지. 무슨 일이 있어도 선생은 아이들 곁에 남아서 지켜야 해."

싸운다. 이 선생은 그리 말했지만 뭘 어떻게 싸워야 하는지 변은 알 수가 없었다. 교육청에 가서 부당 해고 철회하라고 항의하는 것? 해직 교사들이 돌아가며 교문 앞에서 피켓을 들고 우두커니 서 있는 것? 눈에 띄게 움푹 야윈 얼굴에 지친 기색이 역력한 이 선생이 한숨을 길게 내쉬었다.

"내일부터 그만 나올까 봐."

"끝까지 싸워야 한다더니요?"

"애들도 그렇고, 무엇보다 선생님들 마음만 무겁게 하는 거 같아서."

"무겁다뇨?"

말은 그렇게 하면서도 선생들은 더 할 말을 잇지 못했다.

"해직된 선생님들과 모임도 하고, 지회 일도 도우면서 기다릴 거야."

그렇게 이해창 선생은 학교를 떠났고, 몇 달이 지나 그의 흔적은 교무실 칠판에 적혔던 교원 명렬처럼 말끔히 지워져 갔다. 박 선생은 이 선생이 그렇게 세월에 묻혀 가는 일이나, 동료 교사들이 아무 일도 없었던 듯 깔깔거리며 그를 잊어 가는 것을 못 견뎌 했다. 매일 저녁 호프집에 모여 아픔을 나누던 박 선생은 몇몇 선생들과 전교조에 가입을 했다.

왕자의 난

탁자 위에 놓인 차는 차갑게 식어 있었다. 지난 생각에 잠겼던 변은 슬며시 열리는 문소리에 정신이 들었다. 머리만 들이밀고 안을 살피던 재석이 그와 눈이 마주쳤다. 재석은 자라처럼 목을 움츠리며 이내 문을 닫으려 했다.

"뭐야, 새꺄?"

이 포졸이 버럭 소리를 지르자 이러지도 저러지도 못한 채 재석은 눈치만 살폈다. 무좀 난 발을 긁어 대던 체육 부장이 들어오라고 손짓을 하자 재석이 마지못해 들어선다.

"놀러 오시래요."

"누가?"

"울 어무니가요."

"니 어무니가 어째서?"

박 선생 쪽을 살피며 쭈뼛거리던 재석은 이 포졸이 드럼 채를 치켜들자 기겁을 하여 말을 급히 이었다.

"아가씨 새로 왔다구 놀러 오시래요."

그 말에 체육 부장은 알았으니 가 보라고 손짓을 했다. 사지에서 풀려난 토끼 모양 꽁지가 빠지게 나가던 재석이 은근한 목소리로 말 꽁지를 달았다.

"이 포졸 선생님도 꼭 같이 오시래요."

박 선생은 서둘러 자리에서 일어섰다. 변은 전부터 몇몇 선생들이 재석이네 가게를 드나드는 걸 알고 있었다. 크고 작은 말썽을 부리는 자식을 둔 학부모로선 학교 눈치가 아니 보일 수 없을 것이다. 변도 한두 번 불려 가 대접을 받은 적은 있지만 부장이 되어서는 남의 입에 오를까 싶어 자제하고 있었다. 학생부 선생들과 체육 선생들이 종종 학부모들에게 식사 대접을 받는다는 소리를 들었지만 모른 척했다. 아이를 가르치느라 애쓰는 선생들에게 감사해서 대접하는 일이니 무어라 말할 수도 없었다.

기업체를 운영하던 새 교장이 오고부터는 교사들의 학교 바깥 생활은 자유로워졌다. 적어도 학교 안이 아니라면 술이나 담배에 대한 일로 교장실로 불려 가는 일은 없었다. 그 때문에 운영 위원장이 제 식당으로 선생들을 불러 두 번이나 열어 준 회식 자리에도 버젓이 술병이 올라앉아 있었다. 예전 같으면 상상도 못 할 일이었다. 다 같이 머리 숙여 기도를 드리는 걸로 시작되는 회식 자리에서 선생들은 탄산음료로 고기나 생선회를 먹어야 했다.

술 때문에 곤욕을 크게 치른 것은 박카스 선생이었다. 미술과 노주영 선생은 말수도 적은 데다 미술부 지도도 잘하여 칭송이 높았다. 그런데 그이는 박카스를 어찌나 좋아하는지, 출근할 때마다 가방 속에 박카스를 여남은 병씩 가지고 다녔다. 수업 시간마다 교탁 위에 박카스 한 병을 올려놓고 수업하다가 한 모금씩 마실 정도였다.

그러던 어느 날, 장난이 심한 아이 하나가 노 선생이 판서를 하는 틈을 타 교탁 위에 올려놓은 박카스를 한 모금 훔쳐 마신 모양이었다. 그리고 그것이 박카스가 아니라 소주라는 사실이 밝혀지게 되었다. 그 사실은 아이들 입을 타고 순식간에 학교 전체로 퍼졌다. 결국 박카스 선생은 교장실로 불려 가 제 손으로 썼던 각서를 제 입으로 되읽어야 했다. 사직서도 이미 제출한 바 있으니 따로 징계할 것도 없다며 을러대는 교장 앞에서 박카스 선생은 눈물을 흘리며 용서를 빌었고, 교장은 무슨 일이든 앞으로 제 말에 충성할 것을 다짐 받고 눈감아 주었다는 소문이 나돌았다. 그 뒤로 그가 사립학교법 개정에 반대하는 집회에 나가 전혀 어울리지 않는 자세로 엉거주춤 서 있는 걸 보았다는 사람도 있긴 했다. 어쨌든 박카스 선생은 그 뒤로 한동안 박카스를 가지고 다니지 않는 듯했지만 오래지 않아 누군가 그가 미술부 교실에서 박카스를 마시는 걸 본 적이 있다고 했다.

말 좋아하는 이들은 그가 술 없이는 하루도 살 수 없는 알코올 중독자라고도 했지만 그가 취한 행색을 내보이거나 실수를 한 적은 한 번도 없었다. 회식 자리에 갈 때마다 모두들 장난삼아 그에게 한잔하라고 물 잔을 들어 올리며 농을 건네면 그는 고개만 숙일 뿐이었다. 변은 그가 요즘도 남모르게 술을 마시는지 궁금했다. 하기야 학부모네 술집에 들러 술을 얻어 마시는 선생들보다 더 크게 비난받을 것도 없는 일이었다.

눈치로 보자면 술만 얻어 마시는 게 아니었다. 누구네 술집에 새로 들어온 아가씨 얼굴이 어쨌다며 시시덕거리는 걸 본 적이 있었는데, 오늘 재석이 전하는 말을 듣고 보니 설마로 그칠 일이 아니었다. 그런 일을 아이에게 심부름을 시키는 학부모도 그렇지만, 번연히 아이가 지켜볼 술집에서 접대부들과 어울리는 일은 인간적으로 보기에도 조금 곤란한 게 아닐까 싶어 변은 슬며시 박 선생의 안색부터 살폈다.

아침부터 목이 뜨끔거린다고 목을 붙들고 쉰 목소리를 내면서도 박 선생은 연극부실을 그냥 지나치지 않았다. 퇴근길에 바둑이나 두자고 기다렸던 변은 마지못해 그 뒤를 따라가야 했다.

"아이들에게 맡기는 게 좋겠어."

"죽 쒀서 개 주지나 않을까 몰러."

"애들은 개가 아니야."

"개들두 기분 나빠헐 텐디."

아이들 흉만 보면 정색을 하고 두둔하는 박 선생이 재미있어 변은 부러 심한 소리를 던졌다. 박 선생은 굳은 얼굴로 앞서 연극부 교실로 들어갔다. 죽을 본 강아지들처럼 아이들이 그의 곁에 몰려들었다.

"코미디로 해요. 웃찾사나 봉숭아학당 같은 거요."

"야야, 촌시럽게 그게 뭐냐? 클럽처럼 춤추고 랩하고, 난장을 쳐 보죠?"

중구난방으로 떠드는 바람에 정신이 없었지만 박 선생은 가만히 아이들이 떠드는 걸 듣기만 했다.

"그대는 워째 말씀이 읎어?"

학생 부장 앞이라 그런지 구석에 앉아 눈치만 살피는 재석에게 변이 물었다.

"저요? 전, 그냥……."

"말을 해, 바보야. 그냥 뭐?"

곁의 친구들이 놀리자 얼굴이 빨개진 재석이 떠밀려 나왔다.

"그냥……, 이름두 부대찌개니까, 부대찌개 애들 얘기를 하면……."

"지겨운 인생여. 이따금은 섞어찌개두 먹구 따로국밥두 먹어 볼 일이지, 죽으나 사나 그 잘난 부대찌개여?"

변의 말에 아이들이 웃음을 터뜨리자 재석은 이내 머쓱해했다. 박 선생이 웃으며 재석의 어깨를 두들겨 주었다.

"그래, 처음 하는 연극은 아무래도 너희들이 겪은 이야기를 하는 게 좋다고 생각해."

"술 마시고 담배 핀 거밖에 없는데요."
"춤추고, 가출한 얘기도 있잖아."
"춤? 공동묘지 가서 무덤 넘으며 추던 춤 말야?"
"그것도 괜찮은데! 무덤에서 춤추다가, 귀신 만나서 비보이 배틀에 나가 상 타는 거야."

기가 막히다는 얼굴로 뒤로 물러앉은 정미를 격려하며 박 선생은 자리에서 일어섰다.

"좋아. 대본은 너희들이 함께 만들어 보기로 하자. 우선 굵은 줄거리를 짜 보고, 거기에 살을 붙여 이야기를 만들어 보면 어떨까? 어떤 얘기든 좋으니까 서로 생각을 모아서 만들어 보렴."

"정말요? 어떤 얘기도 괜찮아요? 막 욕하는 것도요?"
"꼭 필요하다면. 한번 만들어 보고 다시 모여서 상의해 보자."

물 빠진 갯가처럼 썰렁한 교무실에는 교감이 혼자 남아 있었다.

"아직도 퇴근 안 했어요?"
"응. 연극부 애들……."
"신통하네요. 말썽꾸러기들이……."

말썽꾸러기라는 말에 박 선생은 비로소 고개를 돌려 교감을 돌아보았다.

"칭찬하는 거예요. 애들이 기특하잖아요. 그건 그렇고, 오늘 저녁이나……."

박 선생을 기다리고 있었던 듯 교감은 곁에 선 변을 힐끔거리며 말을 얼버무렸다. 함께 가자고 해도 마다할 셈이었지만 사람 앞에 세워 놓고 차별하는 느낌에 변은 은근히 불뚱가지가 났다. 어색한 분위기를 느낀 박 선생이 변의 소매를 잡아끌며 함께 가자고 권했다. 교감이 마지못해 그러자고 했지만 변은 여전히 심기가 편치 않았다. 늘 인간적으로 살려고 애쓰는 그였지만 이근호 교감에게만은 넉넉해지지가 않았다. 공들였던 교감 자리를 빼앗긴 탓만은 아니었다. 매사에 나대기 좋아하고, 입에 기름을 바른 듯 매끄러운 말을 줄줄이 엮어 대는 그가 변은 체질적으로 불편했다.

제 차를 몰아 W시까지 나선 교감은 주택가 뒤편에 자리 잡은 한식집으로 두 사람을 데려갔다. 처음 와 보는 곳이지만 그윽한 국악 소리가 들려오고 깔끔하니 치장한 품세가 고급스러웠다. 이런 곳까지 데려와 밥을 사 먹이겠다는 교감의 저의가 변은 궁금해졌다.

"좀 도와들 주셔야겠어요."

"뭘?"

"최 교장 말이에요."

최 교장이라는 말에 두 사람은 어리둥절한 표정을 지었다. 변은 최 교장과 그가 몇 년 동안 끈질기게 싸워 온 일들을 떠올렸다. 이미 다 끝난 싸움 아닌가. 사실 그 싸움 속에는 변 자신도 끼어 있던 셈이었다.

사립학교들이 재단 이사장 손에 쥐이는 것이야 따로 말할 건

더기도 없는 일이었다. 명문 사립이라 하여 오랜 전통을 지닌 사립학교들이야 그동안 배출해 낸 동문들 중에 힘깨나 쓰는 이들도 나오게 마련이니 동문회 의견을 무시한 채 이사장 마음대로만 할 수도 없는 일이지만, 명문도 아니고 오랜 전통도 지니지 못한 사립학교의 처지란 것은 집안 식구 몇이 꾸려 가는 가내공장이나 다름없었다. 이사회라는 것이 있긴 하지만, 대개는 이사장 측근들로 채워지게 마련이고 돈을 만지는 행정 실장이나 교장 같은 요직은 집안사람들을 심게 마련이었다.

승명학원도 그런 사립학교의 행태에서 크게 벗어나지 않았다. 이북에서 만석꾼의 집안으로 지내다가 공산당을 피해 내려왔다는 이사장은 시장에서 팬티 고무줄을 어깨에 걸치고 다니며 팔아 모은 돈으로 자수성가를 이룬 입지전적인 인물이었다. 다방이며 술집이며 돈이 되는 것이라면 가리지 않고 달려들어 어느 정도 목돈을 모은 그가 지금 같은 큰 재산가가 된 데에는 같은 교회에 다니던 부동산 전문가의 도움이 결정적이었다 한다. 그이가 권하는 땅을 사면 몇 배로 불어나게 되기를 거듭하니 지금도 이사장의 재산은 세무서에서도 짐작하지 못한다고 했다. 큰돈을 모으게 되자 이사장은 하나님의 인도하심에 따라 학교를 인수하여 믿음의 동산을 세운다. 믿는 학교를 세우는 것이 평생의 숙원이었다는 말도 있고, 또 어차피 부동산에 부과되는 세금 물 돈으로 생색나는 일을 하려고 육영 사업에 투자했다는 말들이 떠돌았다.

이사장에게는 두 아들이 있었는데, 장남은 일찌감치 회사를 경영하는 기업가로 나섰고, 작은아들이 학교를 맡게 되었다. 행정 실장을 맡은 둘째 아들은 알짜배기인 돈줄을 수중에 넣고 주무르는 한편, 제게 충성을 다짐한 최충운을 교장 자리에 앉혔다.

그들이 학교에서 벌인 일은 변이 보기에도 추잡하기 그지없었다. 아이들을 가르치는 학교라기보다는 저 장터 뒷골목에서 은밀히 벌어지는 야바위판보다 더한 짓들이 벌어졌다. 아이들 머릿수 장사부터 선생들을 채용하며 사례비 조로 뜯어먹는 것은 기본이고, 학원에 아이들을 보내 주고 누당 얼마씩 받아먹는 일까지 벌였다. 수학여행 여관 잡는 일부터 소풍 가는 놀이 공원에 이르기까지 우려낼 수 있는 곳은 빠뜨리지 않고 츱츱스럽게 해 먹었다. 교육청 지원을 받기 전에는 장마철만 되면 교실 벽이나 지붕으로 비가 새어 아이들이 발을 적시고 공부를 했고, 겨울에는 재래식 화장실마다 얼어붙은 똥들이 산처럼 치솟아 아이들이 똥친 막대기로 그걸 깨뜨리고 넘어뜨려 변기 속으로 쑤셔 넣어야 할 정도로 학교 시설에는 무관심했다. 그러던 학교가 교육청 지원을 받게 되자 계절이 바뀔 때마다 크고 작은 공사를 벌였다. 업자와 짜고서 공사비를 부풀려 지원금을 떼어먹는 수법인데, 업자가 입을 열지 않는 한 그것은 입증할 수 없는 일이었다. 모두가 뒤에서 수군거릴 뿐 누구도 학교에 항의하거나 의혹을 제기하는 사람은 없었다.

그럴 즈음 충격적인 사건이 터졌다. 교사로 채용될 때 학교가 기부금을 강요한 사건이 언론에 보도되어 반향을 일으킬 무렵이었다. 그런 중에 윤리과의 김혜경 선생이 양심선언을 하고 나선 것이다. 자신이 학교에 채용될 때 기부금을 강요받아 이천만 원을 냈는데, 그것이 공식적인 절차인지 공개적으로 묻고 싶다는 발언이었다. 김 선생 말에 따르자면 교사 채용 면접을 보고 와서 결과를 기다리던 중에 전화가 걸려 왔다고 했다. 학교 재단과 잘 아는 사람이라고 자신을 소개한 사내는 현재 학교가 두 명의 후보를 놓고 고심 중인데, 열악한 교육 시설 개선을 위해 기부금을 낼 의향이 있는지를 참고하기 위해 묻는 것이라고 했다. 학교와 아이들을 위해 피아노나 에어컨을 기부하는 게 통상 관례라는 말에 김 선생이 마침 피아노 매장을 하는 선배가 있어, 직접 현물로 구입해 기증하겠다고 했단다. 그러자 그이는 학교 사정을 구체적으로 모르니 그냥 현금으로 기부하라고 종용하더란다. 그것이 관례인 줄 안 김 선생은 교육청 앞의 다방에서 그이를 만나 현금 이천만 원을 전달했다는 것이다.

이런 사실이 알려지면서 학교 분위기가 뒤숭숭해졌다. 누구는 피아노, 누구는 에어컨, 누구는 주먹만 한 황금 돼지를 기부했다는 말이 나돌았다.

그러나 막상 앞에 나서서 사실을 밝히려는 교사들은 많지 않았다. 그나마 김혜경 선생이 용기를 내어 고백을 했지만, 학교 측은 전혀 모르는 일이라고 발뺌만 했다.

"돈 받았다는 이를 데려와 봐요. 사기를 당한 거예요. 요즘 학교를 팔면서 그런 농간을 부리는 브로커들이 한둘이 아닙니다."

결국 양심선언을 한 김 선생만 신성한 교직의 첫걸음을 금품을 건네 뒷문으로 들어왔다는 비난과 조롱 섞인 뒷공론에 시달려야 했다. 영수증을 받은 것도 아니고, 요즘처럼 입출금 내역이 남는 돈거래도 아니니 어디에다 하소연할 데도 없었다. 변은 이런 돈거래는 교장이나 재단이 직접 나서는 것을 꺼려 중간에 브로커를 내세운다는 사실을 잘 알고 있었다. 일부 사립학교에서는 브로커에게 떼어 줄 돈이 아까워 교장이나 행정 실장이 직접 받아먹다가 들통이 나기도 했지만. 변은 자신이 교목에게 건넨 돈은 그와는 다르다고 생각했다. 자신이 다니는 교회 목사와 각별히 지내던 교목이 그가 승일종고 교사가 되는 데 도움을 주어 인간적으로 감사하여 전한 돈이었다. 말 그대로 인간적인 돈이었다.

그 무렵, 대통령을 지냈던 전두환, 노태우가 청문회에 불려 나오고, 급기야 죄수복을 입고 법정에 서기에 이르렀다. 이에 고무된 듯 그동안 입을 다물고 있던 교사들의 목소리가 높아지기 시작했다. 교무 회의 때마다 고성이 오가더니 급기야 교사 협의회의 요구로 청문회가 열리게 되었다. 수학여행비와 채용 기부금을 따져 묻는 일이 반복되는 가운데 쌓였던 교사들의 불만과 의문들이 쏟아져 나왔다. 결국 교장은 교사들의 요구에 응할 수밖에 없었다. 교장을 상대로 청문회가 열리게 된 것이다.

그것은 교사 자신들마저 놀랄 만한 일이었다. 하늘같이 여기던 교장을 앉혀 놓고 이런저런 일을 따지게 되었다는 사실만으로도 가슴이 벅차오르는 일이었다.

교장은 간담회 형식을 조건으로 토요일 방과 후에 회의실에서 교사들과 마주 앉았다. 규정 외의 수업 시수부터 여교사 귀걸이 착용 금지에 대한 항의까지 별의별 이야기가 쏟아지는 바람에 이날의 모임은 정해진 시간을 훌쩍 넘기고도 막상 이렇다 할 성과를 얻지 못했다. 기대가 큰 만큼 실망도 큰 편이었다. 교사들은 며칠 전부터 질문 요지를 정하고, 질문할 차례까지 정했지만 막상 이야기는 어수선하고 두루뭉술했다. 엉뚱한 답변으로 물음을 피해 가던 교장은 그런 중에도 은근한 위협을 잊지 않았다.

"선생님들은 교실에서 열심히 애들 가르치면 되는 겁니다. 학교 살림까지 챙겨 들고 나서면 그게 어디 서무실 직원이지 교사라 하겠습니까?"

결국 청문회는 날이 어두워지면서 기도원으로 옮기게 되었다. 밤을 새워서라도 진실을 밝히자는 교사들의 요구에 밀린 교장은 그렇다면 장소를 옮겨 학교 인근 산꼭대기에 있는 기도원으로 가서 하자고 했다. 이견이 있었지만 기도원이라도 가서 모처럼 나온 이야기들을 매듭지어야 한다는 게 중론이었다. 순진한 선생들은 아무래도 교장이 하나님 앞에 자복하면서 양심선언이라도 할 모양이라고 지레짐작을 했다. 변은 그 말을 듣고 혼자 웃었다.

　일반 신자들도 드문드문 앉아 있는 기도원에 들어서자 원장이라는 목사는 '하나님의 백성들이 나아갈 길'이라는 주제의 설교로 시간을 질질 끌었다.

　"하나님의 백성에게 가장 아름다운 덕목은 순종과 믿음이며, 하나님을 경외하는 것이 지식의 근본임을 깨닫는 것이 믿는 학교 교사들의 본분이요."

　두어 시간에 이르는 설교를 듣고 나니, 이미 밤은 깊었고 여교사들은 집에 두고 온 어린아이와 집안일들을 걱정하게 되었다. 몇몇 교사들이 자리를 뜨면서 청문회의 분위기는 단숨에 무너지기 시작했다. 사방에서 울려오는 찬송가와 울면서 하는 기도 소리, 그리고 주술처럼 이어지는 방언 소리로 웅얼거리는 기도원 안에서 무슨 이야기를 나누겠는가. 결국 다음 기회에 못다 한 이야기를 나누자는 교장의 말에 별다른 이의도 달지 못한 채 어두운 산길을 되짚어 내려와야 했다.

　"이쯤 되면 알아서 처신해야 되는 거 아녜요?"
　"다 끝난 일에 뭔 처신?"
　변은 교감의 의중을 짐작하고도 남았지만 넌지시 반문을 해보았다. 이거 왜 그러냐는 표정을 지으며 교감은 머리를 흔들었다.
　"문제는 최 교장 곁에 붙은 떨거지들이에요."

대강 머릿속에 얼굴들이 그려졌지만 변은 입을 열 마음이 없었다. 힐끔 박 선생을 쳐다보니 그도 힘들어하는 기색이 역력했다.

"그냥은 못 나가겠다는 거겠죠."

대강 식사를 마치고, 앞에 놓인 차완에서 찻물을 따르며 교감은 얼굴에 희미한 웃음을 지었다. 변은 그 웃음 뒤에 숨겨진 모진 면을 익히 알고 있었다. 최 교장에게 무단히 시달릴 때도 잃지 않던 웃음이었다. 그의 웃음은 보는 사람의 마음을 섬뜩하게 했다.

"주병선이네들이 바람을 잡겠지요. 소송을 낸다는 소리가 들려요."

"소송?"

"부당노동행위래요."

전교조 분회가 서면서 학교는 눈에 띄게 당혹스러워했다. 이해창 선생만 잘라 내면 조용해지리라 여겼던 교사들이 한술 더 떠 전교조 분회를 세우고 나섰으니 당황할 만도 했다. 막상 분회가 서고 나서는 학교도 예전처럼 마구잡이로 몰아세우지를 않았다. 동태를 살피면서 다른 선생들이 동조하지 못하게 하는 데에 주력했다. 분회를 고립시키려 했지만 그 일도 쉽지는 않았다. 비록 조합원은 다섯 명에 불과했지만, 원칙을 들이대며 따지고 드는 데는 수로 누를 문제가 아니었다. 새 정권이 들어서면서 그동안 뜨거운 감자였던 전교조가 합법화되자 분회원은 날이 갈수록 불어나기 시작했다.

박 선생에 이어 새로 분회장을 맡은 이근호 선생은 학교와 정면으로 부딪쳐 나갔다. 대학에서 운동 경험이 있던 그는 눈만 부릅뜨고 말로만 따지던 박 선생들과는 류가 달랐다. 최 교장이 학교를 제멋대로 주물러 댄 사례들을 조목조목 모아서 들이밀었다. 어디서 입수했는지도 알지 못할 서류들의 사본을 내밀며 학교가 운동장 정비 공사를 특정 업체에 임의로 맡긴 일이며, 교장이 합법적인 교원 노조 활동을 방해한 증거들을 관련 법조항을 들먹이며 따져 나갔다.

변도 그가 분회장이 되면서 적지 않은 걸 이루고 얻어 낸 사실은 인정했다. 교무실 한쪽에 분회 모임실을 마련했고, 그동안 선생들의 불만 사항이었던 주번 근무를 없애고, 일숙직도 보안 업체에 용역을 주게 했다.

그가 이끄는 전교조 분회에 시달리던 최 교장은 제 측근들을 움직여 다른 교원 노조에 가입하게 했다. 한 학교에 두 개의 교원 노조가 서게 된 것이다. 교장은 B 교원 노조의 분회 창립식에 몸소 참석하여 축사까지 했다. 교사가 노동자냐며 입에 거품을 물던 그였다.

"이제 교사도 자신의 권익과 복지 후생을 위해 싸워야 할 때입니다. 그저 묵묵히 사도로서 궂은일을 감수하는 걸 미덕으로만 여겼던 그동안의 교단을 돌아보자면, 지금처럼 스승의 품위가 땅에 떨어짐을 자초한 것이라 여겨집니다. 이제 우리 교직원들도 의사나 판사, 변호사처럼 똘똘 뭉쳐서……."

신임 교사가 올 때마다 교장실로 불러들여 교총 가입을 권유하던 교장은 이에 더하여 특정한 교원 노조 가입을 권했다. 교장이 B 교원 노조의 조직 부장이라는 빈정거림이 나돌았다.

그 교원 노조의 분회장이 바로 주병선 선생이었다. 교장과는 오래전부터 지역 선후배 사이이고, 같은 아파트에 살면서 심복 노릇을 해 온 주 선생은 한마디로 우직한 사람이었다. 염생이 교무주임이 모사가라면 그는 행동 대원에 가까웠다.

이근호가 단체교섭안을 가지고 교직원 연수 시간에 논의를 하려고 하면 그때마다 딴죽을 걸어 못 하게 하는 게 그의 역할이었고, 그러면서도 분회가 갖은 고생 끝에 얻어 낸 결과들은 거저 나눠 먹으려 했다. 교장은 골치 아픈 요구 사항이 있을 때마다 노조끼리 합의해서 통일된 안을 가져오라고 떠밀었고, 주병선은 말도 안 되는 이유들을 들어 합의에 응하지 않았다. 새로운 단체협약은 말도 꺼내지 못한 채 일 년이 지나가고 말았다.

"교장두 관두면 노동자 아녀?"

"노동자 나름이죠."

"걱정할 일 읎을 텐디?"

"학교 입장에서는 아무래도 시끄러운 게 부담되니까요. 여기저기 떠들어 대고, 언론에라도 오르내리면 학교도 어렵고, 아무래도 애들을 위해서도……."

애들을 위해서라는 말을 오랜만에 다시 들으니 감회가 새로웠다. 그동안 최 교장이 학교를 제 맘대로 쥐락펴락하면서 입버릇처럼 앞세우던 말이 바로 그 '애들을 위해서'라는 말이었다. 그에 따르자면 강제로 자정 가까이 아이들을 잡아 놓는 야간 자율 학습도 다 애들을 위한 것이고, 다른 종교 믿는 아이들에게 강제로 예배에 참석하게 하는 것도 다 애들을 위한 것이었다.

주병선 선생은 최 교장이 평교사로 좌천된 일을 문제 삼을 모양이었다. 사립학교의 인사 문제야 재단이 알아서 하는 게 관례이지만, 교장을 하루아침에 평교사로 내려앉히는 일은 전대미문의 일이었다. 불미스러운 문제가 있다 해도 대개는 퇴임하거나 사표를 내고 그만두는 게 통례였다.

"그려서 워쪘으면 좋은 겨?"

"그걸 형님들께 묻는 거지요."

교감의 입에서 형님이라는 말이 나올 때마다 변은 이맛살이 찌푸려졌다. 아버지뻘이 되는 선배 교사에게도 눈 한 번 깜박이지 않고 야죽거리며 따지던 그에게 형님 소리를 들을 때면 당장 뒷덜미가 근질거렸다. 변은 그가 무얼 요구하는지 짐작하고 있었다. 주 선생네 노조가 문제를 삼기 전에, 전교조에서 최 교장의 지난 잘못을 문제 삼아 스스로 학교를 떠나게 몰아세워 달라는 게 아니겠는가.

최 교장이 그동안 해 온 소행으로 보자면 그는 응당 교단을 떠나야 마땅했다. 그러나 그 일을 전교조가 나설 것은 아니었다. 박 선생은 묵묵히 그의 이야기를 듣고만 있었다. 변은 요즘 그의 마음을 무겁게 하는 것이 최 교장이 아니라 이근호 교감 때문이라고 생각했다.

분회 활동이 유명무실해지면서 이근호 선생은 교무 회의 시간마다 자리에서 일어났고, 그때마다 주병선네 선생들과 얽혀 언성이 높아지곤 했다. 아이들 보는 앞에서 교사들이 얼굴을 붉히기도 하고, 급기야 멱살을 붙잡고 싸우는 일까지 벌어졌다. 자고 나면 교무실 벽에 대자보가 붙고, 다음 날이면 반대편의 대자보가 나붙었다. 선생과 선생이 다투고, 노조와 노조가 패를 갈라 싸우니 교장이나 학교 측에서 보자면 참 그보다 볼 만한 구경이 없을 법했다.

그럴 즈음, 이근호 선생이 이사장의 장남을 찾아가 독대했다는 소문이 돌았다. 기업을 경영하고 있던 이사장의 장남과 어떻게 끈이 닿았는지는 몰라도 이 선생이 그를 찾아가 그간 학교 안에 일어난 일들과 최 교장의 전횡, 그리고 차남인 행정 실장이 제멋대로 학교 돈을 주물러 댄 회계 서류 사본들을 가져가 전했다고 한다. 가방 하나 가득 챙겨 간 서류를 둘러본 장남은 곧바로 그것을 이사장에게 전했고, 이사장은 충격으로 쓰러졌다는 소문이 전해졌다.

막상 장본인인 이 선생은 태연했다. 소문을 접한 조합원들이 자초지종을 물었지만 그는 깊은 내막을 털어놓지 않았다. 다만 행정 실장이 이사장 모르게 학교 돈 중 상당액을 제 처가 운영하는 입시 학원에 내다 쓰고, 최 교장과 결탁하여 교사를 채용하며 은밀히 기부금을 받아 착복한 사실들을 이사장이 알게 되었으리라는 말만 전했다.

그 일이 있고 나서 학교 분위기는 심상찮게 돌아갔다. 작은아들인 행정 실장이 학교에서 물러난다는 설부터, 무역 업체를 경영하던 장남이 학교를 맡게 되리라는 이야기가 나돌았다.

대개 새 학년도의 학교 인사는 신정 초의 시무식에서 발표가 되었다. 이 자리에서 이사장이 모종의 특단 조치를 발표하리라는 설이 나돌아 여느 해보다 각별한 관심이 쏠렸다. 그런데 예상과 달리 시무식에 이사장이 참석하지 않았다. 행정 실장과 최 교장이 대신 시무식을 주관하여 치렀다. 간단한 예배가 끝나고 몇 가지 신년 사업 계획이 발표될 무렵에 돌연 출입문이 벌컥 열리며 이사장이 등장했다. 장남의 부축을 받으며 평소에 짚지 않던 단장에 한쪽 몸을 의지한 이사장의 얼굴엔 노기가 충천했다. 단상 가운데 앉아 있던 행정 실장을 거칠게 밀어낸 이사장은 부들거리는 손을 휘저으며 소리쳤다.

"마이꾸 가져오라우."

떨리는 목소리로 이사장이 마이크에 대고 입을 열었다.

"지금부텀 내가 하는 말 잘 들으라우. 이제 학교 일은 말야, 죄⋯⋯."

그때 마이크 줄이 당겨지며 밀고 밀치는 몸싸움이 벌어졌다.

최 교장과 행정 실장이 직원들과 몇몇 선생들을 앞세워 이사장의 발언을 막으려 단상을 가로막아 섰다. 그때 눈부신 조명 불빛이 비치고 이근호 선생의 카랑카랑한 목소리가 터져 나왔다.
"자, 오늘 텔레비전 방송에 나올 사람들이 누군가 잘들 보세요."
캠코더 카메라를 들이댄 이 선생의 외침에 단상을 가로막았던 사람들이 움찔 몸을 움츠렸다.
"지금 이사장님께서 말씀하시는데 감히 누가 가로막습니까? 여기는 학교예요, 학교!"
이 선생의 말에 몇몇 선생들이 이사장을 부축하고 단상을 정리했다. 이사장은 잠시 후, 여직원이 떠다 준 냉수 한 잔을 마시고 나서 하던 이야기를 다 마쳤다.
"오늘부로 학교 일은 양문호 교장이 맡고, 행정 실장과 최 교장은 손 떼라. 알갔네?"
"아버지, 그런 일은……."
"입 닥치라우, 간나 새끼야."
무어라 말대꾸를 하려던 행정 실장은 이사장의 고함에 눌려 이내 잠잠해졌다. 한창 시절만 해도 멀리서 인사를 않고 지나치는 교사를 쫓아가 귀싸대기를 후려갈겼다는 이사장이었다.
나중에 이사장의 운전사가 들려준 말에 따르자면, 이사장은 그날 방에 갇혔었다고 한다. 작은아들이 파출부며, 운전사에게 이런저런 심부름을 보내 집을 비운 뒤, 이사장이 학교에 나오지 못하도록 밖에서 방문을 잠갔다고 했다. 큰아들이 집에 들러 이 사장을 급히 학교로 모시고 와 이 기묘한 유폐 사건은 실패로 끝났지만 선생들은 이를 두고 왕자의 난이라고 수군거렸다.

경영학을 전공한 장남은 대학 시절, 사람을 기르는 것이 경영의 기본이라는 생각으로 교직과목을 이수하여 사회과 이급 정교사 자격을 취득하였다고 했다. 거기에 대해선 또 다른 설도 있었다. 교육학과에 다니는 여학생에게 마음을 빼앗겨 엉겁결에 교직과목을 따라 들었다는 말도 돌긴 했다.

어쨌든 전자 계통의 제품을 해외에 수출하는 무역 업체를 경영하던 장남의 사업이 어려움에 빠지게 되면서 그는 거들떠도 안 보던 아버지의 교육 사업에 관심을 갖게 되었고, 실권을 차지하고 있던 아우를 밀어내고 그 자리를 차지하는 데 이근호 선생의 역할이 적지 않았다는 소문이 낭자했다.

학교의 돈줄을 움켜잡고 전횡을 휘두르던 작은아들은 이사장의 과수원지기로 쫓겨났고, 덩달아 자리에서 밀려난 최 교장은 교감 옆자리에 엉거주춤 앉아 처분만 기다리는 신세가 되고 말았다. 공석이 된 행정 실장 자리는 큰며느리가 차지했고, 무혈 혁명에 성공한 장남은 승일고등학교의 새 교장이 되었다.

누구도 예상치 못했던 일이었다. 몇 해를 두고 교장과 싸워 오던 전교조 선생들도 급작스러운 상황에 어찌 대처해야 할지를 몰랐다. 의도하지는 않았지만, 이사장의 작은아들과 손을 잡고 전교조 선생들을 괴롭혀 오던 최 교장의 몰락은 일단 전교조 분회의 승리로 받아들여졌다. 변이 보자면, 그것은 이사장의 작은아들과 큰아들의 싸움이요, 그들을 등에 업은 최 교장과 이근호 선생의 싸움이었다.

이근호 선생이 교감에 임명되면서 최 교장에게 붙어 있던 주임 교사들은 일단 보직을 모두 내놓아야 했다. 봄방학 중에 이사장은 전체 교사들이 모인 자리에서 업무 분장을 직접 발표했다. 하늘과 같은 이사장이 노인 특유의 떨리는 목소리로 발표하는 분장에 대해 감히 나서서 이의를 제기할 엄두를 내지 못했다. 그러면서도 그것이 이사장 머리에서 나온 업무 분장이라고 생각하는 이는 아무도 없었다. 그것은 새 교장, 아니 교감이 된 이근호 선생의 흉중에서 나온 생각임을 어렵지 않게 짐작하고 있었다.

교감 물망에 오르던 변은 졸지에 학생주임에 앉혀졌다. 학생주임이란 것이 몸만 고달프고 생기는 것은 없는 자리인 걸 생각하자면 그는 물을 먹은 셈이었다. 변과 교무주임을 제외하고는 삼사십 대의 비교적 젊은 교사들로 바뀐 주임 교사진은 그 나름대로 면모를 일신하는 느낌을 주긴 했다. 정년이 몇 해 남지 않은 예전의 교감은 도서관으로 올라가 붓글씨나 쓰며 지내게 되었고, 염생이 교무주임이 여전히 그 자리를 차지하고 있는 점이 의아할 뿐이었다.

그때까지만 해도 최 교장의 보직에 대해선 아무런 언급이 없었다. 개학이 되어 새 학년도 담임 배정이 발표되면서, 최 교장이 1학년 체육 수업을 맡게 된 사실이 알려졌다. 최 교장 자신도 충격이었겠지만, 다른 교사들도 큰 혼란에 빠졌다. 적어도 수업이 없는 교목이나 상담 교사를 맡지 않을까 짐작했던 선생들은 얼마 전까지만 해도 승일종고의 제왕으로 군림하던 최 교장이 목에 호루라기를 매고 먼지 날리는 운동장에서 주당 열여덟 시간 체육 수업을 하게 된 사실을 어떻게 받아들여야 할지 당혹스러워했다.

"이미 대학에서는 총장 임기가 끝나면 학생들을 가르치는 교수로 돌아가는 일이 자연스러운 일이지만, 아직 초중등에서는 드문 일인 터에 존경하는 최충운 교장 선생님께서 얼마 남지 않은 교직의 길을 아이들과 함께하시고자 이렇게 무명 교사의 직을 마다하시지 않으시니 참 감동적인 일이 아닐 수 없습니다."

한 올 흐트러짐이 없이 기름을 발라 빗어 넘긴 머리로 단상에 오른 새 교장은 운동장에 모인 아이들 앞에서 이제 무명 교사가 된 최충운 선생을 그리 소개했다. 변은 단상에 불려 나온 그의 얼굴이 숯불처럼 붉게 물드는 것을 지켜보며 행여 단상에서 쓰러지지나 않을까 마음을 조려야 했다. 그것은 미군 함정 위에서 이차 대전의 항복 조인문에 서명을 하던 일본군 지휘관들의 참담한 모습을 방불케 했다. 아이들은 영문도 모른 채 괴성을 지르고, 몇몇 선생들은 제가 섬기던 어른이 겪는 수모에 눈물을 흘렸다. 인간적으로 변도 가슴이 찡했다. 미우나 고우나 한때 어른으로 섬기던 이 아니던가.

이근호 교감은 새 교장을 등에 업고 제가 평소에 이야기하던 일들을 차곡차곡 추진해 나갔다. 먼저 주임이라 불리던 보직 교사를 부장이라 부르게 하고, 사무실마다 한글 밑에 영문으로 된 표찰을 내걸었다.

　기업을 운영하던 CEO 출신의 새 교장 지시라며, 아이들이 희망하는 담임선생을 지명하여 새로 반 편성을 하게 했고, 매시간마다 아이들이 제 수준에 맞는 교실을 찾아 수업을 하는 수준별 이동 수업을 실시했다. 수요자 중심 교육이라는 말을 강조하는 새 교장의 지시라지만, 변은 그런 것들이 교감이 평소 은근히 흘리던 생각들과 다르지 않음을 알고 있었다.

　언제부터인가 이근호 선생의 입에서 이상한 이야기들이 흘러나오기 시작했다. 전교조 본부에서 내려오는 연가 투쟁이나 교원 평가 반대 지침에 대해서도 토를 달고 마뜩잖게 여기는 일이 잦아졌다. 분회장이 이러니 본부나 지부의 지침이 제대로 이행되지가 않았다. 교육행정정보시스템 반대 서명은 회람도 돌려지지 않았고, 연가를 내고 가두 투쟁에 나오라는 지시에도 따르지 않았다. 이런 이근호 선생을 두고 몇몇 분회원들이 걱정을 했다.

　"이근호 선생 좀 이상해요. 하는 짓이 꼭 교장 같애요. 아무리 자유로운 토론이래도 어찌 발상이 그럴까."

　꼭 집어 무어라 말할 수는 없지만 그에 대한 의혹은 점점 깊어만 갔다.

"나도 교감 한번 해 볼까?"

이따금 웃으며 하던 농담처럼 그가 교감 자리에 앉게 된 것이다. 선생들은 고개를 끄덕이며 그의 처신에 대해 수군거렸다. 비난은 이근호 선생뿐만이 아니라 그가 몸담았던 전교조까지 도매금으로 넘어가고 있었다. 그가 교감이 된 뒤로 몇몇 선생들이 전교조를 탈퇴했다. 그들을 붙들고 박 선생이 밤늦도록 설득해 보았지만 소용이 없었다.

"이해창 선생이 왜 죽었는지 알잖아요. 바로 저런 인간 때문이라구요."

"이해창 선생 얘기가 이 대목에서 왜 나와요?"

"우리가 교감, 교장 해 먹자고 싸운 게 아니잖아요?"

"그런 생각은 아닐 거요."

"아니긴요. 최 교장 밀어내고 새 교장 밑에 붙어서 제 마음대로 학교를 흔들어 보자는 게 뻔한데. 벌써부터 선생들 입에서 늑대 몰아내고 호랑이 불러들였다는 말까지 나와요. 전교조가 학교 잡더니 더 못살게 군다고 아우성이라구요."

이근호 교감도 교사들의 이런 비난을 알고 있었다. 박 선생이 몇 번 넌지시 귀띔을 하는 걸 보았지만 그때마다 교감은 제 가슴을 두드렸다.

"언제까지 싸움만 하고, 반대만 할 거냐구요. 그게 목적이 아니잖아요. 어떻게든 아이들 위해서 제대로 된 학교 만들어 보자는 것 아닌가요? 내가 교감 자리가 탐나서 이러는 줄 아나요? 나도 욕먹을 줄 뻔히 알면서 이러는 거예요. 적어도 형님은 알잖아요? 내가 안 하면 그 자리를 그냥 비워 둡니까? 누군가 앉을 거고, 또 잘못되면 최 교장 같은 인간들이 자리 꿰차고 엉뚱한 짓 할 테고⋯⋯. 그러기를 기다렸다가 평생 목쉬도록 따지고 싸우기만 하는 게 전교조인가요?"

그런 그가 전교조에게 도움을 청하고 있는 것이다. 제 손에 차마 피를 묻히지 못하겠다는 말인가.

"그쯤 했으면 된 거 아녀?"

"그렇게 겪어 보고도 몰라요? 이번 기회에 말끔히 정리를 해야 자칫 잘못하면⋯⋯."

엉겁결에 당한 최 교장과 주병선 선생 패들이 그냥 당하고만 있지는 않을 것이라고 변도 짐작은 했다. 자신들과 가까운 이사들을 만나 이번 인사의 부당함을 호소하고, 사립학교 연합회 앞에서 B 교원 노조 사람들과 머리에 띠를 두르고 시위를 벌였다는 소리도 들었다. 전교조의 연가 투쟁 때마다 교사가 품위 없이 길거리에 나앉아 데모나 한다고 험담을 늘어놓던 주병선 선생의 얼굴이 눈앞에 어른거렸다.

"아이들 팽개치고 거리로 나간 것들은 선생도 아냐. 말대로 노동자라면 삽이나 들고 저기 화장실 공사하는 데나 가서 일이나 거들라고 그래. 선생은 죽어도 아이들 있는 교단에서 쓰러져야 아름다운 최후가 되는 거야."

주병선 선생네는 사립학교법이 개정되었을 때도 머리에 띠를 두르고 시청 광장으로 달려갔었다. 이사장네 교회 권사나 여 집사들과 함께 버스를 타고 동원된 그가 '빨갱이 교사 몰아내어 건전 교육 앞당기자'라는 어깨띠를 두르고 악을 쓰는 모습이 텔레비전 뉴스에 비쳐 화제가 된 적도 있었다. 사립학교가 좌익 빨갱이 손에 넘어간다며 악을 쓰는 노 권사 곁에서 빙긋이 웃음을 짓는 그의 모습은 볼 만했다.

"전교조가 무슨 힘이 있다고……."

"형님, 왜 이러십니까? 이제 기회가 왔는데 전교조도 새 학교 만드는 데 적극 나서 줘야죠. 한번 멋진 학교 만들어 봅시다."

"헌 학교는 알아두 새 학교란 건 워뜨케 맨든다는 건지 도통 모르겠네."

이야기를 대충 얼버무리고 변은 자리에서 일어섰다. 뒤를 따라 나오는 박 선생의 귀에다 대고 교감이 속삭이는 말이 들려왔다.

"교장도 오래 안 있을 거예요. 학교가 안정되는 대로 적당한 분에게 자리를 넘기겠다고 하더군요."

댓돌에 놓인 구두를 신느라 허리를 구부렸던 박 선생이 고개를 들고 교감을 올려다보았다. 교감이 이른 봄볕처럼 잔잔한 미소를 짓는 걸 변은 쟁그러워 차마 바로 보기 어려웠다.

집에 돌아와서도 변은 교감이 은밀히 전하던 이야기를 되새기느라 어두운 거실에 청승맞게 앉아 있어야 했다. 교장이 오래 있지 않는다면 그 자리들은 어떻게 채워질까. 박 선생을 바라보던 교감의 눈빛이 그를 더욱 조급하게 만들었다.

평소보다 조금 늦게 출근한 변은 새 교장이 들여놓았다는 출근기에 손가락을 갖다 댔다. 지문을 인식한 기계에서 삐익 소리가 나며 녹음한 인사말이 흘러나왔다. 교감 책상 앞에 놓인 출근부에 도장을 찍던 것보다는 낫지 않느냐는 말도 있었지만, 무어라 변명을 들어 주거나 사정을 봐주지도 않는 기계가 야속하다는 선생도 많았다. 지각 두 번이면 결근 하루가 되고, 그것을 초과근무 수당에서 공제한다는 말에 정나미가 떨어졌다. 교감에게 한마디 한 분회장은 "하지도 않은 초과근무를 나눠 먹는 것보다, 실제로 한 만큼 정확히 나눠 드리겠다는 것이 뭐가 잘못되었냐"는 반문만 들었다 한다.

첨단 전자 제품을 제조하는 기업을 운영한 탓인지 교장은 분필 가루를 들이켜며 묵은 교과서만 가르치던 교사들보다 세상 돌아가는 물정에 빨랐다. 그가 요즘 들어 자주 쓰는 말이 경쟁이라는 말이었다. 이제 학교도 경쟁에 지면 살아남지 못한다며, 어느 재벌의 회장이 남겼다는 "마누라만 빼놓고 바꿀 수 있는 건 다 바꾸라"는 말을 입버릇처럼 되뇌었다. 선생들 컴퓨터에 메신저가 깔리더니 무시로 교장의 쪽지가 날아왔다. 지금 뭘 하냐며 느닷없이 날아드는 교장과 채팅을 하는 것이 혁신적이라면 그럴 수도 있겠다. 교장이 교사들이 컴퓨터로 무얼 하는지 환히 들여다보는 프로그램을 설치했다는 소리에, 선생들마다 제 컴퓨터에 깔아 둔 게임이나 주식 프로그램을 지우느라 소동이 벌어진 적도 있었다.

부장 회의를 마치고 교무실로 들어서는데, 박 선생이 어두운 얼굴로 들어섰다. 반에 결석한 애라도 있는 눈치였다. 박 선생은 출근하면 교실부터 들러 보았다. 빈틈없이 아이들로 꽉 찬 교실을 보면 그렇게 흐뭇할 수가 없는데, 혹 이 빠진 것처럼 비어 있는 자리를 보면 가슴이 덜컥 내려앉는다고 했다.

"오늘은 부장님들 전달 사항을 간단히 줄여 주시기 바랍니다."

교감이 무언가 할 일이 있는 듯 교무 회의를 서둘렀다. 몇몇 부장이 하나 마나 한 얘기를 대강 마친 뒤, 교장이 단상 앞으로 나섰다. 선생들은 또 무언가 일거리가 늘어나지 않을까 불안한 눈으로 교장을 바라보았다.

"굿모닝, 티처."

난데없는 교장의 영어에 모두들 당황했다.

"하이, 배준형 티처. 우쥬 마인드 렌딩 미 썸 머니?"

교장에게 지목을 받은 배준형 선생은 얼굴이 벌게진 채 주변만 살폈다. 그는 영문도 모른 채 고개를 끄덕였다. 몇몇 선생들이 웃음을 터뜨렸다.

"배 선생님, 오늘 한 말 꼭 지키세요."

교장은 스스로의 말이 재미있어 죽겠다는 얼굴로 만면에 웃음을 지었다.

"선생님들은 대한민국의 엘리트 중의 엘리트십니다. 학교 공부만 해도 십육 년이 기본이고, 석사가 열다섯, 박사가 두 분이나 계십니다. 그런 선생님들이 아직도 외국인을 만나면 달아나기 바쁘다면 누가 이 사실을 믿겠습니까? 어느 신문에 보니까 외국인과 얘기를 못 나누는 영어 교사가 이십오 퍼센트나 된다고 합니다."

잠시 말을 멈추고 주변을 둘러본 교장은 가볍게 한숨을 쉬고 나서 이야기를 이어 나갔다.

"우리 선생님들이야 모두 영어 실력이 출중하시겠지만, 그것도 쓰지 않으면 무슨 소용이 있겠습니까? 대한민국이 어떤 나라입니까? 자원이 많은 것도 아니고, 그렇다고 땅덩이가 큰 나라도 아닙니다. 오로지 외국과 장사를 해서 먹고사는 나라입니다. 여러분들이 가르치는 아이들은 이제 전 세계를 누비며 메이드 인 코리아를 팔고 다닐 장사꾼들입니다. 그런 아이들이 육 년 동안 영어를 배우고도 한마디를 못한다면 이걸 어디다 하소연을 해야 하겠습니까? 오늘부터 선생님들 책임감을 가지시고, 무슨 일이 있더라도 우리 승일종고 학생들은 영어 하나만큼은 대한민국 어느 학교 아이들보다 잘한다는 소리를 듣도록 해 주십시오."

곁에 있던 영어 선생의 입에서 한숨 소리가 새어 나왔다.

"그러려면 우선 선생님들부터 공부하는 모습을 보여 주셔야 하지 않겠습니까? 오늘부터 다 아시는 책이지만 기초 영문법이란 책을 나눠 드릴 테니까, 이 책으로 공부를 하셔서 아이들 자율 학습 시간마다 담임선생님들이 지도를 해 주세요. 그리고 내년부터는 모든 수업을 영어로 할 수 있는 준비를 하시기 바랍니다."

난데없는 영어 벼락을 맞은 선생들은 어이가 없어 무어라 대꾸도 못 했다. 이어서 영어 선생이 앞으로 나와 '굳모닝 잉글리시'라는 걸 가르치고, 선생들은 학동처럼 입을 모아 따라 외었다. 복도를 지나가던 아이들이 때 아닌 영어 소리에 교무실 안을 기웃거리며 들여다보았다.

"오, 마이 가드다, 정말."

주병선 선생이 출석부를 집어 들고 나가며 구시렁거렸다.

상준이를 찾으러 가 볼 데가 있다며 퇴근 준비를 서두르던 박 선생 앞에 연극부 아이들이 몰려왔다. 아이들에게 떠밀려 앞세워진 정미 손에는 노트가 들려 있었다.

"뭐셔?"

"대본요."

변은 여기저기 줄을 긋고 다시 쓴 흔적들로 뒤범벅이 된 노트를 받아 들춰 보는 시늉을 했다. 첫 장에 적힌 '부대찌개'라는 제목을 보고 변은 혀부터 찼다.

"부대찌개허구 웬수졌냐?"

"기지촌 찌질이들이니깐요."

정미 뒤에 서 있던 재석이가 눈치를 살피며 끼어들었다.

"아직 다 된 건 아니구요. 배역도 좀 바꿔야 돼요."

무언가 이야기할 게 있는 얼굴로 정미가 박 선생의 안색을 살폈다.

"읽어 보고 나서 이야기를 해 보자."

식사를 하는 동안에도 박 선생은 대본에서 눈을 떼지 않았다.

집에서나 학교에서나 손가락질을 받던 기지촌 아이들이 모여 '부대찌개파'라는 서클을 만들어 오토바이나 타고 다니며 말썽을 부린다. 그런 가운데 주인공 격인 아이가 범생이 여학생을 사귀면서 그녀의 격려로 댄스 배틀에 나가기로 한다. 우승컵을 여학생에게 선물하기로 약속한 주인공은 오토바이도 잊은 채 열심히 춤을 연습한다. 그런데 여학생의 부모가 불량 학생과 사귀는 딸을 집 안에 가두고 못 만나게 하여 아이는 낙심하여 춤 연습도 포기한다. 부모 몰래 집을 빠져나온 여학생은 어떻게든 주인공이 춤 대회에 나가도록 격려한다. 힘을 얻은 주인공은 댄스 배틀에서 최고상을 받아 우승컵을 들고 여학생을 찾아간다. 그러나 독실한 교회 신자인 그녀의 부모는 딸을 강제로 서울 친척집으로 보내고 학교도 옮긴다. 이런 사실을 알게 된 교목이 부대찌개파 아이들이 여학생에게 나쁜 짓을 하고 다닌다고 퇴학을 시키려 한다. 부대찌개파 아이들은 교목을 때려눕히고, 집에 갇힌 여학생을 구출하여 오토바이를 타고 동해 바다로 떠난다.

여러 아이들이 내놓은 생각들을 한데 뒤섞은 듯한 대본을 내려놓고 박 선생은 빙긋이 웃음을 지었다. 유치하긴 해도 아이들

스스로가 엮어 낸 이야기들이 대견스러운 모양이었다. 가능하면 그는 대본에 손을 대려고 하지 않았다. 기지촌의 찌질이라는 재석의 말이 변은 심상히 들리지가 않았다.

인터폰이 울리지만 아무도 받으려 하질 않는다. 듣다 못한 교감이 인터폰 가까이 있는 이 포졸에게 받으라고 하자, 그는 벌레 씹은 얼굴로 마지못해 수화기를 든다.
"예……, 예? 아, 하이……. 어, 어."
얼굴이 벌게진 채 말을 더듬는 이 포졸을 바라보던 선생들이 쓴웃음을 지으며 서둘러 교무실을 빠져나간다.
"예, 저하고 여섯, 아, 다섯인데요. 지금요?"
알겠다며 인터폰을 내려놓은 이 포졸은 잔뜩 이맛살을 찌푸리며 교감 쪽을 노려보았다.
"하여간 이쪽엔 발걸음도 비치질 말아야 한다니깐."
"왜 그래요?"
"오래요. 지금, 다 교장실로."
"교장실요?"
"기초 영문법 책 들고 영어 공부하러 오랍니다."
미국 유학 생활을 오래한 교장은 능통한 영어 실력으로 선생들을 독려했다. 주말마다 영어 단어 시험을 보고, 성적을 교무실 칠판에 적어 놓았다.
"고사안도 내야 하는데……."

"말도 마요. 난 감기 땜에 조퇴 받으러 갔다가 망신만 당하고 나왔다니깐요."

과학과 김명주 선생의 말에 모두 그녀를 돌아보았다.

"대뜸 영어로 뭐라 묻는데, 내가 워낙 안 되잖아요. 조퇴가 영어로 뭔질 알아야지요. 그래서 그냥 한국말로 했더니, 계속 하길래 그냥 얼굴만 빨개져서 나왔죠, 뭐."

"아이 워나 고 홈. 이러면 되잖아."

이 포졸의 말에 쓴웃음을 지으며, 교무실에 남아 있던 선생들은 기초 영문법 책을 꺼내 들고 도살장에 끌려가는 소처럼 교장실로 향했다.

"두 분은 저 좀 보고 가세요."

교감 덕에 교장실로 끌려가지 않게 된 것은 고맙지만 변은 무언가 심각한 교감 얼굴을 대하자니 차라리 영어 공부하는 편이 낫겠다는 생각이 들었다.

"도교육청에서 전화가 왔어요."

"도교육청?"

"최 교장 인사 문제에 대한 자세한 경위서를 제출하라고."

"첨 있는 일도 아니잖여."

"사립학교장회니 교총이니 하는 거야 신경 쓸 것도 아니지만, 아마 교육부까지 쑤셔 댔나 봐요."

"워쩐다?"

"교육부 아니라 청와대래도 사립학교 인사야 재단이 알아서 하는 거 아니겠어요."

그 말을 듣는 순간, 변은 예전에 최충운 선생이 큰소리치던 일이 생각났다. 이해창 선생을 강제로 명일중학교로 전근시키려는 일에 항의를 했더니, 그가 목에 핏대를 세우며 하던 말과 토씨 하나 다르지 않은 말이었다.

"그리 교육적인 거 좋아하면 당신들이 돈 모아 학교를 하나 세워. 그리고 거기서 참교육인지 뭔지 맘대로 해 보라구. 어째서 남의 귀한 돈으로 세운 학교에 땡전 한 푼 보태지도 않은 이들이 말이 많어."

학교를 사유물처럼 여기는 이사장이야 그렇다 치지만, 그 밑에 붙어 집사 노릇을 자처하며 제 것도 아닌 학교를 챙기고 나서는 최 선생 같은 이들의 행태도 가관이 아닐 수 없었다.

"그래, 뭐라고 쓸 거야?"

"그것 때문에 상의 좀 드리려구요."

"무슨 상의?"

"형님이 속내도 잘 알고, 무엇보다 국어 선생님이잖아요."

"그런 글 쓰려고 국어 선생 된 거 아니야."

박 선생은 단호하게 잘라 말하고 자리에서 일어섰다. 변은 행여 불똥이 제게 튈까 봐 서둘러 그의 뒤를 따라 자리를 떴다. 글이라면 체질적으로 두드러기부터 돋는 변이었다.

말은 그리 매몰차게 자르고 나섰지만 박 선생은 착잡한 모양이었다. 하기야 그럴 만도 했다. 그간 재단을 등에 업고 교사들을 제 집 종처럼 부려 온 최 교장을 보아서는 통쾌한 기분도 들겠지만, 그렇다 해도 학교를 놓고 이전투구의 싸움을 벌이는 걸 못 본 척하는 것도 마음 가벼운 일은 아닐 것이다.

그런 고민은 당장 이튿날 학교 벽에 큰 글씨로 나붙었다. '부당 인사 저지 위원회'라는 긴 명의로 되어 있는 대자보는 아이들이 무시로 지나다니는 교무실 복도 꼭대기에 큼지막하니 걸려 있었다.

"부당 인사 결사 저지! 맘에 안 든다고 교장을 교사로?"
"승일종고의 박쥐 이근호 교감은 물러가라!"
"무자격 교장은 회사로 돌아가라!"

벽보는 사다리를 가져와 뗄 때까지 아이들과 선생들에게 고스란히 읽혔다. 오전 내내 교장실을 뻔질나게 드나들던 교감은 의외로 차분했다. 단축 수업으로 일정을 당긴 뒤, 교직원 회의가 열린다는 전갈이 메신저로 날아왔다. 교사들은 삼삼오오 모여 목소리를 낮추어 수군거렸다.

"아무리 그래도 교장을 교사로 내려앉히는 건 너무한 일이지."
"그이가 어떻게 했는지 벌써 잊었어? 자업자득이야."

교사들의 분위기는 쉽게 가늠하기 어려울 정도로 입장이 복잡했다. 일단 예전의 실권자인 작은아들을 따르는 B 교원 노조 선생들과 몇몇 여선생들이 동정심을 내세워 최 교장을 옹호한다면, 새로 교장이 된 큰아들을 따르는 교감과 새로 임명된 부장 교사들이 반대편에 섰다. 그동안 최 교장과 크고 작은 충돌을 벌여 온 전교조 교사들의 입장은 그들과는 또 달랐다. 최 교장을 밀어내고 전격적으로 실권을 장악한 새 교장, 교감에 대해서도 비판적이었다.

"학교는 사유물이 아니잖아. 학교의 주인은 아이들이거든. 이사장이든 교장이든 아이들 편에서 생각해 보면 답이 나오잖아."

변은 그런 박 선생의 말에 수긍했다. 그러나 그런 주장이 실현 가능한 것인지에 대해서는 확신하기가 어려웠다. 돈은 남의 것이든, 내 것이든 누구에게나 아까운 법이다. 남이 귀한 돈을 들여 지은 학교를 거저 내놓으라고 할 수는 없잖은가.

변이 곁에서 보기에도 분회는 학교 일에 나설 여력이 없었다. 네이스(교육행정정보시스템) 거부 투쟁이나 단체협약 쟁취를 앞에 두고 연가 투쟁이나 교육 선전 활동에서 헤어나지 못하고, 본부나 지부에서 쏟아져 들어오는 공문들 처리만으로도 다른 일을 돌아볼 짬이 나질 않았다. 하나하나 들여다보면 어느 하나 소홀히 할 수 없는 사안들인 데다, 딱하기는 피차 마찬가지인 연대 조직들에 대해서도 외면할 수도 없는 일이었다. 후원 모금부터 서명지를 돌려 이를 회신하는 일만도 만만치 않았다. 수업하는 틈틈이 학교 업무를 처리하고, 남는 시간을 쪼개어 전교조 지시 사항들을 분회원들과 나누는 모임을 하고, 거기서 다진 결의대로 서명지를 돌리거나 비조합원 선생님을 찾아가 설득하여 협조를 구하는 일은 자질구레해 보여도 여간 시간이나 공력이 드는 일이 아니었다. 그렇게 일 년이 지나고 나면 전교조 공문

철은 공문이 많기로 유명한 학생부 공문철만큼 두꺼워지고, 분회장을 맡은 선생은 지치게 마련이었다. 분회장을 맡으라고 박 선생이 말했을 때 변은 질겁하고 손사래를 쳤다.

변이 보자면 전교조 선생들은 참 욕을 먹으려고 애를 쓰는 사람들이었다. 아이들이나 가르치고, 윗사람들이 시키는 대로 고분고분 따라만 하면 될 일이었다. 봉급이나 착실히 타 먹으며 묵묵히 시키는 일만 하면 성실한 교사라는 칭찬도 받고, 승진도 할 것 아닌가. 교감이 되고 교장이 되면 그때 하고 싶은 교육을 해도 되잖은가. 어찌해서 교직에 나선 지 일 년도 안 된 것들까지 가시를 세우고 까탈을 부려 저나 남을 고달프게 한단 말인가. 교육이란 것이 혼자 하는 게 아니잖은가. 둥글둥글 모난 것을 서로 덮고 채우며 살아가는 게 인간이고 세상 아닌가. 그런 걸 애들에게 가르치는 게 선생이고, 교육 아니냔 말이다.

전교조 선생들이 마음만 먹으면 누구보다 잘할 사람들이라는 걸 변도 잘 알고 있었다. 공립으로 옮긴 교사들 가운데 전교조 조합원을 탈퇴한 뒤, 본격적으로 승진 점수를 따는 데 힘을 쏟아 벌써 교감 자리에 오른 이들이 적지 않았다. 그이들은 예전의 조합원 선생들을 만날 때마다 침을 튀기며 이리 말했다.

"전교조 활동 반만큼만 해도 지금 조합원 선생들 다 교감, 교장 될 거야."

실제로 그랬다. 전교조라면 눈에 불을 켜고 원수 취급을 하는 교장들도 연구 시범 발표나 수업 연구 같은 대외 행사에는 전교조 선생들을 찾기 바빴다. 온종일 학교에서 아이들과 업무에 시달리고도 밤늦도록 지회 사무실에 모여 이런저런 토론거리나 행사 준비를 하는 조합원 선생들을 보면, '연구 준비를 이리 했으면 벌써 교장 되었을 것'이라는 말이 절로 나왔다.

온종일 학교에서 시달리고도 날밤을 새워 가며 어린이날 행사를 준비하고, 학교 다니다 그만둔 애들을 모아 밤늦도록 가르치는 전교조 선생들을 보자면 변은 진저리가 났다. 그렇다고 그 흔해 빠진 표창장 한 장 받는 것도 아니었다. 툭하면 애들 팽개치고 거리로 나섰다고 야단을 맞으면서도 도무지 지치지 않는 힘이 어디서 나오는 것인지 알다가도 모를 일이었다.

대회의실에서 열린 교직원 회의는 교장의 말로 시작되었다. CEO 출신답게 교장은 군더더기 없이 요점을 조리 있게 짚어 나갔다.

"아시다시피 사립학교의 인사 문제는 이사회에서 결정됩니다. 이사회의 논의 내용을 공개할 의무는 없지만, 이번 최충운 교장의 인사와 관련해서 궁금해하시는 분들이 적지 않다는 의견에 따라 그 내용을 말씀드리겠습니다. '지난 12월 29일에 열린 승명학원 이사회는 최충운 교장의 보직을 면하기로 이사 전원의 의견으로 결의했다. 그 사유는 최충운 교장이 승명학원의 건학 이념 취지에 적절하지 않은 면을 지녔으며, 학교 구성원들의 화목과 단합을 조정하고 지휘해야 하는 관리 역량에서 심각한 미흡함을 보여 보직을 면하고 교사로 발령하게 되었다.' 이

것이 이사회 회의록에 적힌 주된 내용입니다."

"승명학원의 건학 이념이 뭔데요?"

B 교원 노조 선생들이 수군거렸지만 교장은 동요를 하지 않고 차분히 다음 말을 이어 나갔다.

"그동안 최충운 교장께서 승명학원의 오늘이 있기까지 여러 면에서 노고를 아끼지 않고 다방면에 괄목할 만한 발전을 이루어 놓으신 것은 다 알려진 사실입니다. 그러나 본교가 교육청 예산을 지원받게 되면서 모든 학교 운영을 공립 수준으로 법제화해야 하는 의무도 감당하게 되었습니다. 최충운 교장 선생께서는 상당 기간 교감직에 있으면서 교장 직무 대행직을 맡으셨지만 실제로는 교장직을 수행한 셈이니 교장 임기가 채워졌다고 보는 것이 상식적인 견해입니다. 그래서……."

실제로 최충운 교장은 교감 자리에 있으면서 교장 직무 대행 노릇을 꽤 오래했다. 교장 인건비를 아끼려고 애써 자리를 비워 두고 최 교감이 겸하게 했다는 말이 있었지만 이제 와서 갑자기 그걸 문제 삼는 이유가 궁금할 뿐이었다.

"무슨 임기가 고무줄입니까? 늘어났다 줄었다 하게."

"또 하나의 문제는 건학 이념의 문제입니다. 주지하시는 바와 같이 본교는 기독교 신앙을 건학 이념으로 삼고 학생들을 가르치는 믿음의 배움터입니다. 그런데 유감스럽게도 믿는 학교의 표상이 되어야 할 최 교장 선생께서 그렇지 못한 일로 인해……."

"내가 뭘 어쨌다는 겁니까?"

여태껏 입을 굳게 다물고 있던 최 교장이 더 이상 참을 수 없는 듯 몸을 부들부들 떨며 자리를 박차고 일어났다.

"개인적인 가정사를 공개하기가 곤란하지만 본인은 잘 아실 겁니다."

"잘 모르니 말해 보시오."

작정한 듯 평소와 달리 격앙된 태도에 교장은 난처한 표정을 지으며 말을 머뭇거렸다. 그때 교감이 교장의 양해를 구한 뒤 자리에서 일어섰다.

"교장 선생께서 부임하시기 전의 일이니 제가 대신 자초지종을 말씀드리는 것이 좋을 듯합니다. 제가 전해 들은 바에 따르자면, 대체로 교회 목사님들과 장로님들이 중심이 된 숭명학원 이사회에서는 최 교장께서 따님의 결혼식을 교회가 아닌 절에서 하고, 더욱이 믿는 집안에서 자란 따님을 불교 재단의 학교에 교사로 재직하게 한 점을……"

"아니……, 그거야……, 엄연히 딸도 제 생각이 있기 마련인데……"

"물론 개인적으로는 마땅히 있을 수 있는 일이겠지만 기독교 신앙을 구현하는 숭명학원을 대표하는 위치에 계신 분으로서는 적절하지 못하다는 판단들을 하신 모양입니다."

일부 교사들의 동요가 있었지만, 교감은 차분한 목소리로 분위기를 수습해 나갔다.

"다른 어떤 것보다 하나님을 섬기는 승명학원의 건학 이념은 지켜져야 한다는 것이 이사장님의 단호한 의지이십니다."

"당신이 뭔데 앞에 나서서 까부나? 교감 자리 해 먹으니까 뵈는 게 없는가 베?"

주병선 선생이 교감을 향해 폭언에 가까운 항의를 해 보았지만 대세는 이미 기울었다. 부장 교사들이 떼를 지어 주 선생을 비난하자 그도 이내 잠잠해지고, 교장은 대자보를 붙여 어린 학생들에게 좋지 않은 영향을 준 교사들을 결코 용납하지 않겠다는 엄중한 경고로 회의를 마무리했다.

모처럼 최 교장의 복위를 꾀하던 주병선 선생 측근들은 한결 기가 죽어 조용해졌고, 얼마 지나지 않아 운동장에서 먼지바람을 뒤쓰고 체육 수업을 하던 최 교장이 사표를 냈다는 소식이 전해 왔다. 며칠 동안 학교에 나오지 않던 최 교장은 송별식도 마다하고, 가까운 선생들과 인사나 나누겠다며 학교에 잠깐 들렀다.

교무실에 들른 그가 변의 손을 잡고 작별 인사를 건넸다.

"내가 나쁘다 해도 저 장사꾼보다는 나을 거요. 그래도 나는 교육자였으니까."

교장실을 가리키며 그는 쓴웃음을 지어 보였다.

운동장 가장이에 자신이 심었던 아름드리 느티나무를 한참 쓸어 보던 최 교장이 어깨를 늘어뜨리고 주차장으로 걸어 나갔다. 그의 뒷모습을 바라보며 변은 마음이 짠했다. 따지고 보면 그도 재단의 하수인에 불과했다. 돌아보면 참 징그럽고 고달픈 날들이었다. 멀어져 가는 그의 뒷모습을 바라보며 변은 문득 이해창 선생의 마지막 모습을 끄집어냈다.

　해직이 된 뒤, 그는 지회에서 상근 일을 맡아 보았다. 박 선생의 종용에 못 이겨 몇 번 지회에 따라간 적이 있었다. 조합원들이 걷어 주는 후원금으로는 버스비나 점심값도 모자랐지만 그는 얼굴에서 웃음을 잃지 않았다. 걱정하는 박 선생을 오히려 위로하며 그는 지회에서 하는 지역 사업안들을 열띤 목소리로 설명했다.
　"퇴직금도 못 받았다면서 생활은?"
　"그럭저럭."
　"다른 일을 해야 하지 않아요?"
　"그러잖아도 컴퓨터 회사 하는 선배가 오라고 하는데……."
　파면되면 퇴직금도 못 받으니 자진해서 사직서를 내라는 학교 측의 요구도 끝까지 거부한 이해창 선생의 생활은 묻지 않아도 알 일이었다. 아직 젖을 떼지 않은 막내까지 셋이나 되는 아이들을 거느리고 느닷없이 학교에서 쫓겨났으니 대책이란 걸 세울 틈도 없었으리라.
　"가지 그랬어요."
　"그래도 애들 곁에 있는 게 좋아."
　이 선생은 교회가 운영하는 공부방에서 국어를 가르치고 있었다. 역시 학교에서 쫓겨난 처지의 아이들과 밤늦도록 씨름을 하면서도 그는 아이들 곁에 있을 때가 가장 행복하다고 했다.

이따금 지회 부근 호프집에서 술잔을 나누던 이 선생의 안색이 눈에 띄게 나빠진 것은 해직되고 삼 년이 되어 갈 무렵이었다. 지회 사업과 교육청 앞에서 피켓을 들고 부당 해고 항의 시위를 하는 게 힘에 붙였던지 이 선생은 술을 몇 잔만 마셔도 몸을 제대로 가누지 못했다. 술이 약해진 모양이라고 웃는 그의 얼굴이 쓸쓸해 보였지만 그때만 해도 그가 암에 걸린 줄을 알지 못했다. 그가 피를 토하고 쓰러져 병원으로 실려 갔다는 소리를 듣고 달려갔을 때는 이미 그는 췌장암 말기였다. 췌장에서 시작된 암세포는 이미 간을 덮고, 임파선을 타고 전신에 퍼져 손을 댈 수가 없다고 했다.

그는 눈을 감는 순간에도 아이들과 전교조를 잊지 못했다.

"나 화장하면 학교 뒷산 진달래 많이 피는 데 알지? 거기다 뿌려 줘."

그의 장의차가 학교에 들렀을 때, 당시 교감이었던 최충운 선생이 교문을 걸어 잠그고 장의차를 들어오지 못하게 가로막았다. 이 선생의 유언에 따라 골분을 학교 뒷산에 뿌리려 할 때도 환경오염 운운하며 막았던 그였다.

"전교조 빨갱이라면 이가 갈려."

그때 악을 쓰던 모습이 어깨를 늘어뜨리고 멀어져 가는 그의 뒷모습과 겹쳐졌다.

🔔 흑인이면 어때서?

모처럼 박 선생 얼굴에 웃음꽃이 피었다.

집 나갔던 상준이가 돌아온 것이다. 어제저녁에 인천 어느 피시방에서 일하던 상준이가 박 선생에게 전화를 건 모양이었다. 아이라면 자다가도 벌떡 깨는 박 선생이 모른 척할 리가 있겠는가. 그 길로 달려가 아이를 제 집에 데려와 밤새 설득을 했을 것이다.

"이번엔 피시방여?"

두 번이나 집을 나간 사실을 상기시키는 변의 말이 거북했는지 박 선생은 정색을 했다.

"부모가 이혼을 하기로 했는데 아이들을 서로 떠넘기며 싸웠다고 하네."

"그렇다구 가출을 취미루 삼어?"

"초등학교 다닐 때도 외가에 맡겨졌는데 거기서 무척 힘이 들었나 보더라고."

"이번에두 그리 내려가라구 헌 겨?"

"상준이가 아니고 동생."

"동상?"

"초등학교 4학년짜리래."

"근디?"

"외삼촌 밑에서 엄청 구박을 받았는데 어린 동생을 그리 보내고 싶지 않았겠지."

"그려서?"

"동생 데리고 살 셋방이라도 마련할 생각이었다는군."

"선행 표창이래두 한 장 주어야겠네."

재혼할 사람이 생겨 헤어지게 된 부모에게 자식들이 짐이 된 것이다. 상준은 어떻게든 제 동생과 헤어지고 싶지 않아 제 딴에는 살길을 찾아 나선 셈이었다. 일종의 민생 문제라고나 할까. 인간적인 면에 약한 변은 상준의 두 번째 가출을 더 문제 삼을 수가 없었다.

"그려 앞으루 워쩐댜?"

"밀알교회 교육관에 비는 방이 있어서 거기서 지내라고 했어. 목사님이 잘 살펴 준다 했으니······."

좋은 일은 또 있었다. 청소년 연극제에 승일종고 연극부가 선정된 것이다. 무언가 목표가 있는 게 좋을 듯하여 박 선생이 아이들 모르게 청소년 연극제에 참가 신청을 했었다는 것이다. 신청한 학교 중에서 열네 개 팀만이 선정되는데, 오늘 그 결과 통보가 왔다는 것이다. 승일종고 연극부 부대찌개가 당당히 그 안에 끼었다니 대단한 일이 아닐 수 없었다. 지원금 삼백만 원까지 미리 주는 청소년 연극제는 매년 기라성 같은 고교 극단들이 참여했고, 그 수준은 성인 극단을 능가할 정도라고 했다. 무엇보다 기지촌 아이들이 만든 연극부라는 점이 선정 위원들의 마음을 움직인 듯하다고 박 선생은 기뻐했다. 변은 덜컥 겁부터 났다. 연극이란 걸 제대로 관람한 아이가 하나도 없는 부대찌개들을 데리고 연극 대회에 참가한다니 지나가던 개가 하품을 할 일이었다. 정미도 기껏 교회 성극이나 비디오로 된 '세일즈맨의 죽음' 정도를 본 게 전부라 했는데.

"삼백만 원요?"

아이들은 제 수준은 알지도 못한 채 당장 지원금이란 말에 환호성부터 질렀다. 그 대회가 어떤 것이며, 어떤 준비를 해야 하는지는 관심도 없었다.

"장난이 아니라니께."

"누가 장난이래요? 너, 장난하니? 너니?"

기껏 학교 강당에서 머리에 수건 뒤집어쓰고 동방박사 흉내 내는 게 연극으로 알던 아이들이 도립 문예 회관 무대에 올라가 많은 관객들이 보는 앞에서 연기를 해야 한다고 생각하니 변은 눈앞이 캄캄해졌다. 늘 교실 뒷자리 쓰레기통 옆이나 땡볕 쬐는 자리에 엎드려 잠이나 자던 아이들이 휘황한 조명을 받으며 무대에 오른다는 사실을 어떻게 감당해야 한단 말인가.

"암만 생각혀두 이건 아녀."

"한번 부딪쳐 봅시다."

"맨땅에 헤딩두 유분수여. 학교 이름이 걸린 일이라니께."

변의 걱정과 달리 아이들은 대본을 앞에 놓고 진지하니 배역을 논의하기 시작했다. 남자 주인공 역은 브레이크 댄스를 잘 추는 민수가 맡았다. 소란하긴 했지만 저희들끼리 역에 맞는 배역들을 나눠 나가는 걸 변은 불안한 눈으로 지켜보았다. 문제는 여자 주인공 역이었다. 범생이 여학생인 주인공은 착실한 용모에 춤도 웬만큼 출 줄 알아야 하고, 간간이 노래도 불러야 하기에 아무나 할 수 있는 배역이 아니었다. 이리저리 궁리를 해 보았지만 아이들은 쉽게 여주인공 역을 찾아내지 못했다. 아까부터 뒤편에서 지켜만 보던 정미가 나섰다.

"내가 할게."

정미의 말에 모두들 놀란 표정을 지었다간 이내 맥없는 웃음을 지었다.

"야, 넌 연출이잖아."

"연출하면서 하면 되잖아. 연출을 다른 사람이 하든지."

"아무리 그래도 그렇지."

"뭐가?"

그 말에 아이들은 선뜻 대답을 하지 못한 채 난처한 웃음만 지었다.
 "솔직히 넌 아냐."
 "왜?"
 "야, 넌 우선 까맣잖아."
 "까마면 안 돼?"
 "생각을 해 봐라. 여자 주인공이 흑인이면 그게 말이나 되냐?"
 "내가 흑인이냐? 그리고 흑인이면 어때서?"
 정색을 하고 따지는 정미의 얼굴엔 단호한 기색이 역력했다. 누군가 '차라리 킹콩이나 해라' 하는 소리에 웃음이 터지고, 정미의 눈에서 불이 튀었다. 두고 볼 수만 없었던지 박 선생이 나서서 분위기를 수습했다.
 "왜들 이렇게 심각해? 그리고 피부 빛깔이 이 연극과 무슨 관계인지 모르겠는데."
 "쪽팔리잖아요."
 "좀 더 생각을 해 보자꾸나."
 아이들을 돌려보낸 뒤, 그는 정미를 남게 했다.
 "너무 신경 쓰지 마라. 아이들도 잘해 보자는 거니까."
 정미는 평소와 달리 박 선생의 말도 귓등으로 흘리는 눈치였다. 외로 꼰 고개 너머로 납처럼 무거운 그늘이 덮여 있었다.
 "선생님은 신경 쓰이지 않겠지요."
 변은 정미의 심정을 모르는 바는 아니었지만, 평소에 부대찌개파 아이들을 무시하고 함부로 대하는 정미의 행동에도 문제가 있다고 생각했다.

"애들이 잘한 것은 없지만 니두 좀 부드럽게 대하면 좋겠어."

"부드럽게 대해 주라구요?"

"걔들도 말하자면 상처 많은 인생들 아니겠냐."

중간에 끼어든 변의 말에 정미는 한숨을 길게 내쉬었다.

"학교에 들어와서 내가 제일 먼저 받은 게 뭔지 아세요? 깜둥이, 연탄재, 시컴둥이……. 중학교에 들어가 영어를 배우더니 니그로란 별명을 붙이더군요. 중학교 때는 거의 지옥이었어요. 담임선생님은 툭하면 나를 놀림감으로 삼았지요. 선탠 좀 그만하고 다니라는 말에 애들은 죽겠다고 깔깔댔어요. 애들은 집 앞까지 쫓아와 놀리고, 화장실 벽에는 내가 흑인이랑 벌거벗고 있는 그림이 그려졌어요. 내가 뭘 어쩌겠어요? 힘도 없고, 공부도 못하고, 깜둥이 혼혈아 주제에……. 그저 구석에서 벌레처럼 웅크리고 있을 수밖에요. 그냥 찌질이에 따가 되는 거죠. 점심시간이면 애들은 끼리끼리 모여서 밥을 먹는데, 나는 구석에서 혼자 싸늘한 도시락을 오물거려야 했어요. 눈이 마주치면 애들은 재수 없다고 침을 뱉었어요. 그때마다 제가 어떻게 한 줄 아세요? 지우개를 씹어 먹었어요. 지우개라도 질겅질겅 씹지 않으면 견딜 수가 없었거든요. 애들은 그런 나를 정신병자라고 수군거렸어요. 선생님들한테 얘기하지 않았냐구요? 해서 뭐하게요. 애들도 문제지만 너두 문제라는 잔소리나 들으려구요?"

변이 한마디 하려는데 박 선생이 가로막았다.

"살 길을 찾아야 했어요. 아니면 죽어야 하니까요. 내가 어떻게 그 지옥에서 빠져나온 줄 아세요? 먼저 애들을 놀리고 무시하는 거였어요. 내가 먼저 재수 없다고 침을 뱉었지요. 목숨 걸고 공부를 했거든요. 공부를 하니까 선생님들이 비로소 저를 돌아보더라구요. 칭찬도 받고, 상장도 받았어요. 애들 보고 공부를 못해서 종고에 온 돌대가리라고 상대도 안 했어요. 근데 이상한 일이죠? 그렇게 무시를 하니까 애들은 나를 떠받들더군요."

"그건 좋은 방법이 아냐."

"연극부에 들어와서 마리아 역을 하고 싶었어요. 연극 선생님이 안 된다고 딱 자르더군요. 마리아는 백인이라는 거예요. 그래서 내가 물었지요. 우리 누구도 백인은 없지 않느냐고. 그랬더니 뭐라는 줄 아세요? 그래도 흑인은 안 된다는 거예요."

변은 머쓱하니 할 말을 잃었다. 눈물을 손등으로 야무지게 닦아 낸 정미가 단호한 목소리로 말했다.

"더 이상은 안 돼요."

학교도 기업이다

 최 교장이 물러난 뒤, 학교는 평온을 찾은 듯했다. 법으로 대응하겠다던 주병선 선생네도 한풀 꺾였다. 뒤에서 구시렁거리기는 했지만 대놓고 앞에 나서지는 못했다. 눈치가 빠른 사람들답게 천연스럽게 새 교장을 만나면 깍듯이 허리를 숙여 절을 했다.
 거치적거리는 사람이 없어지자, 교장은 하려던 일들을 주저하지 않고 밀어붙였다. 영어 연수에 대한 교장의 열의는 대단했다. 외국인과 쉽게 접할 수 있는 기지촌이라는 지역 특성을 살려 영어 특성화 학교를 만들겠다는 것이 교장의 야심 찬 계획이었다. '기지촌이라는 지역 특성'이라는 말에 선생들은 쓴웃음을 지었다.
 교장은 매주 교직원 연수 시간마다 교사들을 불러 모아 기초 영문법 시험을 보게 하고, 아이들도 매주 한 차례씩 쪽지 시험을 보아 교무실 칠판에 학급별 영어 시험 성적을 적어 두었다. 한글 철자법도 모르는 아이들에게 무슨 영어냐고 실업과 담임들이 구시렁거렸지만 아이들을 위한 일이라는데 어쩔 수가 없었다.

그 즈음, 이상한 소리가 들려왔다. 교장이 실업과를 없애려 한다는 소리가 돌기 시작했다. 현재 인문과와 상과, 사무자동화과, 정보처리과로 나뉘어 있는 종합고등학교를 완전한 인문계 고등학교로 바꾸려 한다는 것이었다. 변은 교무실에서 박 선생이 교감과 이야기를 나누는 것을 본의 아니게 엿듣게 되었다.

"종고는 이제 어려워요."

"어렵다니?"

"우리 학교만 해도 실업과 애들 팔십 퍼센트 이상이 대학 진학을 하고, 업체에서도 실업계 애들 뽑질 않아요."

"그렇다고 인문계로 바꾸면?"

"한번 죽을힘을 다해서 명문으로 키워 봐야지요."

명문이라는 교감의 말에 변은 피식 웃음이 나왔다. 입시철이면 교문에 내걸던 "○○대 몇 명 합격"이라는 현수막이 눈앞을 스쳤다. 학교마다 이른바 스카이에 합격한 아이들의 머릿수로 경쟁을 벌이는 판에 가구 공장 경리나 백화점 점원으로 취업시키는 것이 어디 얘깃거리나 되겠는가. 기죽기 싫어서 너도나도 대학 간다고 나서지만, 막상 아이들은 입학금을 댈 형편도 못

되었다. 그런 사정을 알면서도 관내 하나뿐인 실업계를 없앤다면 이런 아이들은 어디로 가야 한단 말인가.

"어딘가로 나가겠죠. 몇몇 애들 때문에 학교가 자선사업만 할 수는 없으니까요."

"자선사업?"

"이제 학교도 기업이잖아요. 밑지면 망하고 한 푼이라도 남겨야 살아남는 거……."

"그래서 이가 많이 남는 인문계 장사를 해 보시겠다?"

"애들이나 학부모들에게 물어봐도 찬성이 많을 겁니다. 지금처럼 인문계 못 가서 떠밀려 온 애들 뒤치다꺼리하면서 똥통 소리나 듣는 것보다는 나으니까요."

"그게 잘될까?"

"결국 서울대가 말해 주는 거 아니겠어요. 삼 년 밤잠 안 자고 애들하고 씨름해서 서울대 여남은 명 들여보내면 문제가 달라질 겁니다."

"여남은 명 빼고 나머지 애들은?"

"어딘들 못 들어가겠어요."

"원서만 내면 다 붙여 주는 지방 전문대라도 밀어 넣겠다?"

"하다못해 주유소에서 기름 총을 쏴도 대학 졸업장이 있는 거와 없는 거는 엄연히 달라요. 남들 눈이 문제가 아니라 본인이 그렇게 느낀다니까요. 평생 대학 소리만 나오면 기죽어서 고개 꺾고 살 바에는 투자할 만한 일이 아닌가요?"

두 사람의 이야기를 듣고 있던 변의 눈앞에 책상 위에 엎드려 잠을 자던 아이들의 모습이 스치고 지나갔다. 연필 한 자루 들어 있지 않은 빈 가방을 들고, 삼 년 동안 책상에 엎드려 있다가 평생 학교 이야기만 나오면 죄인처럼 어깨를 움츠리고 살아갈 아이들이었다.

이를 남기는 장사로 보자면 인문계 학교가 훨씬 경제적이라는 말은 맞다. 몽둥이 하나만 있으면 되는 장사였다. 교실 있겠다, 의자 있겠다 따로 돈 들일 게 뭐가 있겠나. 학부모 임원들 내세워 기부금이나 걷어 교실마다 에어컨이나 한 대씩 넣어 주면 여름방학도 없이 책상 앞에 붙잡아 둘 수 있었다. 골은 골대로 아프고, 힘은 힘대로 드는 실업계 진로지도에 비할까. 암만 해 봐야 생색도 나지 않는 인성 지도에 비하랴. 애들 취업시키자고 이 공장, 저 회사로 돌아다니며 굽실굽실 머리를 숙이는 일이 어디 선생이 할 짓이던가.

"오 년 안에 동북부 최고의 명문고로 발전시키겠다는 게 마스터 생각입니다. 씨이오 출신이라 확실히 달라요. 셈도 빠르고, 추진력도 있고……. 벌써 교육청 드나들더니 좋은 학교로 선정되어서 당장 십칠억 받아 냈어요."

"좋은 학교?"

"웬만해선 사립학교에는 주지 않는 것인데 국회의원이며, 교육 위원들 만나더니 대번에 성과가 나오네요."

"나쁜 학교도 있대?"

"기숙사를 짓는답니다."

"애들 집이 엎드리면 코 닿을 덴데 무슨……."

"심화 학습반이라 해서, 희망하는 대학별로 학급을 만들어 먹이고 재우면서 공부를 시키겠다는 거지요."

변은 대뜸 서울대 반, 고려대 반, 연세대 반이라는 표찰이 내걸릴 기숙사 방들을 머리에 떠올렸다. 통학이 불편한 원거리 아이들을 위해 짓게 되어 있는 기숙사를 학교마다 앞다투어 짓는 이유가 별 게 없었다. 집과 학교를 오가는 시간까지 알겨내서 오로지 입시 준비에 매달리도록 학교 안에 가둬 놓고 집중 교육 시키겠다는 것이 요즘 유행하는 기숙사 학교였다. 서울 근교의 한적한 곳에 자리 잡은 스파르타식 기숙 학원이라는 것이 학교에 밀고 들어온 셈이었다.

"좋은 학원이구만."

박 선생은 퉁명스럽게 한마디 내뱉고는 제자리로 돌아갔다.

빈 교실을 둘러보던 변은 불이 켜진 연극부실이 궁금해 들러보았다. 아이들이 박 선생을 둘러싸고 제가 다니는 실업과가 없어지면 어쩌나 걱정을 하고 있었다.

"선생님, 진짜예요?"

"뭐가?"

"상과, 이런 거 다 없어져요?"

"그럴 리 없어."

"국사 선생님이 그랬대요. 이제 울 학교가 인문계 된다구."

"쓸데없는 소리 그만하고, 연습이나 하자고."

아이들은 불안한 눈빛으로 서로 눈짓을 하면서 마지못해 일어나 대본을 집어 들었다. 밤새 오토바이나 타고 다니다가 학교에 와서는 잠이나 자는 애들이었지만, 막상 제가 다니던 실업과가 없어진다는 말에는 여간 섭섭한 게 아닌 모양이었다.

"인문계 되면 더 좋지 않여?"

등 뒤에서 불쑥 끼어든 변의 말에 아이들은 떼를 지어 도리질을 치며 악을 썼다.

"아뇨. 상과가 짱예요."

"최강 지성 정보처리……, 짜짜작 짝짝."

체육대회 때 익혔던 응원 모습을 해 보이며 민수가 우쭐거렸다.

"배역은 다 정한 겨?"

며칠 전부터 박 선생이 아이들을 하나씩 불러 정미 사정을 들려주고 설득을 하는 걸 알고 있던 변은 결과가 어찌 되었는지 궁금했다.

"예. 결정했어요."

"워뜨케?"

"민수가 비보이 하구요. 나는 학주, 여자 주인공은……, 탄순이가 하기로 했어요."

정미가 원하던 역을 맡게 되었다니 잘된 일이었다.

"까만 주인공도 멋지잖아요."

눙치는 재석의 말에 변은 군밤을 한 대 주는 시늉을 했다.

"어머, 이러시면 아니 되옵니다."

"시방 연기허냐?"

한바탕 웃음이 터지고, 아이들은 한껏 고무된 표정으로 박수를 쳤다.

"부대찌개 화이팅!"

"찌질이 인문계⋯⋯, 상과 짱!"

"대상은 우리 꺼."

아이들은 한껏 고무되어 얼굴에 열기를 띠고 소리를 질렀다. 아이들과 얽혀 어깨동무를 한 박 선생은 어느 결에 아이들 또래로 돌아간 모습이었다. 변도 덩달아 가슴이 울렁거렸다. 그려, 한번 해 봐들.

소문으로 떠돌던 일이 사실로 밝혀졌다. 임시 직원회의가 소집되고, 그 자리에서 교장이 인문계 고등학교로 전환하려는 계획을 발표했다.

"생각해 보세요. 아이들이 없으면 어떻게 학교가 있고, 선생님들 생활은 어떻게 하시겠습니까? 이제 학교도 기업입니다. 아이들이나 학부모야말로 고객이니만큼 고객이 뭘 바라고 뭘 원하는지를 재빨리 알아서 서비스해야 하는 게 유비쿼터스 교육 아니겠습니까? 이젠 학교도 경쟁을 해야 하고 이익을 남겨야 합니다."

새 교장이 요즘 들어 교무 회의 시간마다 힘주어 말하는 것이 '교육 서비스'와 '무한 경쟁'이라는 말이었다. 교장의 이야기에 따르자면 이미 실업과는 경쟁력을 잃어버리고, 교육 수요자인 학부모들과 학생들에게도 만족을 주지 못하고 있다고 했다.

"시대는 변하고, 모든 사회체제와 산업구조가 하루가 다르게 변해 가는데 여전히 학교교육은 십구 세기 구태를 면하지 못하고 머물러 있었습니다. 지금 부기나 주판을 익히는 상과를 어디에 쓰겠습니까? 하다못해 마을 단위 농협에서도 인문계 졸업생들 데려다 쓰는 게 훨씬 낫다는 겁니다. 상과 출신이라고 뭔가 나은 게 없다는 겁니다. 외려 인문계 아이들이 더 똘똘하다는 거지요. 어쩌다 이 지경이 되었습니까?"

교장은 아까부터 고개를 숙이고 있는 실업과 곽 부장에게 물었다.

"당장 실업과 선생님들은 섭섭한 일이겠지만 우리가 살자고 애들을 망칠 수는 없습니다. 학교도 마찬가지구요. 선생님들과 쌓은 정리를 생각하자면 서운하기 짝이 없는 일이지만, 학교를 살리고 아이들을 위한 일이라면 제가 무슨 욕을 먹더라도 더 늦기 전에 이번 일을 꼭 이뤄 내고 말겠습니다."

마이크를 건네받은 교감이 교육청에 이미 인문계 고등학교 전환 신청을 해 놓았다는 사실을 전달하며, 당장 실업과 교사들은 부전공 연수를 통해 인문 교과 자격을 취득하거나, 아니면 점차적으로 공립고 특채로 빼내겠다는 계획을 전했다.

"드러바서 있으래도 안 있는다."

직원회의가 끝난 뒤, 상업과 주병선 선생이 일반사회 부전공 연수를 받으라는 연구 부장의 말에 볼멘소리를 냈다. 원하지 않는 연수나 중학교 전출 이야기를 들은 실업과 교사들은 하나같이 침통한 표정이었다.

"껌이 된 기분야. 단물 다 뽑아 먹고, 이제 아무 데나 뱉어 버리니 말이야."

환갑을 눈앞에 둔 실업과 부장 곽희찬 선생이 자조 섞인 목소리로 박 선생에게 들으라는 듯이 중얼거렸다.

"당장 어떻게 되겠어요?"

"염치없는 소리지만, 전교조에서 어떻게 막으면 안 될까?"

전교조 일이라면 콧방귀만 뀌던 백발의 선생도 궁지에 몰려서는 전교조를 아쉬워했다.

"맘대로 할 수는 없을 겁니다."

예전 같으면 교과가 없어지거나, 학교가 문을 닫는 사립 교사들의 신분은 보장이 되지 않았다. 그런 것을 공립학교로 특별 채용되도록 법제화한 것도 전교조의 몫이었다. 이런 일로 거리에 나가 싸울 때 많은 사립 교사들이 수수방관하거나, 심지어 아이들 팽개치고 데모나 일삼는다고 손가락질을 하기 바빴다.

박 선생은 어떻게든 방도를 찾아보겠다고 노 선생을 안심시켰다.

"지금이라도 전교조에 가입하면 안 되나?"

백발이 성성한 선배 교사가 웃으며 박 선생의 팔을 붙드는 걸 변은 측은한 눈으로 바라보았다.

 학교에 소동이 벌어진 것은 그로부터 며칠 지났을 때였다.
 급식을 마치고 오후 수업을 알리는 예비 종소리가 울리자, 아이들이 운동장으로 몰려나오기 시작했다. 실업과 아이들이었다. 운동회 때 쓰던 꽹과리를 든 각과 학생 대표들이 앞에 서서 아이들을 불러내고 있었다. 어디선가 유리창 깨지는 소리가 들려오고, 복도를 내달리는 아이들의 발소리가 요란하게 들려왔다. 수업을 하러 교실로 향하던 변은 특유의 흐느적거리는 걸음으로 운동장 쪽으로 몸을 움직였다.
 "이것두 돌림병이지? 애새끼덜까정 데모질이니 말여."
 신발을 신은 채 복도를 달려오던 아이 하나가 그를 보고는 질겁해서 돌아서려 했지만 뒤에서 달려오는 제 친구들에게 떠밀려 앞으로 나동그라졌다.
 "이게 뉘셔. 병필 씨 아녀. 잘헌다. 똥뒤깐에 드나들던 운동화짝 짤짤 끌면서 복도를 내달리구. 그려 아무리 바쁘드래두 우선 나 좀 보구 가."
 딱 소리가 나도록 드럼채로 머리를 맞은 정보처리과 병필이가 악 소리도 못 내고 머리를 부둥켜안고 맴을 돌았다.
 "워쩌, 정신이 줌 들어? 워디루 갈 겨? 운동장여, 교실여?"
 공중으로 치켜 올려진 드럼채에 놀란 아이들이 기겁을 하여 교실로 꽁무니를 뺐다. 하지만 아이들은 창문을 넘어 운동장으로 달려 나갔다.

운동장에는 벌써 아이들이 새카맣게 모여 있었다. 실업과 아이들은 앞에 선 선배들을 따라 무어라 악을 쓰고 있었다.

"실업계도 학생입니다."

"공부 못하면 사람도 아닙니까?"

그래도 꼬박꼬박 존댓말을 쓰는 것이 대견했다. 박 선생 말에 따르자면 이가 남는 게 없다고 팽개쳐진 아이들인 셈이었다. 그런 아이들이 이렇게 악을 쓰고 대들리라고는 변도 예상을 못 한 일이었다. 지렁이도 밟으면 꿈틀댄다는 말이 그르지 않았다.

교감이 달려 나오고, 멀찌감치 현관 앞에는 교장이 뒷짐을 지고 서 있었다. 변은 그때서야 불을 맞은 듯 휘적거리며 운동장으로 달려 나갔다.

"학교가 무슨 떡볶이 가겝니까? 마음대로 이거, 저거로 바꾸게."

연극부 아이들이 담임들 손을 빠져나가며 교장 쪽을 향해 악을 쓰는 모습이 보였다.

"니들 시방 뭔 짓을 허는 줄은 알어? 동맹 수업 거부는 퇴학이여, 퇴학!"

변이 아이들과 담임선생들을 번갈아 바라보며 을러댔다. 어느 학교 교칙이든 아이들이 단체로 행동을 하는 것을 엄중히 징벌하고 있었다. 담배를 피우고, 돈을 훔치고, 남을 때리고, 강도

짓을 하는 것보다 동맹휴업 같은 단체 행동을 더 악질 행위로 규정해 놓고 있었다.

변은 무엇보다 혈기 넘치는 아이들이 감정에 휩싸여 난동이라도 부리지 않을까 걱정이 되었다. 박 선생도 걱정이 되었는지 운동장으로 나왔다. 제 담임 얼굴을 본 아이들이 겸연쩍은 얼굴로 고개를 돌렸다. 박 선생은 그런 아이들의 등을 두들겨 주며, 구부러진 어깨를 반듯하니 펴 주었다.

"할 말이 있으면 당당히 하렴."

의외의 말에 아이들은 용기를 얻은 듯, 한꺼번에 불만을 털어놓기 시작했다. 곁에서 지켜보던 변이 이맛살을 찡그렸지만 박 선생은 못 본 척했다.

"너무해요. 공부 못한다고 과를 없애는 게 어딨어요?"

"앞으로 대학 안 가는 사람은 학교도 못 다니겠네요?"

"교장 진짜 나빴어."

어디서 주워들었는지 아이들은 선생들보다 많은 걸 알고 있는 눈치였다.

"수업은 받아야 하지 않겠니?"

"과를 없앤다는데 수업이 문제가 아니죠."

"중간에 갑자기 이런 법이 어딨어요?"

교감이 사열대 위로 올라가 아이들을 진정시켰다. 막대기를 들고 윽박지르는 변을 물러 앉히고 교감은 차분한 목소리로 아이들을 달랬다.

"어디서 무슨 소리를 들었는지 몰라도 뭐든지 궁금한 게 있으면 말해 봐요. 이왕 이렇게 된 거 교감 선생하고 대화의 시간을 갖지요, 뭐."

너그럽게 나오는 교감의 태도에 아이들은 의외라는 표정으로 쭈뼛거리며 입을 열지 못했다.

"한꺼번에 얘기하면 잘 들리지가 않으니까, 한 사람씩 손들고 이리 나와서 얘기를 해 봐요."

서로 눈치만 살피던 아이들 틈에서 정미가 번쩍 손을 치켜들고 앞으로 나섰다. 단상에 올라온 정미는 야무진 말투로 차근차근 제 생각을 이야기했다.

"저희들이 입학할 때는 실업계로 왔는데, 갑자기 중간에 바꾸면 어떻게 되나요? 그리고 과마다 전통이란 것도 있고, 여태껏 이어 온 선배 동문들도 있는데 학교 마음대로 결정해도 되는 건가요?"

몇 번이나 아이 앞에 놓인 마이크를 이리저리 만져 주던 교감이 웃으며 정미의 어깨를 두드려 주었다.

"뭔가 오해가 있는 것 같군요. 아직 실업과에 대해서는 결정된 게 하나도 없고, 설령 인문계로 전환된다 해도 여러분이 졸업할 때까지는 현재 학과가 그대로 이어진다는 말을 하고 싶네요."

그건 맞는 말이었다. 학과 개편안이 도교육청에서 받아들여진다 해도 신입생부터 인문계로 선발하여 점차적으로 개편하는 것이기 때문에 현재 재학생들과는 무관한 일이었다.

"결정된 게 없다면 앞으로도 그런 결정을 하지 않겠다고 약속해 주실 수 있나요?"

정미의 당찬 물음에 교감은 당혹스러운 표정을 지었다.

"그런 논의가 지금 진행되고 있는 것은 사실입니다. 여러 의견을 수렴하여 가장 좋은 방향으로 결정될 것으로 압니다."

"거기에 저희 의견도 들어가나요?"

"참고하도록 하겠습니다."

"참고가 아니라 꼭 들어주셔야 해요."

대강 답변을 얼버무린 교감은 재빨리 다른 아이에게 발언권을 넘겼다. 정미는 무언가 미진한 표정으로 머뭇거리며 단상에서 내려갔다.

본관 앞에서 팔짱을 끼고 지켜보던 교장이 말없이 안으로 들어갔다. 아무래도 조용히 넘어갈 분위기는 아니었다. 아이들이 수업을 거부하고 단체로 교실을 벗어난 일은 심각한 일이었다. 교감은 보충수업도 거른 채 서둘러 아이들을 귀가시키게 했다.

이튿날, 교육청 장학사가 내려오고 학교 분위기는 이리저리 뒤숭숭했다. 교육청 홈페이지에 아이들이 항의 글을 무더기로 올리고, 어제 운동장에 모인 동영상까지 오르자 교육청도 화들짝 놀라 달려온 것이다. 실업과 아이들은 아침부터 어두운 표정으로 책상에 엎드려 있었고, 인문과 아이들까지 덩달아 수군거리며 이리저리 몰려다녔다.

변은 이 포졸을 앞세우고 심각한 얼굴로 복도를 뛰어갔다. 그 뒤를 아이들이 웅성거리며 따라갔다. 지나가던 박 선생이 변을 붙들고 연유를 물었다.

"대자보가 붙었어."

"대자보?"

변이 본관 로비에 도착했을 때에는 벌써 교감이 벽에 걸린 대자보를 떼고 있는 중이었다. 거칠게 구겨진 종이 사이로 "장사꾼, 전통, 교장"이란 단어가 힐끗 내보였다. 떼어 낸 벽보를 변이 찢으려는 걸 교감이 제지했다. 교감은 벽보를 들고 교장실로 들어갔다.

"장학사가 봤대요."

언제 와 있었는지 백경훈 선생이 박 선생에게 귓속말을 건넸다. 엎친 데 덮친 격이었다.

"애들 짓 같지는 않네요."

백 선생의 말에 박 선생도 고개를 끄덕였다.

교감이 온종일 교장실로 불려 다니는 걸 보면 그냥 넘어갈 일은 아닌 성싶었다. 오후 들어 장학사가 돌아가고, 회의실로 모이라는 방송이 전해졌다.

회의실 단상 위에는 이사장이 앉아 있었다. 건강이 좋지 않아 요즘은 학교에 나오는 일이 거의 없었던 이사장이었다. 교감이 마이크를 잡고 몇 마디 하려는데, 이사장이 말을 가로채고 버럭 소리부터 질렀다.

"본론부터 날래 말하라우."

교장도 긴장한 태도로 아무런 대꾸도 못 한 채 부친의 안색만 살폈다. 눈치 없이 늑장을 부린 선생들이 얼음장 같은 회의실 분위기에 기가 죽어 종종걸음으로 뒷문으로 들어왔다.

"도대체 뉘가 그딴 걸 써 붙였어? 우리 선생들 가운데 빨갱이래두 있단 말야?"

빨갱이라는 말에 변은 자신도 모르게 가슴이 뜨끔했다. 일제시대 만석꾼의 집안에서 흙 한 번 밟지 않고 자랐다는 이사장은 자신이 적수공권 처지로 남쪽으로 쫓겨 내려와 길바닥에서 고무줄 장사를 한 것도 죄다 빨갱이 탓으로 여겨 왔다. 지난번, 국회의원 선거에 나섰을 때 그의 선거공약 중에 '반공 방첩, 승공 통일'이 들어 있는 걸 보아도 그이가 얼마나 빨갱이를 저주하는지 알 만한 일이었다.

평생을 교회 장로로 하나님을 섬겨 온 이사장에게 빨갱이는 결코 한 하늘 밑에서 살 수 없는 원수이며, 하나님의 나라에 대적하는 적그리스도나 다름없었다. 그런 이사장이 제 학교에 노동조합이라는 것이 처음 들어섰을 때 보인 격렬한 거부 반응은 어찌 보면 당연한 일이었다. 신성한 하나님의 배움터에 빨갱이들이나 하는 노동조합이라는 게 들어선다는 게 그로선 받아들이기 힘든 일이었을 것이다.

"정신 똑바루 차리라우. 거, 교장은 선생들 신앙 문제 하나하나 꼼꼼히 체크해서 내게 보고하라우. 티미한 이들은 죄다 모가지를 짤라 버리라우."

 그런 폭언 속에서도 누구 하나 항의를 할 엄두조차 내지 못했다. 변은 더욱 몸을 움츠러뜨렸다. 학교에 근무한 지 꽤 되었지만 그는 이사장과 대화를 나누어 본 적이 별로 없었다. 그저 이렇게 단체로 모여 훈시를 듣거나, 운동장에 휴지가 많다고 야단을 맞은 게 전부였다.

 "딱 잘라 말할 테니 귀 파구 잘 들으라우. 뉘가 뭐라든 승명학원은 내 학교야. 내 학교 내 맘대루 하겠다는데 어느 누가 뭐라 해?"

 애들이 분란을 일으킨다는 소리를 들었는지, 이사장은 대뜸 애들을 지목하여 말을 이어 나갔다.

 "애덜? 그깟 것들이 뭬이라는 거야? 쥐꼬리만 한 월사금 몇 푼 디밀고 지 학교나 되는 듯이 건들거리는 애들이고 부형이건 마음에 안 들면 딴 학교루 가라구 해. 교장, 알갔어?"

 교장은 공손히 그의 말에 고개를 숙였다.

 "이 학교가 어떻게 세워진 학꾠지 알어? 손 매디마다 피가 나고 뼛속에서 진땀 흘려 가메 맨들어 놓은 학교야. 대통령이구 뭐구 간에 학교는 내가 알아서 하는 게라구. 내 학교 내가 맘대루 하갔다는데 뭔 말이 있갔어? 허튼 수작 부리면 문 닫아 걸 거이야. 내 학교 내가 문 걸어 잠그고 그만두겠다는데 나라가 뭬라구 하갔어? 빨갱이 인민공화국두 아니구 자유 대한민국 천지에서 말야. 알아듣갔어?"

변은 박 선생이 헛웃음을 짓는 걸 조마조마한 마음으로 바라보았다. 일 년에 백만 원도 안 되는 돈을 재단 전입금이라고 내놓으면서 학교를 제 주머니의 지갑처럼 여기는 것이 사립학교의 현실이라고 개탄하던 박 선생이었다. 모자란 돈은 나랏돈을 보조받아 쓰면서도 여전히 학교를 제 사유재산처럼 여기는 이들이 사립학교의 이사장들이기는 했다. 오죽하면 제 이름을 본떠 학교 이름을 지었을까. 대성실업의 두 학교를 인수한 이사장은 제 이름인 양승명이라는 이름 자 각각에 승공 통일을 의미한다는 한 일 자를 붙여, 승일종고와 명일중학교라 이름을 바꾸었다. 거기에 한술 더 떠, 두 학교의 아이들에게 이사장이 개인적으로 좋아한다는 보라색 교복을 입도록 한 학교였으니 제 맘대로 교문에 자물쇠를 채워 잠근다 해도 전혀 놀랄 일이 아니었다.

모두 숨을 죽이고 있는 가운데 뒤편에 앉아 있던 사회과 김 선생이 입을 비죽이며 한마디 이죽거렸다.

"참 몬됐다. 지 맘에 안 든다구 학교를 문 닫아 걸어 뿌린다는 기 말이 되나? 학교가 무슨 고무줄 공장이라도 되는 줄 아나 베?"

김 선생은 정년이 얼마 남지 않은 고참 선생이었다. 박 선생이 빙긋이 웃을 뿐 별 대꾸를 않자, 그가 손으로 입을 가리고 중얼거렸다.

"짜기는 얼마나 짠지 아나? 지 과수원에 품삯 줄라꼬 공일

날 선생들 불러다 왼종일 사과 따는 일 부려 먹고, 돌아갈 때 쪼옥 나래비 세워 놓고 사과 두 알씩 나눠 주었다 안 카나. 추접어서 어데 가서 말도 몬 한다."

과수원 일은 해 보지 않았지만, 초임 시절 서무실에 출장 신청하러 갔을 때의 일이 생각났다. 당시 서무 과장 일을 보던 이사장의 부인이 출장비라며 토큰 두 개를 건네주었다. 그 가운데 하나가 바닥에 떨어져 서무 과장 의자 밑에 머리를 수그리고 그걸 줍던 일이 변은 고스란히 기억 속에 남아 있었다.

그때만 해도 월급날이면 서무실에 들러 현금으로 받아 가야 했다. 서무 과장은 한 사람씩 불러들여 돈을 침 묻혀 가며 일일이 세어 주었다. 돈을 셀 적마다 으레 "미국에서는 방학 때는 봉급을 주지 않는다"는 말을 버릇처럼 하곤 했다. 어차피 없는 사람은 서러운 법이라고 변은 고개를 끄덕이고 말았다.

"선생이 별건 줄 아네? 학교에 매인 머슴 아니갔어? 상전이 시키는 대루 따르면 되는 거이야. 공연히 철딱서니 없는 애들 부추기지 말고 시키는 일이나 얌전히 잘하라우."

워낙 성질 나쁜 노인네가 되는 대로 내뱉는 말이니 한쪽 귀로 흘려듣고 있던 변은 머슴이라는 말에 순간적으로 백 선생을 돌아보았다. 유난히 검은 눈썹을 위로 치켜 올린 채, 두 주먹을 불끈 쥐고 막 의자에서 몸을 일으켜 세울 듯한 그를 보는 순간 곁에 앉아 있던 박 선생이 자리에서 일어섰다.

"이사장님, 말씀이 지나치십니다."

난데없이 말을 가로막고 나선 박 선생의 등장에 어리둥절하여 이사장이 잠시 말을 잃었다. 당혹스러운 표정으로 교감이 허공에 손을 내저으며 앉으라는 신호를 보냈지만 박 선생은 외면을 했다.

"아무리 비유라 해도 머슴이라는 말씀은 과하십니다."

"넌, 뭐이야?"

"국어과 박선홉니다."

"박센호?"

곁에 있던 교장이 제 부친의 귀에 대고 무어라 말을 건넸다.

"뭐이가 과하단 말이야?"

"저희는 승일종고 선생 이전에 대한민국 교사입니다."

"대한민국 교사? 그러니까 그 잘난 노동자란 말이디?"

이제야 알겠다는 듯, 돋보기 너머로 가느스름한 눈을 뜨고 이사장은 그를 뚫어지게 노려보았다.

"그리고 학교는 사유물이 아닙니다. 누구도 마음대로 문을 닫을 수는 없습니다."

곁에 있던 변이 소매를 끌어당겼지만 박 선생은 꿈쩍도 하지 않았다.

"그럼 학교가 니 꺼가?"

"학교는 아이들 것입니다."

"그만해요, 박 선생."

교무 부장이 달려와 억지로 그를 끌어 앉혔다.

"아이들? 돼먹지 못한……."

당장 입 밖으로 튀어나오려던 욕설을 참느라 이사장은 무던히 애를 쓰는 표정이었다. 박 선생이 자리에 앉고 나서도 제 분을 못 참아 두 손을 벌벌 떨며 그동안 승명학원에 남긴 자신의 공적을 주저리주저리 엮어 댄 이사장은 교장에게 고삐를 단단히 틀어쥐라는 호통을 친 뒤에야 단상에서 내려갔다.

회의는 그렇게 끝나고 선생들은 소금 맞은 배추처럼 풀이 죽어 퇴근 준비를 했다. 따로 불러 한마디 하리라 여겼던 교장은 의외로 조용했다.

이튿날, 백 선생이 종이컵에 커피를 담아 들고 박 선생을 찾아왔다.

"내가 한바탕 하려던 참이었어요."

박 선생은 말없이 고개를 끄덕였다. 매사에 따지기 좋아하기를 취미요 특기로 여기는 백 선생이 자리에서 일어섰다면 아마 어제 일은 그 정도로 끝나지 않았을 것이다. 고작 교직 육 년차인 그가 여든이 넘은 노인과 벌이는 설전을 너그럽게 보아 넘길 선생들은 그리 많지 않았다. 논쟁이라면 누구에게라도 물러서는 법이 없는 그를 걱정하여 박 선생이 선수를 쳤다는 것을 변은 일찌감치 눈치채고 있었다.

"사소한 일로 실업과 문제가 덮이지 않기를 바라네."

박 선생 말대로 학교는 조용히 이 문제를 덮으려고 하는 듯했다. 교감이 뻔질나게 자리를 비우고, 학운 위원들이 학교를 드나드는 것이 심상치 않기는 했지만.

"이대로 넘어가진 않겠지요?"

"그렇겠지."

"교육청 홈페이지에 항의문이라도 올려야 하지 않을까요?"

항의문이라는 말에 얼마 전, 교무실 벽에 붙었던 대자보가 생각나 변은 백 선생을 물끄러미 바라보았다. 얼마 되지 않는 조합원 선생 가운데 그럴 만한 일을 혼자서 할 사람은 많지 않았다. 박 선생이나 분회장인 백 선생을 제외하면 경력 이삼 년차 여선생들이 전부인 조합원 선생들은 연가 투쟁도 버거워하며 선뜻 나서지를 못했다.

"대자보 건도 은근히 전교조를 의심하는 눈치예요."

"그러거나 말거나 우리는 실업과 선생님들과 힘을 모아 폐과부터 막도록 합시다."

"지부에선 교사 대회 나오라고 야단인데……."

"시방 교사 대회가 문제여?"

듣다못해 변이 박 선생을 대신해 한마디 쏘아붙였다. 그는 워낙에 애정까지는 없는 전교조지만 이럴 때면 그나마 있던 정나미도 떨어졌다. 분회장 입장도 있겠지만, 학교 안의 일들을 발가락의 때처럼 여기는 그의 태도가 전부터 마뜩잖았던 터였다. 전교조 본부니 민노총이니 뭐니 해도 당장 내 학교 안에 일어나는 일이 중요하지 않느냔 말이다. 박 선생식으로 말하자면 학교에는 아이들이 있지 않은가.
"선생님들은 어때?"
"그렇지요, 뭐. 실업과 쪽은 당장 목줄이 달린 일이니까 들끓는 거고, 인문과 선생들이야 겉으론 중립이지만 은근히 인문계로 전환되는 걸 바라겠지요."
"공립으로 넘어가길 바라는 사람도 많잖아?"
"상과 같은 과목은 공립에서도 찬밥이거든요. 공립 선생들 얘기 들어 보니까 거기서도 부전공 연수 받느라고 야단이래요."
"실업과 선생님들 얘기를 좀 많이 들어 봅시다."
"할 일은 태산 같은데……."
한숨을 쉬며 이맛살을 찌푸리는 백 선생이 당장 교육청 홈페이지에 분회 이름으로 성명문부터 올리겠다는 걸 변과 박 선생은 며칠 동정을 지켜보자고 간신히 뜯어말렸다.
동맹휴업 건으로 교육청 장학사에게 온종일 시달리고 나니 몸에 진이 빠진 기분이다. 앞자리에 앉은 박 선생도 편도선이 도졌는지 목을 움켜잡고 얼굴을 찡그린다. 작년에 받은 성대 결절 수술로 그는 조금만 목소리를 높여도 금세 목이 쉬었다. 잔뜩 가라앉은 목소리로 종례를 마치고 올 동안 연극부 아이들을 들여다보아 달라니 차마 거절할 수가 없었다.
아까 전화 너머로 새어 나오던 박 선생 아내의 일찍 들어오라던 차가운 목소리가 남의 일처럼 느껴지지 않았다. 박 선생은 안팎으로 신상이 고달픈 사람이었다. 걱정 없는 사람이 있겠냐

마는 학교 일도 그렇고, 치매 걸린 노모에 하루도 조용할 날이 없는 여동생 문제로 그는 늘 신고를 겪고 있었다. 그런 와중에 제 일도 아닌 연극부까지 떠맡은 그 심사를 변은 도무지 이해할 수가 없었다.

얼마쯤 아이들이 연습하는 걸 지켜보고 있자니 박 선생이 컵라면을 한 아름 안고 들어섰다. 먹을 걸 보고 환호를 지르는 아이들이 던적스럽건만 그는 여간 사랑스럽지 않은가 보다. 연극의 연 자도 모르는 아이들이 저들끼리 무언가 꿍꿍거리며 만들어 가는 모습이 변도 조금 대견하기는 했다. 전기 포트에 물을 끓여 컵라면에 붓고 있는데 교감이 찾아왔다. 아이들이 후후 불어 가며 라면을 먹는 동안 복도로 나가 앉았다.

"적당히 좀 해요."

"왜? 내 목을 자르겠대?"

박 선생의 말에 교감은 쓴웃음을 지었다.

"아흔이 내일모레인 분예요. 늦었는데 저녁이나 같이하고 들어가요."

"일찍 들어가야 해. 할 말 있으면 여기서 해."

변이 거북한 듯 교감이 자꾸 돌아보았지만 박 선생은 못 본 척했다. 행여 제가 모르는 이야기라도 주워들을까 싶어 변은 자리를 지키고 앉았다.

"교장은 그래도 이사장과 달라요. 뭔가 좀 해 보려고 해요."

"뭘 하느냐가 중요한 거 아닌가?"

"뭘 해야 할지 의견을 주세요. 교장은 들으려고 애쓰니까."

"아니 유능한 교감 선생이 곁에 기신데, 오죽 잘 속삭여 드릴까."

곁에 있던 변이 지나가는 말처럼 한마디 빈정거렸지만 교감은 들은 척도 않았다.

"전교조건 교총이건 학교에 도움이 되는 의견이라면 가리지 않고 받겠다는 거예요."

"그런 사람이 슬며시 실업과를 없애려고 하시나?"

"솔직히 실업과는 추세에 맞지 않아요."

"추세가 아니라 학교 이름 내세우는 데겠지?"

"일단 학교가 우뚝 서야 하고 싶은 일도 할 수 있는 거 아니겠어요?"

"우뚝 서는 건 빤쓰 안에 든 거시기 아녀?"

"변 부장님."

그때서야 불편한 얼굴로 변을 돌아보며 교감이 한마디 쏘아붙였지만 넉살 좋은 변이 입을 다물 리가 없었다.

"아니믄 교문 앞에 서울대 몇 명이라고 현수막 우뚝 내거는 거 말여?"

"학부모들이 원하고, 지역에서 바라는 거예요."

"학부모래믄 공부 잘하는 아이들 학부모일 테구 지역이라믄 땅값 올리려는 투기꾼 두구 허시는 말씀인 겨?"

"대한민국 어디나 마찬가지예요."

"이참에 학교 간판두 승일 기숙 학원으루 바꾸는 건 워떠셔?"
 변이 그리 이죽거리는데도 말없이 듣고만 있는 박 선생이 야속한 듯 교감은 이내 입을 다물었다. 창밖만 망연히 바라보는 그의 뒷모습이 잠깐 허전해 보이긴 했다.
 "교감 선생 나름대로 생각이 있다는 것도 모르는 바 아니야. 하지만 아이들이 걸린 문제는 어떤 것과도 흥정해선 안 돼."
 "알고 있어요."
 "더 할 말이라도?"
 박 선생의 재촉에 잠시 망설이던 교감이 입을 열었다. 눈치가 보여 변은 몇 걸음 자리를 옮겨 주었다. 그러나 그의 신경은 두 사람이 주고받는 말에 쏠려 있었다.
 "업무 분장을 새로 바꿀 모양예요."
 "그런데?"
 "기업하던 양반이라 좀 혁신적이네요."
 "혁신적?"
 "부서를 없애고 교학처, 학생처, 연구처 셋으로만 묶어서 그 밑에 교육과정팀, 학사행정팀, 기획홍보팀, 이런 팀 체제로 가는 거지요."
 정권이 바뀔 때마다 혁신이니 개혁이니 하는 말로 학교를 조여 대고, 거기에 한껏 고무된 교장들이 별 해괴한 일들을 경쟁 삼아 벌이는 바람에 그 정도로는 새로울 것도 없었다.
 "부서 간판 바꾸는 거야 놀랄 일도 아니잖아."

"그런데 마스터가 아무래도 연구처를 형님이 맡아 주었으면 해요."

엄지를 들어 올리며 교감이 목소리를 낮추어 넌지시 건네는 말이었다.

"학교 일이란 게 사실 연구가 핵심이잖아요."

박 선생은 아무 말도 하지 않았다. 처장 보직으로 그의 입을 틀어막으려는 의도가 뻔히 들여다보이는 일이었다. 변은 그 제안이 교감의 머리에서 나왔으리라 짐작했다. 모든 교사는 위아래 없는 평등한 교육 노동자이며, 교장직도 하나의 직책이지 권위의 자리가 되어서는 안 된다고 교감이 목소리 높이던 기억이 그리 오래되지도 않았다.

"실업과나 살려 놓으라고 해."

집에 돌아와서도 변은 기분이 개운치 않았다. 인문계 전환 문제는 이대로 조용히 가라앉을 것 같지가 않았다. 길고도 지루한 싸움이 될 것 같은 예감에 변은 자신의 처신을 고민하느라 밤잠을 설쳤다.

박 선생도 제대로 잠을 자지 못한 얼굴이었다. 손바닥으로 부은 얼굴을 쓰다듬는 박 선생의 입에서 한숨이 나왔다.

"워째 신선한 아침부텀 한숨이랴?"

"이래저래 고민이 많네."

입 무거운 박 선생이지만 워낙 속이 팍팍한지 여느 때와 달리

속내를 열어 놓았다. 어제저녁에 느지막이 집에 들어간 뒤 처에게 어지간히 시달렸나 보다.
 퇴근이 늦었다고 눈초리가 치켜 올라간 그의 처는 팔짱을 끼고 식탁 모서리에 앉아, 아무래도 시누이네가 갈라설 듯한데 어찌할 것이냐고 종주먹을 댔다고 한다.
 다니던 회사를 그만두고 집에 들어앉았던 여동생 내외가 다단계 판매 일을 하겠다고 했을 때 좀 더 만류를 하지 못한 걸 박 선생은 심히 후회했다. 만나면 티격태격 싸우다가 야심한 중에 술에 취해 전화를 걸어 혀 꼬부라진 소리로 신세 한탄을 하는 여동생이 다단계라는 걸 하면서 무언가 얼굴에 화색이 돌아 무엇이든 열심히 해 보라고만 했던 게 발등을 찧은 셈이 된 것이다. 남편까지 어울려 다단계 회사라는 곳을 열심히 드나들더니 결국 이 년 만에 몸담아 살던 아파트까지 털어먹고 말았다는 것이다. 그러더니 근자에는 사네, 못 사네 다투다가 급기야 어제 이혼 서류를 들고 법원엘 다녀왔다는 것이다.
 "워낙 맞지 않는 사람들이니 갈라서는 거야 뭐랄 수도 없지만, 당장 어머니는 어떡한대요?"
 "어떡하긴?"
 "아파트까지 다 날려 먹었으니 어머니는 어디로 가시냔 말예요."
 박 선생은 몇 숟갈 뜨던 밥상을 밀어 놓고 열무김치만 우걱우걱 입에 우겨 넣은 채 무어라 말을 하지 못했다. 그가 결혼을 하면서 학교가 멀다는 핑계로 따로 살림을 내자 어머니는 아직 결혼을 하지 않은 막내 여동생이 모시게 되었다. 그러던 어머니가 중풍으로 쓰러지면서 마침 결혼을 하게 된 여동생에게 대출을 내어 아파트를 사 준 것이었다. 대놓고 말은 하지 않았지만 어머니를 살핀다는 조건이 붙은 아파트인 셈이었다. 그런데 그 아파트를 털어먹은 것이었다.

"치매기까지 있는 노인네를……."

"치매는 무슨?"

"아가씨보고 자꾸 누구냐고 묻는다는데, 그게 어디……."

"그만 좀 해."

견디다 못해 소리를 지르고 팩 일어서는 그의 뒤에 대고 아내가 볼멘소리로 중얼거렸다.

"하여간 나도 못 모시니깐 그런 줄이나 알아요."

이런 소리를 들었으니 피곤할 만도 했다.

"토끼띠가 워낙 심신이 고달프다잖여."

변은 어제저녁에 집에서 있었던 일을 털어놓으며 한숨을 쉬는 박 선생을 향해 무어라 위로할 말이 없어 애꿎은 띠 탓만 해댔다.

상과 사무실에는 실업과 선생들과 백 선생이 심각한 표정으로 둘러앉아 있었다. 영문을 몰라 두리번거리는 박 선생에게 백 선생이 고개를 가로저어 보였다.

"학운위에서 통과시켰다네요."

"뭐를?"

"인문계 전환요."

"나도 모르는데 언제 학운위를 했다는 거야?"

"어제저녁, 수래옥에서 학부모 위원들하고, 지역 위원, 교원 위원으로 교무 부장이 모여서 만장일치로 통과시켰대요."

바로 교감이 연구 처장 자리로 낚시질을 할 무렵에 다른 편에선 학교운영위원회를 은밀히 열었다는 말이 되었다.

"의견 수렴하겠다는 게 이런 식으로……."

아이들이나 학부모들의 의견을 물어 결정하겠다던 학교 측은 학교운영위원회를 등에 지고 이제 본격적으로 일을 추진해 나갈 것이 뻔했다.

박 선생은 일단 규정에 맞지 않게 개최된 학운위를 문제 삼겠다고 했지만 변은 자신도 모르게 입에서 맥없는 웃음이 흘러나왔다. 분회에서 실업과 담임교사들과 협력하여 동문이나 학부모들에게 정확한 사실을 알리기로 한다는 말도 맥없이 들리긴 마찬가지였다.

"일단 지부에도 보고를 했어요."

백 선생의 말에 모두들 고개를 끄덕였다.

"전교조 가입하려면 어떻게 해요?"

상업과 선생 몇이 조합원 가입 절차를 물었다. 전교조가 하는 일이라면 서명에 참여하는 일조차 거들떠보지 않던 이들이 발등에 불이 떨어지자 마지막에 붙드는 건 전교조밖에 없었다. 변은 그런 선생들을 비난하고 싶지는 않았다. 어차피 노동조합이란 것이 힘없는 노동자들의 바람막이 같은 거 아니겠는가. 바람이 잦아지면 걷어 내어 불을 지펴 저녁을 끓이는 거적 같은 거.

학운위 간사를 맡고 있는 행정실 박 계장은 궁색한 변명을 늘어놓았다. 갑작스레 소집된 회의라 미처 연락이 닿지 않았다는 것이다.

"위원장님이 소집한 임시 회의라서요."

배가 불룩하고 목소리가 걸걸한 학운 위원장의 모습이 눈앞에 그려졌다. 그는 기지촌에서 가장 오래되었다는 세븐 클럽의 주인이었다. 기지촌 정화 위원장이라는 자리도 맡고 있는 그는 다음 시의원 선거에 출마할 것이라는 얘기가 있었다. 정치에 뜻을 둔 이들이 가장 손쉽게 얼굴을 내미는 곳이 학교였다. 교육 발전이라는 명분도 그럴 듯한 데다 유권자 격인 학부모들에게 쉽게 얼굴을 알릴 수 있어 학운 위원장직은 그런 사람들이 돌아가며 자리를 차지했다. 스승의 날이나 체육대회 때, 선생들 회식이나 시켜 주는 걸로 그 역할을 다한다고 생각하는 사람들이 대부분이었다. 딱 한 번 예외는 있었다.

몇 해 전의 일이었다. 지병으로 그만둔 학운 위원장 자리를 놓고 한바탕 소동이 벌어진 적이 있었다. 서울에서 살다 고향에 돌아와 사진관을 차린 사람이 학운 위원장 선거에 나서 학교 측의 예상을 뒤엎고 당선이 된 것이었다. 서울에서 시민 단체 일을 했다는 그이는 첫 회의 때부터 규정집을 가져다 놓고 교감이 학운위에 당연직으로 참석한 걸 문제 삼았다. 그 뒤로 아이들 급식 문제와 수학여행 경비까지 꼼꼼히 따지는 바람에 학운위가 열릴 때마다 학교는 진땀을 흘려야 했다. 결국 그이는 한 해만에 자리에서 밀려났다. 박 선생이 어떻게든 그이를 도우려 했지만 중과부적이었다. 학교 측이 사전에 갈비집을 운영하는 식당 주인을 위원장감으로 내정해 놓고, 몇몇 담임들을 동원해 학부모들이 선거에서 그를 찍게 움직였다. 내는 것은 땡전 한 푼도 없으면서 말 많고 따지기만 잘한다는 것이 그가 밀려난 이유였다. 그 덕인지 새로 학운 위원장이 된 왕갈비집 주인은 틈만 나면 선생들을 단체로 불러다가 갈비를 뜯게 했고, 교장이 넌지시 교훈석이 있으면 좋겠다고 건넨 말에 몇 백만 원이나 하는 바위에 이사장이 친필로 적었다는 '경천 애국 승공 통일'이라는 글자를 파서 본관 앞에 세워 놓은 것이다.

"여기서 방귀깨나 뀐다는 것들? 왕년에 색시 장사하다가 땅값 오르면서 수입차 끌고 다니며 배 내미는 것들이거든. 그런 것들은 그냥 똥구멍 살살 긁어 주면서 추켜세우면 죽을 둥 살 둥 학교 일에 목숨 걸고 나서게 되어 있단 말야."

그만둔 최 교장이 사석에서 털어놓은 말이었다. 이것이 학교 일을 도우러 나서는 학부모들을 바라보는 학교의 입장이었다.

학운 위원장은 인문과 김건호의 부친이었다. 건호는 학교가 생긴 이래 최초로 서울대에 들어갈 우등생으로 손꼽혔다. 부친과 달리 얌전하고 말수가 적은 데다 곁눈 한 번 안 돌리고 공부만 하는 모범생인 건호는 학교의 각별한 관심과 격려를 받고 있었다. 몇몇 선생들은 건호를 따로 불러 개별 지도도 해 주고, 참고서나 문제집도 건네주는 눈치였다.
 "전화를 드렸는데 어제 연락이 닿지 않아서요."
 박 선생의 휴대전화에 찍힌 전화번호가 없건만 행정실 박 계장은 태연히 거짓말을 했다.
 "최소한 일주일 전에 공지가 되어야 하고, 위원들 전원에게 연락이 되어야 회의가 되는 거 아닙니까? 회의 성립에 문제가 있어 이의를 제기하니 이 문제를 정식으로 다뤄 주세요."
 "위원 삼분의 이가 넘게 참석해서 성원 요건은 되는데요."
 "하루 만에 소집된 회의에, 그것도 연락을 못 받은 사람도 있는데 성원이 문제가 아니지요."
 "그래도 위원장님이 소집한……."
 "그러면 교육청에 서면으로 질의를 내 볼까요?"
 교육청이라는 말에 박 계장은 비로소 긴장이 된 얼굴로 교장에게 보고해 적절히 조치하겠다고 했다.
 박 선생을 위로할 겸 삼겹살집에서 저녁이라도 나누려고 교문을 나서는데 육교 밑에 세워 두었던 낯선 승합차 창문이 열리면서 누군가 손짓을 했다. 서둘러 타라는 시늉에 차 안을 들여다보니 실업과 주임들이 타고 있었다. 운전석에 앉아 있던 낯선 여자 분이 머리를 숙인다.
 "정보처리과 재숙이 엄마예요."

얼핏 늘 창백한 얼굴로 앞자리에 꼿꼿이 앉아 있던 여학생 모습이 머리에 떠올랐다.

"과가 없어진다고 애가 며칠 전부터 울고불고 야단인데, 도대체 무슨 일인지 궁금해서요."

대체로 실업과 아이들은 생활이 어려운 집안이 많았다. 맞벌이하는 부모들이 아무래도 아이를 돌볼 여유가 없으니 초등학교 때부터 뒷전으로 밀려나 실업계 학교로 등 떠밀려 온 아이들이 많았다. 아이들이 그러니 학부모들도 학교에 얼굴을 비치는 일이 드물었다. 연초에 하는 학부모 회의 때도 학급마다 할당된 대의원 세 명을 채우지 못해 담임들이 애를 먹었다. 그런 학부모들이 학교에 모습을 드러내는 것은 대체로 아이가 잘못을 저질러 학교를 그만두게 될 상황에 이르렀을 때였다. 아이와 함께 고개를 꺾고 들어서는 그런 부모들 가운데에는 밭을 갈다 온 듯 바짓가랑이에 흙을 잔뜩 묻힌 주름투성이 농사꾼 아버지도 있었고, 물일로 퉁퉁 부은 손을 치맛단으로 감싸느라 어쩔 줄 모르는 어머니도 있었다.

예외는 있겠지만 대체로 부모의 가정 형편이 아이의 성적을 결정하는 것이 현실이었다. 가난한 집 아이들이 공부를 잘하고, 개천에서 용이 난다는 말도 옛말이 되고 말았다. 재숙이도 그런 아이 중의 하나였다.

어느 한적한 식당으로 들어가니 몇몇 어머니들이 걱정스러운 얼굴로 앉아 있었다. 일을 마치고 부랴부랴 시간을 쪼개 모인 사정이 한눈에 들여다보였다.

"선생님, 어떻게 된 건가요?"

"정말 실업과가 없어지나요?"

자리에 앉자마자 박 선생에게 질문이 쏟아졌다.

"아직 확정된 일은 아니지만, 학교가 실업과를 없애고 인문계 학교로 전환하려는 것은 사실입니다. 얼마 전 아이들이 반발하여 문제가 되자 학운위를 내세워 모양만 갖추어 통과시켰으니, 곧 본격적으로 추진하겠지요."

"그럼, 우리 애들은 어떻게 되나요?"

"인문계로 전환되어도 내년 신입생부터 적용하는 것이니 지금 실업과에 다니는 학생들은 그대로 실업과에 남아 졸업을 하게 됩니다."

"그럼, 뭐가 문제지요?"

그대로 다닐 수 있다는 말에 안도의 한숨을 내쉰 학부모가 미심쩍은 얼굴로 물었다. 곁에서 다른 학부모들이 답답하다는 얼굴로 핀잔을 주었다.

"과가 없어진다는 것은 동문의 맥이 끊기는 것이니 아이들로서는 모교가 없어지는 셈이나 다름없지요. 과에 대한 전통이나 후배도 없어지는 셈이니까요."

"아, 그런 일을 어째서 학교가 제 맘대로 한대요?"

"실업과가 요즘 시대에 맞지 않는다는군요. 입학하려는 학생들도 줄어들고."

"시대에 맞지 않는 과를 에초에 왜 만들어 애들을 뽑았대요? 까놓고 말해서 실업과 애들이 공부 못한다고 괄시하는 거 아닌가요?"

아이들에게 어느 정도 사정을 전해 들은 듯 학부모들은 다소 격앙된 표정을 지었다. 그 물음에 대해서는 박 선생도 선뜻 대답을 하지 못했다. 알게 모르게 인문과와 실업과 아이들 사이에 보이지 않는 선을 긋고 있었던 변은 가슴이 뜨끔했다.

박 선생은 가능한 학교 안에서 일어나는 이야기들을 상세히 전했다. 말끝마다 수요자 중심 교육이라는 말을 내걸면서도 막상 학부모들이 알아야 할 권리 사항은 대강 얼버무리고, 겉돌 일이나 전하는 학교에 대해 학부모들은 너무도 모르고 있었다.

근 두어 시간 이야기가 이어지는 동안 학부모들은 자신들이 몰랐던 사실에 분노하기도 하고, 안타까움에 탄식을 터뜨리기도 했다. 그저 아이 교육이라는 것이 학교에 맡기고 시키는 대로 따르면 되는 줄로만 알았던 학부모들이었다. 그러면서도 학교 안에서 어떤 일이 일어나는지 학부모들은 스스로 놀랄 정도로 무지했다.

"선생님, 저희 형편이 다 그래요. 아침부터 뛰어나가서 밤늦게 돌아오니 애들이 어떻게 지내는지, 학교에서 무슨 일이 일어나는지 아무것도 몰라요. 그렇다고 애들한테 관심이 없는 건 아녜요."

하기야 어느 부모가 아이에게 관심이 없겠는가. 먹고살기 바빠 미처 돌아보지 못하거나, 자신처럼 뒤로 처진 아이에 낙망하여 체념한 것일 수도 있다는 생각이 비로소 머리를 들었다.

"솔직히 저도 제대로 배우지 못했지만, 내 아이까지 못 배운 설움 당하게 하고 싶진 않거든요. 우리 아이들이 인문과 아이들보다 공부는 못할지 몰라도 그렇다고 차별 받으면 가만 안 있을 거예요."

이날, 실업과 학부모 대표로 뽑힌 재숙이 어머니가 단호한 목소리로 전한 말이었다. 바빠서 미처 자리에 나오지 못한 학부모들에게도 오늘 들은 내용을 다 전하고, 실업과를 없애지 못하도록 힘을 합치겠다는 다짐을 했다.

박 선생의 항의에도 불구하고, 학운위의 결정은 번복되지 않았다. 바쁘다는 핑계로 만나 주질 않던 학운 위원장은 오후 늦게 교무실에 얼굴을 내밀었다.

"박 선생은 국어 가르친다면서 어째서 자꾸 실업과 편을 들고 그러신대?"

"니 편 내 편 문제가 아니지요."

"그러면 뭐가 문제요?"

"위원장님은 학부모님이나 아이들 의견을 들어 보셨나요?"

"열에 아홉은 찬성합디다. 솔직히 까놓고 요새 실업계 학교 들어서면 집값도 떨어지는 판에……."

"실업계를 가려는 아이들도 많습니다."

"그런 학교를 찾아 가면 될 거 아니오."

퉁명스럽게 몇 마디 던지고는 위원장은 자리에서 일어섰다. 박 선생이 잠깐만 이야기를 들어 보라고 통사정을 했지만 그는 뒤도 돌아보지 않고 밖으로 나가 버렸다.

"뭐, 저런 매너가 다 있다?"

곁에서 지켜보던 변이 울근불근 나서 보았지만 막상 박 선생은 맥없이 웃기만 했다.

변이 휴게실에 앉아 있자니, 사무자동화과 주임인 배 선생이 들어와 정미가 학생 대표로 뽑혔다는 사실을 전해 주었다.

"이번에 다시 봤어. 얼마나 야무지고 똑 부러지는지 몰라. 실업계 애 같지가 않아."

"실업계 아이가 어때서요?"

"솔직히 좀……, 그렇잖아?"

멋쩍은 웃음을 지으며 배 선생이 말을 얼버무렸다.

얼마 남지 않은 연극 대회 준비로 밤늦도록 고생을 하는 아이들이 걱정스러워 박 선생은 매점에서 먹을 걸 사 들고 연극부실로 찾아갔다.

문을 열자 후끈거리는 더운 공기와 함께 땀 냄새가 왈칵 밀려왔다. 녹초가 되어 주저앉아 있던 아이들이 먹을거리를 보고는 환호성을 질렀다.

"공부보다 더 힘들어요."

재석이 잔뜩 쉰 목소리로 응석을 부렸다. 힘들 만도 했다. 같은 대사를 반복하며 몇 번이고 다시 시키는 정미 때문에 모두 지쳐 있었다. 그러면서도 아이들 얼굴에는 무언가 모를 열기가 담겨 있었다. 무언가 할 수 있고, 하고 있다는 성취감이 아이들을 버티게 하고 있었다.

"그래도 많이들 늘었다. 이젠 정말 배우 같은데."

"정말요?"

"그래, 발성도 좋고 연기도 몰라보게 늘었어."

"이러다 우리 대상 먹는 거 아녜요?"

우쭐거리는 아이들을 보며 박 선생은 말없이 웃기만 했다. 아무리 늘었다고 해도 오래전부터 체계적으로 연습해 온 다른 학교 연극부와 비교가 되겠는가. 변은 박 선생을 따라가 작년에 대상을 받은 학교 연극부 아이들이 연습하는 것을 본 적이 있었다. 아이들은 정교한 기계 같았다. 교사의 눈빛 하나에 일사분란하게 움직이는 것이 마치 고도로 훈련된 정예군들 같았다. 거기에 비하자면 부대찌개 아이들은 장난 같고, 시끄럽고, 유치했다. 그러나 박 선생은 그런 아이들이 좋다고 했다. 아이들답게 서투르고 풋풋한 것이 무언가 살아 있는 느낌을 준다는 말을 변은 이해할 수가 없었다. 하기야 술 담배에 절어 밤새도록 오토바이나 타고 다니던 것에 비하자면 다행스러운 일이긴 했다.

"학생 대표를 맡았더구나."

연습이 끝난 뒤에 박 선생은 정미를 따로 불렀다.

"아, 예."

"힘들지 않겠니?"

"하는 일도 별로 없어요."

"연극 대회도 얼마 남지 않았는데……."

"동문회에서도 도와주기로 했어요."

"동문회?"

"실업과 동문 회장이라는 분이 전화를 했는데요. 동문들도 야단이 났대요. 과를 없앤다고."

"그래?"

"그분도 옛날 성극부 출신이래요."

이튿날, 출근을 하던 변은 교장실 앞에 학부모들이 모여 웅성거리는 걸 보았다. 지난번에 본 학부모들 말고도 낯선 얼굴들이 많이 섞여 있었다. 재숙이 어머니가 그를 알아보고 고개를 숙였다. 답례를 하려는데 교장이 마침 모습을 드러냈다.

교장실에서는 잠시 후 거친 목소리가 새어 나왔다. 여러 사람의 목소리가 한데 뒤섞여 무슨 말인지 제대로 알아들을 수가 없었다. 잠시 후, 교감이 상기된 얼굴로 교장실로 불려 갔다.

"실업과 학부모나 아이들 의견도 들어 봐야 될 거 아닙니까?"

얼핏 들려오는 목소리는 단호했다.

학교는 하루 종일 뒤숭숭했다. 동문회 임원들이 찾아와 실업과 주임 선생들과 무언가 심각한 얼굴로 이야기를 나누고, 아이들은 실업과 폐지를 반대하는 연판장을 돌리는 등 어수선하여 수업도 제대로 되지 않았다.

　아이들 입에서 등교 거부라는 말이 오르내릴 무렵에 교장은 인문계교 전환을 하지 않겠다는 발표를 했다. 여러 의견을 들어 본 결과, 아직 준비가 부족하고 시기상으로 적절하지 못하다는 판단이 섰다는 교장의 말에 아이들과 교사들은 환호성을 지르며 박수를 쳤다.

🔔 주는 돈을 왜 반납해

시끄럽던 학교가 조용해졌다. 이리저리 불려 다니며 시달렸던 변은 이제야 좀 살 것 같았다. 앞자리의 박 선생과 느긋하니 차를 마시고 있자니 요란스레 인터폰이 울었다. 반사적으로 인터폰을 집어 든 변은 귀청을 때리는 호통에 귀가 얼얼했다.

"뭐하구 있네. 애새끼덜이 대가리가 깨지도록 싸우고 있는데……."

이사장이었다. 변은 벌떡 일어나 인터폰에다 대고 허리부터 숙였다.

"날래 성극부실루 오라우."

변이 박 선생과 함께 연극부실에 달려갔을 때는 이미 난장판이 벌어진 뒤였다. 유리창이 깨지고, 여기저기 소품들이 팽개쳐진 연극부실에서는 여학생들이 울고 있고, 민수가 얼굴에 피범

벽이 되어 있었다.

"성극부 담당이 누구야?"

노기가 등등한 이사장의 추궁에 박 선생이 앞으로 나섰다. 이사장은 박 선생을 위아래로 훑어보고는 요란스레 혀를 찼다.

"거 말 잘하는 선생이구만."

변은 민수를 우선 양호실로 보냈다.

"따지지만 말구 애덜 지도 잘하라우. 성극을 하는 것들이 주먹질이나 하구 자빠졌으니 어케 된 판야."

연기 연습을 하는 민수를 보고 재석이 놀린 모양이었다. 우스꽝스럽게 제 흉내를 내는 재석에게 민수가 주먹질을 하면서 싸움이 벌어진 것이다. 장난으로 시작된 싸움이 심해지면서 재석이 의자를 던져 민수의 얼굴이 크게 다친 것이다. 모처럼 학교에 나와 교실을 둘러보던 이사장이 그것을 보고 호통을 치며 말렸지만 아이들은 싸움을 그치지 않았다.

"당장 해체하라우."

이사장이 돌아간 뒤, 아이들은 걱정스러운 얼굴로 눈치만 살폈다. 엉망이 된 연극부실을 정리시키고, 변은 박 선생과 함께 양호실로 달려갔다. 민수는 코가 부어올라서 병원으로 옮겨야 했다. 뒤따라온 재석은 고개를 꺾은 채 한숨만 내쉬었다.

"용코루 걸렸는디 워쩌냐?"

대회가 코앞으로 다가와 매일 아이들과 밤늦도록 땀을 흘리던 박 선생도 우두커니 창밖만 내다보고 있었다. 막상 상이 걸린 대회에 나간다고 생각하니 여기저기 어설픈 구석들만 눈에 띈다고 조급해하던 그였다. 아무래도 방학 내내 다듬어야 할 판에 덜커덕 사고가 터졌으니 난감한 일이 아닐 수 없었다. 그동안 신기할 만치 잘 버텨 온 부대찌개파 아이들이 기어코 한 건 터뜨린 것이다.

"하필이면 영감헌티 걸릴 게 뭐여?"

"저만 그만두면 안 될까요?"

제 탓에 연극부가 없어질까 걱정이 되는지 재석이 머리를 조아리고 사정을 했다.

"시방 나두 도매금으루다 집에서 애 보게 생긴 판국여."

"죄송해요."

박 선생이 재석의 머리를 쓰다듬으며 괜찮다고 다독여 주었지만 변은 이 일이 그리 쉽게 넘어가지 않을 거라고 생각했다.

가뜩이나 인문계 전환에 앞장서서 반대하던 부대찌개 아이들을 교장이 곱게 보아 넘길 리가 없었다.

변이 예상했던 대로 당장 부장 회의에서 교장은 연극부 얘기를 끄집어냈다.

"아이들은 보는 대로 배우는 법입니다. 성극을 할 때는 이런 일이 전혀 없었다는데 어째 이렇게 아이들이 난폭해질 수가 있단 말입니까?"

"죄송합니다. 다시는 이런 일이 없도록 하겠습니다."

박 선생이 머리를 숙이며 선처를 호소하고, 전부터 말썽 많았던 아이들을 선도 차원에서 박 선생이 자원해서 맡은 일이라고 교감이 거드니 교장도 더 추궁하지 못했다.

"불미스러운 일이 다시 생기면 그때는 누구든 책임을 져야 할 것입니다."

다행히 병원으로 옮긴 민수는 코뼈가 부러진 것은 아니라서 며칠 치료하면 된다고 했다. 재석이 병원을 찾아가 민수에게 사과하고 퇴원할 때까지 곁에서 간병을 하기로 했다.

그 일이 수습되고 나니 생각지도 않은 일로 학교는 다시 시끄러워졌다.

방학을 앞두고 저조한 등록금 납부 실적을 높이겠다며 학교가 뜬금없이 특별수당이란 걸 내걸고 나선 것이다. 납부 기일 내에 구십 퍼센트 이상 납부한 학급 담임에게 특별수당 오만 원을 지급하겠다는 것이다. 박 선생은 어이가 없는지 실소를 금치 못했다.

아이들에게 돈 이야기를 할 때마다 얼굴이 붉어졌는데, 이제는 아이들이 내는 등록금으로 수당을 받게 만든다니 낯 뜨거워 견딜 수가 없다고 했다.

"방학은 다가오는데 미납생이 많아서 선생님들 급여도 제 날짜에 드릴 수가 없는 형편입니다. 방학을 연기하는 한이 있더라도 마감 기한 내에 전원 납부하도록 지도해 주세요."

"아니, 떼어먹을 게 따로 있지 학교 월사금도 안 내고 버티는 것들은 어케 된 거이야."

교장의 말에 이어 모처럼 교무 회의에 참석한 이사장이 자리에서 일어나 언성을 높였다. 이어서 교감이 학급별 미납생 수를 발표했다. 미납생이 많은 반의 담임들은 고개를 숙인 채 얼굴만 붉혔다.

포상금 격인 특별수당 오만 원이 낯간지러운 것이라고 하면서도 몇몇 담임들은 그걸 받으려고 아이들을 닦달한다고 했다. 마감 당일에 미납한 아이들을 집으로 돌려보내 구십 퍼센트에 도달시킨 반도 있다고 했다.

변은 돈의 힘을 익히 알고 있었다. 사람을 움직이는 데는 뭐니 뭐니 해도 돈을 따라올 게 없었다. 막상 한번 돈의 맛을 본 사람들은 쉽게 제 주머니에 들어온 돈을 내놓기 쉽지 않았다. 성과급이란 것도 그러했다.

"우리가 나눠 먹는 걸 알면서도 내버려 두는 겁니다. 돈맛을 들이는 거지요."

변은 성과급이 처음 나올 때, 박 선생이 목소리를 높여 외치던 말을 기억했다.

"나중에 삼수갑산을 가더라도 공돈이 나오는데 안 받으면 바보야."

그렇게 가욋돈처럼 주어지는 성과급에 맛을 들인 선생들은 이듬해에는 그 성과급이 나오기를 은근히 기다리게 되었다. 정부가 '균등 지급을 하지 말고 서너 단계로 등급을 나누어 지급하라'는 지시를 내려 조금씩 낚싯줄을 끌어당겼지만 학교에선 서류상으로만 등급을 나누고 실제로는 균등하게 나눠 가졌다. 즉 상위 등급을 받은 선생들은 더 받은 성과급을 세금을 제하여 다시 내놓아 적게 받은 선생에게 채워 주는 식이었다.

이럴 즈음, 성과급을 반납하자는 전교조의 외침도 이제는 제대로 먹히지를 않았다. 보너스 격으로 나눠 주는 돈을 왜 받지 않느냐고 조합원 가운데에서도 불만을 제기하는 일도 있었다. 몇 차례 성과급을 모아 교육부에 반납했지만, 교육부가 그걸 받아들일 리가 없었다. 그 돈으로 어려운 학생들을 돕는 일에 쓰기도 했지만, 노골적으로 이를 두고 빈정거리는 선생들도 많았다.

"아니, 주는 돈을 왜 반납해? 봉급을 더 받게 해 주는 게 노조가 할 일 아냐?"

"공연히 배불러서 그런다는 소리나 듣는다고."

당장 먹기엔 곶감이 달다고 거저 얻어먹는 돈맛에 빠졌다가는 언젠가 그 미끼에 숨어 있는 낚싯바늘에 목이 걸릴 것이라는 걸 모르지 않을 일이었다. 그러나 막상 공돈처럼 받아 써 온 돈을 도로 내놓기에는 이미 때가 늦었다.

박 선생은 오만 원이라는 특별수당이 바로 그 성과급처럼 낚시 미끼라고 분개했다. 그는 등록금을 못 내 학교에서 쫓겨 와 어두운 골방에서 눈물을 흘리던 여동생의 울음소리를 여태껏 잊지 못하고 있었다.

졸업장이라도 잡아 놓고 언제든 돈을 가져오면 돌려주겠다고 했더라도 덜 원망스러울 것이다. 졸업을 불과 두어 달 남겨 둔 아이를 등록금이 밀렸다고 퇴학시켜 버린 그 학교의 비정함을 그는 선생이 되어서 결코 반복할 수는 없었으리라. 그 학교도 하나님을 섬기는 기독교 학교였다고 했다.

등록금 못 낸 아이들을 등교 정지시키라는 학교의 지시를 어긴 것은 물론이고, 밀린 등록금 납부할 때까지 졸업장을 내주지 말라는 학교에 제 돈을 디밀어 졸업장을 찾아 준 게 한둘이 아니었다. 그럴 때마다 주변 선생들은 찬사인지 비난인지 모를 말들을 건넸다.

"박 선생은 정말 타고난 선생야. 제 돈으로 제자들 등록금 내주는 선생이 일제시대 때도 아니고 요즘 어디 있겠냔 말야. 진짜배기 스승이지. 근데 말야, 박 선생이 그러면 우리는 뭐가 되냐고? 학교도 조직이고 단체인데, 위에서 결정한 일이면 따르며 호흡을 맞춰야지. 혼자서 콩쥐 노릇을 하면, 우린 가만히 앉아 팥쥐가 되고 마는 게 좀 서운하긴 해."

분회장을 찾아가 박 선생은 등록금 특별수당에 대해 강력히 항의하자고 했다. 고개를 끄덕이면서도 백 선생은 선뜻 내키지 않는 표정이었다.

"글쎄요, 돈을 뺏어 가는 일이라면 모를까, 얹어 주는 돈을 반대하자니 어떨지 모르겠네요."

"어떨지 모르겠다니?"

"크게 기대하지는 말아야 할 겁니다."

박 선생은 하기도 전에 맥이 빠지는 모양이었다. 징계가 무섭다거나, 어떤 불이익 때문에 주저했다기보다 제 주머니에 들어오는 돈 때문에 망설이는 것이라면 참 비참한 일이긴 했다. 박 선생은 가난한 제자를 닦달하여 받게 된 만 원짜리 다섯 장을 호주머니에 넣는 그 심정은 어떠할지 생각만 해도 정나미가 뚝뚝 떨어진다고 분개했다. 불현듯 최 교장의 마지막 말이 머리를 스쳤다. '내가 나쁘다 해도 저 장사꾼보다는 낫다 할 거요. 그래도 나는 교육자였으니까.'

박 선생은 몇몇 조합원들과 함께 불법 수당 문제를 항의해 보았지만 결과는 참담했다. 여남은 명의 목소리는 외롭고 초라하기 그지없었다.

"받기 싫으면 안 받으면 될 것이지 왜 다른 사람까지 거북하게 만드는 거야?"

이런 볼멘소리를 들으며 박 선생은 깊은 자괴감에 빠졌다.

"아이들을 가르치는 선생이라는 사람들이 이렇게 각자 알아서 하면 되는 거요?"

"냅둬. 돈 싫다는 인간 읎는 법여."

박 선생은 며칠 동안 말을 잃고 지냈다. 주변 선생들과도 말을 섞기 싫어하는 눈치였다. 속절없이 돌아오는 봉급날, 그는 변을 삼겹살집으로 끌고 갔다. 멋도 모르고 따라간 식당에는 그의 아내가 새치름히 앉아 있었다. 변을 보고는 샐쭉해지는 그녀를 보자니 변은 가시방석에 앉은 기분이었다.

"제수씨, 갈수록 이뻐지시는 비결이 뭔지 울 마누라가 알아 오라든디."

얼렁뚱땅 눙치고 넘어가는 말에 그녀는 조금 얼굴이 풀려 그의 앞에 고기도 집어다 주며 웃음을 보였다. 오랫동안 가까이 지내던 터라 두 집안끼리는 안주인부터 애들까지 허물없이 지내고 있었다.

이리저리 애들 크는 얘기부터 요즘 아파트 시세까지 나누고 난 뒤 변이 화장실을 다녀오느라 잠시 자리를 떴다.

"아무래도 그리해야겠어요."

심각한 얼굴로 내외가 이야기를 주고받기에 변은 복도에서 잠시 머물렀다. 며칠 전에 가 보았다는 가평 쪽의 노인 요양원 이야기인 듯했다. 동생이 살던 아파트마저 남의 손에 넘기게 되니 당장 어머니를 모실 데가 막막하다고 박 선생은 며칠 전부터 고민하고 있었다. 보험회사를 나가던 그의 아내는 무슨 일이 있더라도 노모를 집으로 모셔 올 수는 없다고 못을 박았다고 했다. 박 선생도 노모를 억지로 모셔다가 눈총을 받고 지내게 하느니 떨어져서 마음 편히 지내시게 하는 편이 낫다고 했다. 치매기가 있는 부친을 몇 해 동안 모시다 떠나보낸 변은 그 일이 얼마나 힘든 것인지 잘 알고 있었다. 잠시라도 집을 비우면 무슨 일이 일어날지 몰랐다. 가스레인지를 잘못 켜서 벽지를 시커멓게 태우기도 하고, 밖에 나갔다가 길을 잃어 밤늦도록 파출소를 돌아다니게 한 적이 한두 번이 아니었다.

아내의 성화에 못 이겨 박 선생은 얼마 전에 가평의 노인 요양원을 다녀왔다고 했다. 새로 지은 건물이라 깨끗하긴 했지만 산중에 깊이 들어가 동그마니 지어진 요양원에 차마 노모를 떨어뜨리고 올 수가 없었다고 했다. 그래서 비싸더라도 어디 사람이 많은 시내의 요양원을 찾아보자고 미뤘다는 것이다.

"당장 다음 주면 아파트를 비워 달랜대요. 도배를 새로 해야 한다고……."

"명숙이는 어쩐대?"

"젊은 사람이야 어떻게든 살아가겠죠."

제 남편과 헤어진 동생은 며칠 전에도 술에 취해 전화에다 대고 울먹였다고 했다.

"오빠, 난 왜 이래? 남들은 잘들 살구 다 행복하게 사는데 왜, 나는 그게 안 되는 거야?"

자다가 받은 전화로 전해 오던 동생의 울음소리가 출근한 뒤에도 지워지지 않는다고 박 선생은 변을 붙들고 하소연을 했다. 다 정리해서 미국으로 가겠다는 동생을 가지 말라고 붙들 수도 없다고 했다. 식당을 하는 친구를 거들며 살겠다지만 가진 돈도 없는 불법 체류자의 생활이 어떠할지 그는 잘 알고 있었다.

"내일이라도 입원 수속을 밟아야겠어요. 그러다 빈자리가 없어지면 큰일이잖아요."

아내의 말에 그는 긍정도, 부정도 않은 채 묵묵히 듣고만 있었다.

🔔 일제고사가 돌아왔다

이튿날 분회 모임에서도 박 선생은 말을 아꼈다. 만사가 귀찮은 얼굴이었다. 심각한 표정으로 백 선생이 전하는 지부의 투쟁 지침도 건성으로 듣는 듯했다.
"그냥 넘어갈 순 없죠."
일제고사를 둘러싼 논쟁은 끝내 교사 일곱 명을 거리로 내몰았다. 서울에서 시작된 일제고사 문제는 전국적으로 초미의 관심사가 되었다. 지부에서도 연일 강력한 성토와 함께 반드시 이를 저지해야 한다는 지침이 빗발쳐 내려오고 있었다. 교육청은 교육청대로, 서울 같은 소요가 일어나지 않도록 만전을 기하라는 공문을 뭉텅이로 내려보냈다.
"성취도 평가야 종종 해 오던 거 아녀?"
며칠 전 보신탕집에서 열린 교총 모임에서 주위들은 대로 변이 한마디 토를 달아 보았다.

"겉으로는 성취도 평가라고 하지만, 시험 결과를 공개하겠다니 예전의 일제고사나 다름없지요."

"성적을 까 뵈는 게 문제구만."

원래는 학생들의 학력을 진단하여 수능이나 연합고사의 수준을 결정하고, 새로 만들 교과서나 교육과정을 세우는 기초 자료로 쓰기 위한 것이 성취도 평가였다. 예전에는 도시와 지방 학교를 골고루 섞어서 몇 개 학급을 표본으로 정해 비공개로 시험을 치렀기 때문에 학교나 아이들이나 별 관심이 없었다.

"성적에두 안 들어가는 시험인디 그냥 가볍게 봐주면 안 될까?"

"애들이야 가볍지요."

변도 예전에 치르던 일제고사의 문제점을 모르는 건 아니었다.

"문제는 경쟁을 시킨다는 거예요. 애들이 전국에서 몇 등 했는지뿐만이 아니라, 경기도가 몇 등인지, 우리 학교가 몇 등인지 공개하겠다는 거지요. 생각해 보세요. 장관 앞에서 꼴찌를 한 교육감이 어떤 심정일지, 또 꼴찌 한 교장은 어떻겠어요? 결국 교사들을 몰아대고, 교사는 당연히 애들을 볶아 대게 되어 있지요."

"허긴 그려. 일 년에 열세 번씩 시험 본 적두 있으니께."

"열세 번씩요?"

경력이 적은 선생들의 눈이 동그래져 물었다.
"일제고사를 본다니께 우리 교육감이 꼴찌라도 할까 봐 연습 삼아 도 학력고사란 걸 보게 혔단 말여. 그러니께 학교는 또 관내에서 꼴찌헐까 봐 모의고사럴 일곱 번이나 보게 헌 거여. 그것두 애덜 돈 걷어서 말여."
"진도는 언제 나간대요?"
"진도가 문제여? 당장 성적 나쁜 선생들은 공개재판에 붙이는디……."
"공개재판요?"
시험 결과가 발표되면 학교에선 평가회라는 것을 열었다. 학교는 제 맘대로 정한 경쟁 학교 성적이나 도 평균 성적과 비교해 가며 뒤처진 과목 선생들을 닦달했다. 한 과목을 여러 선생에게 쪼개어 맡기고는 그중 시험 성적이 뒤처진 선생을 일으켜 세워 평가 분석이라는 것을 시켰다. 성적 나쁜데 무슨 평가 분석이 필요하겠는가. 그저 제대로 못 가르쳐 죄송하고 다음부터 더 열심히 가르치겠다며 전체 선생들 앞에서 제 실력 모자란 것을 자복하라는 공개재판이나 다름없었다.
"담임덜두 을매나 스트레스 받는지 알어? 일등한 반은 떡 해서 돌린다 야단을 치지만 꼴찌 반 담임은 얼굴 들고 다니질 못혀. 일단 한번 당해 보셔들."
"어머, 어떻게……."
변도 몇 차례 불려 일어난 적이 있었다. 아무리 넉살 좋은 그였지만 연거푸 꼴찌를 하여 일으켜 세워지고 나니 아이들을 쥐 잡듯 잡게 되었다. 칠십 점을 목표로 정해 놓고, 그에 모자라면 오 점에 한 대씩 종아리에 사랑의 매질인가를 해 댔다. 선생마다 마찬가지로 매질을 해 대니 공부 못하는 아이들은 온종일 매를 맞는 셈이었다. 시험이 끝난 다음 날이면 온종일 매질하는 소리로 학교가 시끄러웠다. 이런 시험이 열서너 번은 되고, 쪽지 시험이라 하여 수업마다 치르는 것을 포함하자면 말이 좋아 공부지 아이들은 일 년 내내 시험 보고 매 맞으러 학교 다니는 셈이었다. 변은 그때 제 몽둥이에 적어 놓았던 글귀를 아직도 잊지 않고 있다. '나무에 가위질을 하는 것은 나무를 사랑하기 때문이다.'

"인쇄실이 뜯긴 적도 있으니 말 다했지, 뭐."

일제고사 원안이 시달되면 학교 인쇄실에서 등사를 하여 보관하게 되어 있는데, 누군가 밤중에 자물통을 뜯고 들어가 문제지를 빼낸 것이다. 쉬쉬 하고 넘어갔지만 그것이 아이들 짓이 아니라 교사가 한 짓이라는 말이 나돌았다.

"말이 안 되여? 증말 말두 안 되는 얘기 들어 보실 텨?"

변은 오래전의 일들을 잘도 기억하고 있었다. 지나간 이야기지만 박 선생은 거북한지 고개를 돌린 채 창밖만 내다보고 있었다.

"일제고사 때가 되면 젤 얄미운 놈들이 점수 깎아 먹는 놈들이여. 씨름부서껀 시험지 바닥에 만화나 그려 대는 놈들, 이것들을 합숙 훈련이다 뭐다 해서 밖으루 내몰거나, 살살 꼬드겨 집에서 쉬게 혔다니께."

"어떻게 그럴 수가?"

"당혀들 보셔. 가르쳐 주지 않어두 잘덜 허실 테니."

"컨닝도 시켰다면서요?"

그중 경력이 적지 않은 백 선생이 어디서 주워들은 이야기를 꺼내 놓았다.

"컨닝뿐여, 애덜 답안지꺼정 고쳐 가며 점수를 올렸는디. 아, 시험 날이 되면 교감이 즘잖게 일어나 한 말씀 헌다 이거여. 시험 감독을 너무 엄하게 하면 애덜이 긴장을 해서 평소 실력을 발휘하지 못허니 시험 감독을 줌 융통성 있게 허라는디, 융통성이 뭐여? 쿵 허믄 호박 떨어지는 소리 아녀? 시험 때면 신문으루 얼굴 가리구 애들헌티 저만 살겠다고 하지 말고 서로 도우며 살아야 허는 벱이라는 말이나 해 대구. 아예 변소깐에 갔다 올 테니 절대 컨닝 하지 말라구 자리를 비우기두 했으니께."

아이들은 성적에 들어가지 않는 시험이라며 대강 찍고 엎드려 자다가 선생들에게 등덜미에 손자국이 나도록 맞는 일도 있었다. 아이들보다 선생들이 일제고사 때가 되면 더 긴장하고 초조했다.

시험 성적이 오르면 빵을 사 준다, 아이스크림 턱을 낸다는 선생들도 있었고, 제 반이 일등을 하였다고 떡을 해서 돌리는 잔치를 벌이기도 했으니 일제고사가 요즘 들까부는 교원 평가나 다름없었다.

"중학교하고도 연대할 겁니다."

일제고사를 막기 위해 같은 재단인 명일중학교 분회와 공동 투쟁을 하겠다는 백 선생의 말이었다. 여태껏 뒷자리에서 듣고만 있던 박 선생이 조심스럽게 입을 열었다.

"이야기가 된 일이에요?"

"조금 이견은 있어요."

중학교 분회장은 아무래도 아이들 공부를 위해서 치르려는 시험을 왜 거부하느냐는 학부모의 여론을 무시할 수 없다며 고민하고 있다고 했다.

"판이 벌어지면 함께 싸우게 될 거예요."

실업과는 일제고사를 보지 않기 때문에 한 발 뒤로 물러서 있었던 박 선생은 막상 학교가 전에 없이 강경한 태도로 나오자 어느 결에 앞에 나서게 되었다. 중학교가 함께 나서서 일제고사를 거부하려 한다는 소리가 들어갔는지 학교는 자못 목소리를 높여 경고했다. 웬만해선 하지 않던 중고 합동 교무 회의까지 열어 일제고사를 거부하는 교사는 교육부의 지침대로 엄중 징계하겠다고 겁을 주었다.

지회에서 전달된 일제고사 거부 홍보문을 학부모들에게 보내고 난 다음 날이었다. 난데없이 학운위가 열린다고 행정실에서 연락을 해 왔다. 변이 허겁지겁 수업을 바꾸고 조금 늦게 교장실로 들어서니 위원장이 한창 목소리를 높이고 있었다.

"아니 선생이 시험 보지 말라는 편지질이나 하고, 선생들이 그렇게 할 일이 없어요? 그 시간에 애들을 어떻게 하면 한 자라도 잘 가르칠까 연구는 안 하고……."

교장은 위원장이 내민 홍보문을 심각한 얼굴로 들여다보고 있었다.

"어떻게 된 겁니까? 교감 선생."

"전교조에서 각 학교 분회로 내려온 문건으로 알고 있습니다."

교감의 답변에 교장은 이맛살을 찌푸렸다.

"전교조 선생들이 우리 학교에도 있단 말입니까? 그 빨갱이들이 애들을 가르친단 말예요?"

"위원장님, 말씀이 듣기 거북하네요."

듣다못해 박 선생이 끼어들었다.

"뭐가 거북해요? 미선이 효순이 때 애들 빼다가 미군 물러가라고 데모나 시키는 게 빨갱이 아니면 뭡니까?"

지난번 인문계 전환이 무산된 일로 위원장은 노골적으로 박 선생과 전교조에 대해 반감을 드러내고 있었다. 곁에 앉은 박 선생의 목소리도 함께 높아졌다.

"오늘 안건이 전교조인가요?"

"아니, 전교조 선생들은 아이들 공부 좀 시키자는 건 사사건건 반대를 하고 나서니, 도대체 공부 걷어치우고 놀자 판으로 돌리자는 겁니까?"

"일제고사란 게 예전에 해 봤지만 많은 문제가 있었지요. 학교마다 경쟁이 붙어서 공부 못하는 아이들은 학교도 못 오게 하고, 시험 끝나면 몇 점에 한 대씩 매질하고……. 위원장님 자제처럼 공부 잘하는 학생이야 걱정이 없겠지요."

"그래, 선생님도 그때 애들 때렸습니까?"

"부끄럽지만 그랬습니다."

"그거야 다 애들 어떻게든 공부시켜 보겠다는 사랑의 매 아닙니까?"

"위원장님 자제가 오 점에 한 대씩 사랑의 매를 온종일 맞는다고 생각해 보시지요?"

"우리 애가 맞을 리가 없지요. 전교 일등을 놓친 적이 없으니깐."

결국 그날의 회의는 예정대로 일제고사를 치를 것이며, 이를 방해하는 교사들은 엄중 징계한다는 쪽으로 의견이 모아졌다. 위원장이나 교장이야 그렇다 치지만, 나머지 학부모 위원들까지 눈치를 살피며 그에 편승하는 것을 보며 박 선생은 한숨을 쉬었다. 교장이나 재단과 싸워 가며 전교조가 만들어 놓은 학운위가 이제 학교 편에 붙어서 교장의 거수기 노릇이나 하고 있는 현실이 무엇보다 그를 안타깝게 했을 것이다.

"한 번이라도 더 보면 공부에 도움이 되지 않겠습니까? 시험도 공부인데……."

박 선생이 붙들고 설득해 보았지만 학부모들은 대수롭지 않게 여기는 눈치였다. 대체로 성적이 좋은 아이들을 둔 학부모

위원들이니 그럴 수밖에 없었다. 외려 자신의 아이가 전국에서 몇 등이나 하는지 궁금한 차에 잘되었다는 반응이었다.

교사들의 반응도 크게 다르지 않았다. 박 선생이 교무 회의 때 일어나서 조목조목 따져 보기도 하고, 반대 서명지도 돌려 보았지만 호응이 미미했다. 희망자만 보게 되어 있는 실업과도 전체가 다 보는 걸로 추진되었다. 인문계 전환 반대로 어색해진 실업과 교사들이 학교 측과 부드러운 사이가 되려고 이번 일제고사에 적극 협조하기로 했다는 말이 전해졌다.

일제고사를 보지 않겠다는 아이들은 연극부가 대부분이었다. 당일에 박 선생이 아이들을 데리고 수목원으로 현장학습을 가기로 했다. 변과 교무실로 급히 들어서던 박 선생이 안에서 흘러나오는 동료 교사들의 이야기를 본의 아니게 듣게 되었다.

"박선호 선생도 그래. 자기가 얼마나 잘났다고 매사에 따지고 나서냔 말야. 누구는 바보라 가만히 앉아 있는 줄 아나. 웬만한 일이면 그냥 모른 척 넘어가고, 협조할 것은 협조해야지, 사사건건 저 잘났다고 일어나 따지냔 말야. 그리 똑똑하면 나가서 학교를 차리든지, 아니면 교장이 되든가."

변이 무어라 선생들에게 소리를 치기 전에 박 선생은 발소리를 죽이고 복도로 되돌아 나갔다.

고군분투하는 박 선생이 안쓰러워 변은 대책 모임이라는 곳에 건성으로나마 따라나섰다. 막 교무실을 나서려는데 교감이 박 선생을 따로 불러 세웠다.

"지금 현미경을 들이대고 뒤를 캐고 있어요. 별의별 소리가 다 나옵니다. 주변 선생들도 믿지 마요. 그 가운데도 프락치가 있어요."

"프락치라니?"

"어제저녁에 정육점 식당 골방에서 나눈 이야기들도 벌써 다 새 들어갔어요."

"그게 누군데?"

"그렇게만 알고 있어요."

박 선생은 어제 모였던 선생들을 하나하나 짚어 보는 눈치였다.

"지난번 실업과 일로도 선배를 좋지 않게 보고 있어요. 대자보 붙인 거며, 아이들 선동한 것도 다 선배가 한 짓이라는 소리를 하는 사람도 있어요. 내가 덮어 눌렀지만 가만히 놔두지 않을 거 같아요."

"가만히 놔두지 않으면?"

"하다못해 중학교로 내려보내겠지요."

담 하나를 끼고 있는 같은 재단의 학교이긴 해도, 중고 간에는 엄연한 서열 같은 것이 있었다. 학교 일에 따지고 들거나 바른 말을 하여 밉보인 선생들은 귀양 삼아 중학교로 내쳐졌다. 본인의 의사는 묻지도 않은 채, 업무 분장 당일에 전격적으로 발표되는 인사 발령이었다. 그렇게 중학교로 내려간 선생들은 외톨이로 따돌려졌고, 아이들에게도 실력이 없어 쫓겨 왔다는 넋소리를 들이야 했다.

"연가나 결재해 줘."

"이번에는 내 말 들어요."

심각한 얼굴로 만류하는 교감을 뿌리치긴 했지만 모임 장소로 가는 동안 박 선생은 착잡한 표정이었다. 서울 지역의 교사들이 해직된 이상, 이곳도 그에 맞춰 처리를 할 것이 자명했다. 어린 제자를 성추행하고도 감봉 몇 개월 받고는 여전히 교단에 머물러 있는데, 법으로 보장된 연가를 내어 아이들 체험 학습에 참가했다고 쫓아내는 현실을 어떻게 받아들여야 할까. 그게 과연 퇴직금조차 받지 못한 채 쫓겨나야 할 만큼 큰 잘못이란 말인가. 변은 그의 얼굴에 스치는 이런 분노의 기색을 놓치지 않았다.

"교감 말두 영 그른 건 아니라구 봐."

"파면 말이야?"

"것두 그렇구 집안 사정두 복잡허잖아, 요즘."

변은 어제 그가 들려준 집안 이야기가 좀체 머릿속에서 지워지지가 않았다. 요즘 들어 평소와 달라 보였는지 그의 아내가 불안한 얼굴로 부쩍 채근을 하더라는 것이다.

"당신, 무슨 일 있는 거 아니지요?"

"무슨 일?"

"아무튼 무슨 일이든 당신은 눈 딱 감고 모른 척해요. 당신 나이가 지금 얼만지나 알아요? 그런 일에 앞장서도 남들이 손가락질한다구요. 그리고 당신 처지가 지금 어떤지 알지요? 시누이는 시누이대로 사네 죽네 하고, 돈 깨물어 먹는 어머니는 언제까지 저러실 줄 모르는 일이고……. 당신 하나 잘못되면 한두 사람 죽는 게 아니에요. 그저 비 오는 날 장독에 젖은 가랑잎 달라붙듯이 찰싹 붙어 있어야 해요. 쥐 죽은 듯이 숨죽이고 말예요.”

"쥐 죽은 듯이 숨죽이고 있으래.”

박 선생은 추적거리며 내리는 빗줄기에 번질거리며 젖어 가는 거리를 우두커니 바라보았다. 그 말은 교감도 했다.

“형님, 나이가 몇이유? 까놓고 말해서 남들이 흉봐요. 젊은 선생들도 눈치 살피며 가만히 엎드려 있는데, 형님이 그리 나설 게 뭐유? 막말로 열사라도 되시려우?”

해직된 후의 현실을 그가 모를 리가 없었다. 이해창 선생을 지켜보며 안타까워하던 그였기에 누구보다 그 신산한 현실을 누구보다 잘 알고 있었다. 변은 말없이 어둠을 지켜보는 그가 왠지 불안했다.

일은 생각만큼 만만치가 않았다. 교감이 귀띔해 준 대로 무언가 새는 데가 있었다. 은밀히 모였던 여남은 명의 선생들이 알게 모르게 교장실로 불려 다녔다. 그 뒤로 이런저런 이유를 대며 뒤로 물러앉기 시작했다. 들리는 바로는 부인이나 교회 목사까지 동원하여 만류했다는 말이 들려왔다.

“토씨 하나 안 틀리고 내가 모임 때 한 말을 하더라구요. 섬뜩하데요. 어디 벽에 귀라도 달아 놓았니 봅디다."
 아이들을 동원해 일제고사를 전면 거부하게 하자는 말을 했던 중학교 과학 선생은 결국 이번 일에는 자신이 없다며 빠지기로 했다. 박 선생은 그러면서도 자신은 불러들이지 않는 교장의 처사에 더 분개했다.
 "차라리 최 교장처럼 우격다짐으로 호통을 치는 편이 낫겠어."

 일제고사는 예정대로 치러졌다. 일제고사를 보지 않겠다는 아이들 일곱 명을 데리고 박 선생은 수목원을 다녀왔다. 중학교에서는 한 명도 나오지 않아 변과 둘이서 아이들을 인솔하여 다녀왔다. 변으로 말하자면 벼락을 맞은 셈이었다. 교감이 넌지시 불러 출장을 다녀오라는 것이었다. 무슨 소리인가 했더니, 박 선생의 연가를 연극부 체험 학습으로 돌려놓았으니 감독 격인 변도 거기에 함께 다녀오라는 것이었다.
 "어떻게든 잘되게 하려는 일이니 모르는 척하고 다녀오세요."
 박 선생을 돕자는 일이니 변도 어쩔 수가 없었다. 연극부 아이들이 대부분인 일곱 명을 데리고 수목원에서 온종일 꽃구경을 하고 개울에서 천렵을 하며 모처럼 즐거운 시간을 보냈다.
 박 선생은 학교가 의외로 조용한 것이 의아한 눈치였다. 교육청에서는 득달같이 미응시생의 사유를 보고하라는 공문이 내려오고, 교장은 그 일로 경위서를 제출했다는 소리가 들려왔다. 인솔 교사들은 그냥 넘어가지 않을 것이라고 수군거렸지만 속

사정을 알고 있던 터라 변은 태연하기만 했다.

"정말 자를까요?"

당일 조퇴나 결근한 교사 명단과 사유를 제출하라는 공문이 내려왔다며 백 선생이 초조한 얼굴로 찾아왔다.

"공립으로나 보내 줬으면 좋겠어요."

백 선생의 말에 박 선생은 쓴웃음만 지었다. 변은 그가 그곳에 적응하기 어려우리라고 생각했다. 모이기만 하면 승진 이야기나 나누며, 계산기로 소수점 둘째 자리까지 가는 승진 점수나 두드려 대는 공립 선생들 틈에서 그는 또 다른 벽과 싸워야 할 것이다.

며칠이 지나도록 별일이 없자 박 선생이 교감을 찾아가자고 했다. 알면서도 변은 따라나설 수밖에 없었다.

"연가를 냈잖아요?"

"그런데?"

"변 부장님이랑 애들 데리고 체험 학습 갔구요."

"변 부장?"

"교장이 다 결재한 일인데, 그게 무슨 문제가 되겠어요?"

박 선생은 그때서야 교감이 한 일을 어렴풋이 짐작하는 눈치였다. 머쓱해진 변은 자신을 노려보는 박 선생의 눈을 피하며 허공에 손을 내저었다.

"다 좋게 하자구 헌 일이니께 눈에 심 좀 풀어."

사실을 전해 들은 백 선생은 그 길로 교육청에 항의하겠다고 나댔다. 간신히 그를 불러 앉히고 일단 지부에 보고하여 지시를 받으라고 변이 권했다. 지부에서는 학교 측이 어떻게 보고하든 사실대로 일제고사 거부 교사 명단에 박 선생을 포함시키겠노라고 했다. 교육청에서는 학교 측에서 올라온 거부 교사 명단에 해당이 없으니 자기들도 따로 조치를 할 게 없다는 입장이었다. 공식적으로 학교장이 체험 학습을 인솔하라고 지시를 한 일인데, 그것을 교사가 스스로 징계를 하라니 장학사들도 당혹스러울 일이었다.

시끄럽던 일제고사도 그렇게 어정쩡한 상태로 넘어가는 듯했다. 예상 외로 시험 성적이 좋아서 교장은 득의양양했다. 현관 입구에 '영광의 얼굴'이라는 코너를 만들어 일제고사 성적이 우수한 아이들의 사진을 1등에서 10등까지 즐비하니 걸어 놓았다. 잘하는 아이들 격려를 하는 일은 그렇다 치지만, 응시생 전원의 성적을 석차순으로 교무실 복도 벽에 새카맣게 붙여 놓는 것을 박 선생이 보고만 있을 리가 없었다. 제 이름과 성적이 밑바닥에 적혀 있는 여학생들은 두 손으로 얼굴을 가리고 울었고, 며칠째 학교를 나오지 않는 아이도 있었다.

"경쟁은 어쩔 수 없는 것 아니겠습니까? 아이들에게는 그런 자극도 필요합니다. 분발의 기회가 된다면 다행스러운 일 아니겠어요?"

"자극이 심해서 기를 꺾는 일일 수도 있지요."

"아이가 선택할 문제 아니겠어요? 혹시 아이들이 모두 잘되리라 생각하는 건 아니겠죠? 그럴 수도 없겠지만 그래서도 안 되지요. 세상에는 학자나 교수도 필요하지만, 누군가는 궂은일을 할 사람도 필요한 거니까요."

"그래서 일찌감치 성적으로 줄을 세우시겠다는 건가요?"

"아니면 어깨동무하고 발맞춰 걷자구요?"

교장의 얼굴에 감도는 비웃음을 박 선생은 말없이 노려보았다.

🔔 부대찌개 뜨다

여름방학을 앞두고 학교는 정신없이 바빴다. 코앞으로 다가온 청소년 연극제 준비로 박 선생도 매일 밤늦도록 아이들과 땀을 흘리며 지냈다. 인문과는 방학 중에 보충수업을 하느라 일주일을 쉬고는 줄곧 학교에 나와야 했다. 백이십 시간 보충을 앞에 두고 아이들이나 교사들이나 진작부터 진이 빠진 표정이었다.

연극부 아이들은 의외로 잘 버텨 주었다. 재석이가 몇몇 아이들과 오토바이를 타고 동해안 일주 여행을 가기로 했다는 이야기를 들은 박 선생은 방학하는 날, 재석을 따로 교무실로 불렀다.

"할 만하니?"

"그렇죠, 뭐."

"아직도 비보이 되고 싶니?"
"예."
"선생님 꿈이 뭐였는지 아니?"
"뭔데요?"
"폭주족."
"정말요?"

재석은 놀라는 표정을 지으며 비칠비칠 웃음을 흘렸다.
"고개 내리막에서 자전거를 타고 달렸단다."
"자전거루요?"
"오토바이가 없어도 꿈은 있는 거야."

그 말에 재석은 무언가 생각하는 눈치였다.
"꿈을 버리지 말기 바란다."

그는 재석의 어깨를 두드려 주었다. 방학 때 빠지지 말고 잘 나오라는 말은 하지도 않았다.

방학을 한 학교는 유난히 적막했다. 아이들로 들끓던 교실은 썰렁하니 비었다. 심화반 아이들이 부스스한 얼굴로 복도를 지나오다 변을 보고는 옹송그리며 고개를 숙인다. 전교 석차 30등 안에 드는 아이들 가운데 서울대, 고려대, 연세대를 지원하는 아이들만 따로 모아 학교에서 먹고 자도록 방을 마련해 주었다. 그 아이들에게는 일주일의 방학마저 없었다. 땀내와 눅눅한 곰팡내가 코를 찌르는 방 한구석에는 이부자리가 너저분하게 접혀 있고, 라면 끓여 먹은 그릇들이 어지럽게 쌓여 있었다. 학부모들이 번갈아 드나들며 청소도 해 주고, 밥도 해 주는데 방학이라 좀 늦는 듯했다. 슬그머니 들여다본 방 안에는 아이 몇이 흐릿한 눈으로 우두커니 앉아 있었다. 심화반을 관리하는 선생 말로는 밤 한 시에 잠을 재워 새벽 네 시에 아이들을 깨운다고 했다.

심화반 아이들은 저녁마다 외부 학원 강사들이 드나들며 가르쳤다. 학부모들이 원하는 일이라고 했지만 박 선생은 교장이 그런 일을 은근히 부추겼으리라고 여겼다. 서울의 입시 명문 학교들은 다 그렇게 한다면서 학교도 이제는 학원의 경영 방식이나 교수법을 배워야 한다고 공공연히 이야기하던 교장이니 그럴 만도 했다. 성적이 일정한 아이들만 몇 명 모아 오로지 입시 준비만 전문적으로 시키는 학원과 어중이떠중이 긁어모아 손 닦는 법까지 가르쳐야 하는 학교를 비교하는 것 자체가 좀 황당한 일이었다.

근무조도 아닌데 나온 박 선생은 교무실에 앉아 학생부 입력 작업을 하고 있었다.

"공교육의 수장이라는 사람이 입시 학원을 본받으라고 종용하다니……."

"학교가 좀 바뀌긴 혀야 허지 않을까?"

"회사나 학원처럼 바꾸는 건 아니지."

"뭐든지 콤퓨타루다 허라구 지랄들인디, 일거리만 늘리는 짓여, 이게."

"나이 들면 알아서 그만두라는 말씀인 거 모르셔?"

가물거리는 자판을 두드리며 변이 중얼거리자 박 선생이 웃으며 한마디 건넸다. 요즘 들어서 수업하기가 한 해 다르게 힘이 달리던 변이었다. 어떻게든 교감 자리에 올라앉아 분필부터 손에서 떼어 놓아야 했다.

토닥거리며 자판을 두드리다 보니 어느 새 창밖은 어둑어둑했다. 연극부 아이들 저녁이나 먹으러 가자는 말에 변은 하던 일을 덮고 따라나섰다. 벌써 연극부실은 불이 꺼져 있는데, 누군가 중얼거리는 소리가 들려왔다. 정미 목소리였다. 혼자 남아 대사 연습을 하고 있는 듯했다. 헛기침을 하자 정미는 화들짝 놀라 불을 켰다.

"뭐 혀?"

"아, 연습 좀……."

"힘들지 않어?"

"재밌어요."

"졸업이 코앞인디, 워뜨케 헐 셈여?"

"글쎄요."

변은 정미가 머뭇거리는 사정을 뻔히 알고 있던 터라 더 캐물을 수가 없었다. 홀어머니 모시고 사는 처지에 대학은 꿈도 못 꿀 일이었다.

"배우가 되겠다구 혔던가?"

"예, 뮤지컬 배우요."

"노래두 잘허겄네?"

"좀 해요."

"워디 한 가락 뽑아 봐."

주저할 만도 한데 정미는 조금의 망설임도 없이 앞으로 나서 노래를 부르기 시작했다.

"저 장미 꽃 위에 이슬, 아직 맺혀 있는 그때에……."

귀에 익은 찬송가였다. 성량도 풍부하고, 무엇보다 감성이 풍부한 정미의 노래에 변은 자신도 모르게 흠뻑 빠져들었다.

"우리 서로 받은 그 기쁨은 알 사람이 없도다."

노래에 취한 중에도 변은 정미의 얼굴에 감도는 어떤 쓸쓸한 표정을 놓치지 않았다. 남들이 알지 못하는 그윽한 기쁨이라고 생각하기에는 너무도 허전한 그늘이 어린 제자의 얼굴 위에 덮여 있었다.

변은 박 선생을 따라 연극 캠프에도 다녀왔었다.

청소년 연극제에 참가하는 연극부들이 모여 친교도 나누고, 연극 공부도 하는 캠프였다. 저녁에는 모닥불을 피워 놓고, 참가 학교들이 돌아가며 무대에 올라가 촌극을 보여 주는 시간이 있었다. 기라성 같은 다른 학교의 연극부들이 펼치는 수준 높은 공연에 부대찌개 아이들은 기가 죽어 무대에 오를 엄두도 내지 못했다. 박 선생은 아이들을 불러 평소 연습한 대로 그대로 해 보이라고 격려했다.

"욕하면서 싸우는 장면 있잖아."

"선생님, 쪽시럽게 그걸 어떻게……."

"그거는 너희들 평상시에도 잘하는 거잖아. 연극이라 생각하지 말고 해 봐."

"정말 해도 돼요?"

"각본에 나오는 장면이잖아."

쭈뼛거리던 아이들은 용기를 내어 무대로 뛰어 올라갔다. 그리고 한바탕 걸쭉한 욕설로 이어지는 대사를 뱉어 대기 시작했다. 어리둥절한 눈으로 바라보던 다른 연극부 아이들도 이내 웃음을 터뜨리며 박수를 쳤다. 서투른 아이들의 연기가 우스꽝스러웠는지, 별나 보였는지 아이들이 무대에서 내려올 때는 모두 자리에서 일어나 박수를 치며 환호를 질렀다. 그날 이후로 승일고 연극부는 몰라도 부대찌개 연극부라면 누구나 알게 되었다.

캠프에 다녀온 뒤로 정미도 아이들과 좀 가까워진 듯했다. 무대장치를 만들려고 고물상을 뒤져 구해 온 합판을 자르고, 망치질을 하면서 아이들은 무대에 올라가 공연을 한다는 사실을 실감하게 된 듯 진지해졌다. 밤늦도록 페인트 범벅이 되어도 누구 하나 불평을 하지 않았다.

방학이 끝나고 청소년 연극제는 일주일 후로 다가왔다.

마무리를 하느라 모두 눈코 뜰 새가 없을 무렵에 기가 막힌 일이 터졌다. 남자 주인공 역을 맡은 민수가 가출을 한 것이었다. 아이들 말로는 전날 밤에 아버지에게 심하게 매를 맞고 집을 뛰쳐나갔다고 했다. 변까지 나서서 갈 만한 곳을 돌아다녔지만 찾을 수가 없었다. 아이들 말로는 서울로 간다고 했다는데 난감한 일이 아닐 수 없었다. 집 나간 민수도 걱정이지만 불과 일주일 앞으로 다가온 연극제도 난감한 일이었다. 지원금까지 받아 쓴 처지에 불참할 수도 없는 일이고, 무엇보다 그동안 밤늦도록 땀을 흘려 가며 애쓴 아이들을 실망시킬 수는 없는 일이었다.

고민 끝에 박 선생은 재석에게 남자 주인공 역을 대신하라고 했다. 재석은 그동안 민수의 연기를 흉내 내며 놀리곤 했다.

"제가요?"

"별 수 없잖니?"

"대사도 잘 모르는데……."

"밤 새워서라도 대사를 외우렴."

못 하겠다고 손사래를 치는 재석에게 아이들이 사정을 하며 매달렸다.

"그래도 무대에는 올라가 봐야 하잖냐."

"기권이 뭐냐, 쪽팔리게."

"그래, 그래. 재석아 쫌."

결국 재석은 아이들의 성화에 못 이겨 난데없는 남자 주인공 역을 대신 맡게 되었다. 연기는 나중이고, 대사나 막히지 않고 이어 나가 주기를 바랄 뿐이었다. 박 선생은 그저 아이들이 무대에 올라가 공연을 해 보게 하는 것으로 만족했다.

드디어 대회 날이 되었다. 아이들의 모든 관심을 공부에만 집중시키길 원하던 교장은 마지못해 연극제 전날 잠깐 연극부실을 둘러보고 갔다. 교장은 연극 때문에 면학 분위기가 깨지지 않을까 은근히 걱정하는 눈치였다.

트럭에 짐을 싣고 있는데, 교감이 슬며시 다가와 봉투 하나를 변의 주머니에 찔러 넣어 주었다.

"애들 음료수라도 사 주세요."

연극제가 열리는 문예 회관 앞에는 다른 학교 연극부 아이들이 번쩍거리는 대절 버스에서 내리고 있었다. 트럭에 실려 온 아이들은 창피한 듯 머뭇거렸다. 그때, 재석이가 큰 소리로 넉살을 부렸다.

"괜찮아. 우린 부대찌개라구."

그 말에 아이들은 웃으며 트럭에서 뛰어내렸다. 박 선생은 활기찬 아이들의 뒷모습을 대견한 눈으로 바라보고 있었다. 그래, 얘들아. 기지촌 소시지 햄 넣고 끓인 부대찌개 맛 좀 보여 주렴. 그의 눈은 그렇게 말하고 있었다.

그때였다. 정미가 환호성을 지르며 건물 뒤편으로 달려갔다. 거기에는 며칠 전에 집을 나간 민수가 와 있었다. 박 선생은 야단을 치는 일도 잊은 채 달려가 민수를 껴안았다. 아이들도 한데 엉켜 발을 구르며 반가워했다. 그 가운데 재석이 가장 기뻐했다.

"얀마, 내가 너 때문에 죽는 줄 알았다구."

"미안하다."

"괜찮아, 괜찮아."

아이들은 민수를 둘러싸고 격려의 소리를 마구 질러 댔다.

우여곡절 끝에 부대찌개 연극부도 드디어 무대에 오르게 된 것이다. 공연이 시작되면서 변은 새삼 다른 학교 연극부의 수준에 탄복했다. 일 년을 두고 공을 들여 연습한 흔적이 역력했다. 그는 행여 아이들이 기가 죽지 않을까 걱정이 되었다. 아이들은 진지한 얼굴로 공연을 지켜보고 있었다. 연극을 관람하는 것이 처음인 아이들이었다. 아이들은 잠시 후에 자신들이 오를 무대를 바라보며 황홀해하면서도 잔뜩 긴장하고 있었다. 변은 박 선생이 어둠 속에서 눈을 감고 기도를 드리는 걸 물끄러미 바라보았다.

막이 오르고 아이들이 무대에 오르는 순간, 변은 자신도 모르게 코끝이 시큰해졌다. 하루가 멀다 하고 학생부에 끌려와 무릎 꿇고 매를 맞던 아이들이 아니었다. 조명을 받으며 무대 위에 우뚝 선 아이들을 보며 변은 가슴이 터질 듯 울렁거렸다.

조용하던 공연장에서 수군거리는 소리들이 들려왔다.

"부대찌개다."

이런 소리와 함께 밖에 있던 대회 진행자들도 공연장 안으로 들어와 관심 깊게 아이들을 지켜보았다. 뜻밖이었지만 변은 곁에 있는 박 선생의 손을 꾹 움켜쥔 채 아이들이 내놓는 대사 한 마디, 몸짓 하나도 놓치지 않고 지켜보았다. 박 선생의 땀에 젖은 손이 가볍게 떨고 있는 걸 변은 느낄 수 있었다.

공연이 끝나고 무대에 불이 켜지는 순간 변은 오래도록 참았던 숨을 비로소 길게 내쉬었다. 박수가 터져 나오고 붉게 물든 아이들의 얼굴을 바라보며 그는 자리에서 벌떡 일어나 손바닥이 아프도록 박수를 쳤다. 주변에서 웅성거리는 소리도 아득하니 귀에 들어오지 않았다.

오후 늦게 모든 공연이 끝나고 시상식이 이어졌다. 해당 없으니 그냥 가자는 아이들을 자리에 눌러 앉히던 변은 어렴풋이 승일종고라고 부르는 소리를 들은 듯했다.

"특별상 승일종고 연극부 부대찌개."

변은 믿어지지 않는 얼굴로 입을 벌린 채 박 선생을 바라보았다. 박 선생도 마찬가지였다. 아이들에게 이끌려 무대에 올라섰을 때도 변은 쟁쟁한 연극 명문 학교들 틈에 승일종고가 상을 받게 되었다는 사실을 믿을 수가 없었다.

"때 묻지 않은 연기와 열정을 보인 승일종고 연극부 학생들과 이들과 하나가 되어 애쓰신 선생님들께 특별상을 드립니다."

시상자의 치사가 꿈결처럼 들려왔다.

꿈 같은 일은 그것만이 아니었다. 이어진 개인상 부문에서 정미가 연기상을 받은 것이었다. 정미는 제 이름이 불린 뒤에도 자리에서 일어서지 못했다. 숨이 막힌 듯 입을 두 손으로 틀어막고 가쁜 숨만 들이켰다. 연기상은 대학의 연극과에 특별 전형 입학을 할 수 있는 특전이 걸린 상이라 이번 대회에 출전한 모든 아이들이 마음속으로 간절히 꿈꾸던 상이었다.
　이번 연극제의 화제는 단연 승일종고 부대찌개 연극부였다. 기지촌 인근 학교의 아이들이 겪는 상처를 아이들의 눈으로 바라보고, 무엇보다 아이들답게 꾸밈없이 표현한 점이 좋았다는 평이었다. 변은 무어라 말이 나오지를 않았다. 해냈어. 기지촌 찌질이들이 대형 사고를 쳐 버린 겨.
　그날, 상장과 상패를 든 아이들은 트럭에 올라탄 채 목이 터지도록 교가와 응원가를 부르며 학교로 돌아왔다. 늦은 시각이라 당직 선생과 심화반 아이들만 어리둥절한 얼굴로 나와 볼 뿐이었지만 연극부 아이들은 집으로 돌아갈 생각을 하지 않았다.
　변은 박 선생과 함께 연극부실에 쭈그리고 앉아 아이들과 밤을 새워 이야기를 나누었다. 그동안 말 못 했던 실수와 고생담을 웃으며 주고받았다. 그 가운데서도 민수는 단연 화젯거리였다. 가출하고도 연극제에 참가하러 달려온 민수.
　"상준이 민수럴 본받어. 가출은 혀두 핵교는 빠지믄 안 되는 겨."
　변의 말에 상준이 멋쩍은 듯 얼굴을 붉혔다. 뒤편에 앉아 있던 민수가 아이들에게 떠밀려 앞에 세워졌다.
　"정말 싫었어요. 술 마시면 때리는 거야 참을 수 있지만, 누구네 집 아이하고 비교하면서 욕하는 건 정말 싫었어요. 이마를 손가락으로 찌르면서 대가리에 똥만 가득 찬 놈, 싹수가 노란 놈, 니가 잘되면 내 손에 장을 지진다고 손바닥에 라이터를 켜는 아버지를 더는 견딜 수가 없었어요."

민수의 말에 아이들은 고개를 끄덕이며 얼굴을 찡그렸다.

"하지만 이젠 괜찮아요. 연극 나가서 상도 먹었는데요, 뭐."

민수의 말에 모두 와아 함성을 지르며 일어나 연극 피날레에 나오는 춤을 추기 시작했다. 변도 아이들에게 끌려 일어나 함께 어깨춤을 추었다. 잊을 수 없는 밤이었다.

대회가 끝난 뒤, 박 선생은 교내에서 연극 공연을 하게 해 달라고 교감에게 청했다. 연극제에서 상을 받은 연극을 제 학교 아이들이 보지 못하는 게 안타까웠던 것이다. 연극이라곤 본 적이 없는 아이들에게 뜻 깊은 관람도 되고, 친구들 앞에서 공연을 하는 연극부 아이들도 특별한 보람을 느낄 수 있는 일이니 교감도 흔쾌히 고개를 끄덕였다. 기획 회의 때 교장과 상의하여 일정을 잡겠다는 말에 박 선생은 아이들에게 교내 공연이 있을 예정이라는 사실을 일러 주었다. 아이들은 얼떨결에 참가한 연극제에 미진함을 느끼던 터인 데다가 얼굴을 아는 친구들 앞에서 공연한다는 사실에 한결 들떴다. 공연 준비를 하라고 일러두고 교무실에 돌아오니, 교감이 어두운 얼굴로 맞았다.

"대본을 가져 오라 해서 한 부 갖다 드렸더니 그걸 다 살펴본 모양입디다."

"그런데?"

"아이들이 볼 만한 내용이 아니라며 공연을 하지 말라는 거예요."

"볼 민헌 내용이 아니라니?"

"예배 장면이 거슬렸나 봐요."

예배 장면이라는 말에 변은 기억을 더듬어 보았지만 별 문젯거리가 아니었다. 예배 시간에 떤든다고 교목이 아이들을 불러내 야단을 치는 장면이었다.

'거, 뒤에 떠드는 놈 누구야. 간나 새끼, 대가리에 불이 나야 정신 차리간?'

교목이 아이들에게 욕을 하며 회초리로 머리를 때리는 장면이 나오는데, 그것은 교목인 최요한 목사가 평소 자주 하던 일이었다.

"그게 어때서?"

"종교 학교에서 목사님을 지나치게 모욕적으로 표현했다더군요."

"지나친 게 아니라 있는 그대로잖아. 그리고 대본은 연극 협회에서도 다 검토하고 상까지 준 작품이라고."

"그 말도 안 한 게 아녜요. 대회 참가 결재 낼 때, 대본 첨부하지 않았다고 싫은 소리만 들었어요."

"그래서 공연을 못 하게 한다? 다른 학교 아이들은 다 본 연극을 우리 학교 아이들은 못 보게 한다?"

"전에 없이 화를 내는데, 아무래도 어려울 것 같아요."

"화를 낼 일이 아니지."

직접 교장실로 찾아가겠다는 박 선생을 혼자 보내기가 불안

하여 변도 따라나섰다. 변이 나서서 부드럽게 이야기를 해 보았
지만 교장은 단호했다.
"원래는 성극부였지요?"
"지금은 연극부루다……."
"우리 학교는 믿는 학교입니다."
"그거야 잘 알구 있쥬."
"일반 학교와 비교하면 안 되지요."
"연극 공연을 하겠다는 것인디……."
"어떤 연극이냐가 문제 아니겠습니까?"
"상까지 받은……."
"상이 문제가 아니지요."
 뒤이어 박 선생이 사정을 해 보았지만 교장의 태도는 변함이 없었다. 아이들의 교내 공연은 불허하며, 그 이유는 연극 내용이 건실한 신앙관에 맞지 않기 때문이라고 했다. 박 선생이 일부 대본의 내용을 고치겠다고도 해 보았지만 교장은 쓴웃음을 지으며 고개를 가로저었다.
"대본만 고친다고 되겠어요?"
"그러면?"
"아이들 생각 자체가 잘못되었는데 그게 쉽게 되겠어요?"
 변은 그때서야 비로소 정미 생각이 머리를 스쳤다. 실업과 대표로 나선 정미가 인문계 전환에 반대하고 나선 일을 교장이 문제 삼는다는 생각이 들었다. 박 선생도 그런 눈치를 차렸는지

말없이 자리에서 일어났다.

연극부 아이들은 크게 낙심했다. 상까지 받아 한창 으쓱한 기분에다 학교 친구들 앞에서 자랑도 하고 싶던 기대가 하루아침에 무너지고 만 것이었다. 실의에 빠진 아이들을 격려하며 박 선생은 어떻게든 아이들이 다시 무대에 오를 수 있는 방도를 궁리해 보겠다고 했다.

"밖에서 해 보는 건 어떻겠니?"

"밖에서요?"

"그래. 시청 강당을 빌려서 하는 거야. 그러면 다른 학교 친구들도 오고, 부모님들도 와서 보실 수 있으니까 좋잖아."

"그럼, 티켓도 팔고 포스터도 그려서 학교마다 붙여 놔요."

그 말에 다른 아이들도 신이 나서 끼어들었다.

"티켓을 누가 사냐? 그냥 초대장으로 해."

"포스터도 인쇄하려면 돈이 많이 드는데."

"우리가 직접 그리자. 주영이 만화 잘 그리잖아."

풀이 죽었던 아이들은 금세 생기를 찾아 이마를 맞대고 의견을 주고받기 시작했다.

그날부터 아이들은 패를 나누어 포스터를 그리거나, 초대장을 아는 사람들에게 전하거나, 인근 학교를 찾아가 포스터를 붙이는 일들로 분주해졌다. 한번 무대 위에 올라가 공연을 하고 상까지 받은 아이들은 확연히 달라져 있었다. 매사에 자신감이 넘쳤다. 어려운 일에 부딪치면 시키지 않아도 서로 힘을 합쳐 문제를 해결해 나갔다.

시청 강당을 빌리려고 하니, 공문을 보내 달라고 했다. 교장이 알면 또 트집을 잡아 결재를 해 주지 않을 듯하여 교감에게 사정을 해 업무 연락 격의 문건 하나를 만들어 보냈다.

"형, 자꾸 날 궁지로 밀어 넣지 마."

교감은 전결란에 서명을 하며 사정조로 말했다. 박 선생은 고맙다고 인사치레를 하고 서둘러 시청으로 향했다.

아이들은 자신들의 연극이 시청에서 열려 다른 학교 아이들이나 주민들까지 관람을 하게 된다는 말에 한껏 들떠 있었다. 수업을 마치기가 무섭게 무대장치를 만들고, 미진한 연습을 하느라 부산을 떨면서도 누구 하나 불평을 하지 않았다. 입만 열면 욕지거리를 내놓던 아이들이 서로를 격려하는 걸 지켜보며 변은 신기하기만 했다. 집에서나 학교에서나 내놓은 아이들이었다. 부대찌개파라면 읍내 사람들도 머리를 흔드는 골칫덩어리들이었다. 인문과도 못 가서 억지로 실업과로 밀려와 무덤가에 숨어 술이나 마시던 아이들이 이제 시민들을 모아 놓고 무대에 오르는 것이다. 사실 변이 한 일은 별로 없었다. 대본부터 연출이며 연기 연습까지 아이들끼리 힘을 모아 여기까지 끌고 온 것이다. 그는 연극제에서 받은 상보다 이 점이 더욱 대견하고 흐뭇했다.

"아이들이 뭔가를 할 수 있다는 것만 가르쳐도 학교는 할 일을 다한 거요."

박 선생이 하던 말이 요즘 들어 변은 가슴 깊이 스며들었다. 성적순으로 한 줄을 세우고, 서로 경쟁을 시키는 것보다 그게 진짜 교육일 것이다. 하지만 그걸 어느 대학이 알아줄 것이냔 말이다. 변은 길게 한숨을 내쉬었다.

공연을 하루 앞두고 리허설 준비를 하러 나가려는데, 교장이 인터폰으로 호출을 했다. 교장실에는 벌써 박 선생이 불려 와 있었다. 누가 귀띔을 해 주었는지 뒤늦게 공연 사실을 알게 된 교장은 얼굴이 하얘지도록 화가 나 있었다. 교장이 그렇게 화를 내는 모습은 본 적이 없었다.

"누구 맘대로 공연을 하랍니까?"

"나쁜 짓을 하는 것도 아니잖습니까?"

"결재 받았습니까?"

변은 교감이 전결했다는 말이 튀어나오다가 가시처럼 목구멍에 걸렸다. 교장도 이미 알고 있는 눈치였다.

"당장 공연을 취소시키세요."

"애들두 준비허느라 고생했는데 한 번만 허락해 주시쥬."

"공연 중에 문제가 발생하면 학생 부장이 다 책임질 겁니까?"

툭하면 책임이라는 말을 내세워 추궁하는 교장의 말투에 비위가 거슬렸지만 변은 선뜻 대답을 할 수가 없었다.

"제가 책임지겠습니다."

곁에 섰던 박 선생이 당당하게 대답을 했다. 경위서를 제출하라는 말에 박 선생은 공연이 끝난 뒤에 하겠다고 한 뒤 교장실을 나섰다.

리허설을 마쳐 갈 무렵, 박 선생의 아내가 먹을 것을 싸 들고 찾아왔다. 아이들 연극 공연 이야기를 하는 남편을 바라보던 그녀는 이맛살을 찌푸리며 한마디를 잊지 않았다.

"애들 유치원 학예회도 한 번 안 온 당신이 남의 애들은 잘도 챙기는구려."

한마디 하려던 박 선생은 이내 입을 다물었다. 고등학생이 된 큰애나 중학생인 둘째의 졸업식이나 입학식에 한 번도 가 본 적이 없다는 그였다. 학교 일정과 겹친다는 핑계로 집의 아이들은 항상 뒷전이었다. 제 아이 제대로 살피기 어려운 게 선생이라지만, 늘 있는 일도 아닌데 하루쯤 조퇴를 해도 될 일이었다.

"나 같음 내쫓아 버리겠네."

찬합에 담아 온 김밥을 입에 넣으며 변이 농을 건넸지만 그녀는 웃지도 않았다.

시간이 다 되어 가도 시청 강당은 한산하기만 했다. 무대 뒤에서 객석을 훔쳐보던 아이들은 금세 시무룩해졌다.

"한 명이래도 무대에선 최선을 다하는 거야."

박 선생의 말에 아이들은 큰 소리로 답을 하며 서로를 격려했다. 수시로 밖을 살피던 변은 객석이 어느 결에 빼곡하니 찬 것을 알게 되었다. 낯선 교복 차림의 아이들부터, 아이를 안고 있는 아주머니들까지 사백 석의 강당은 빈자리 찾기가 어려웠다. 시청의 무슨 과장이라는 이가 시장도 관람하러 왔다고 대기실로 와서 귀띔을 해 주었다. 박 선생은 혹 교장이 오지 않았을까 둘러보는 눈치였지만 교장은 뵈지 않았다. 몇몇 선생이 꽃다발을 들고 앉아 있다가 손을 흔들어 보였다.

막이 오르고, 공연은 순조롭게 이어졌다. 연극 대회 때보다 아이들의 연기는 훨씬 자신감이 넘쳤고 여유가 있어 보였다. 남녀 주인공 아이가 춤추는 마지막 장면에서 박수와 함께 환호성이 터져 나왔다. 청소년 관객들은 자신들도 공감하는 문제라 연극 속에 푹 빠져들었고, 어른들은 미처 몰랐던 아이들의 고민에 한숨을 내쉬었다. 변은 얼핏 객석에 앉아 있는 재석의 어머니를 보았다. 짙은 화장을 한 장미집 아가씨들도 함께 앉아 있었다. 무엇보다 그의 눈길을 끄는 것은 뒤편 구석에 정미 어머니가 평소와 다른 조신한 모습으로 앉아 있는 것이었다. 술에 취하지 않은 모습을 보기는 처음이었다.

공연이 끝나고도 관객들은 쉽게 자리를 뜨지 않았다. 열화와 같은 박수는 끝없이 이어지고, 아이들은 몇 번이고 무대로 불려 나와 허리를 굽혀 인사를 해야 했다.

서로 잘했다고 격려하며 옷을 갈아입고 있는데, 분장실로 허름한 차림의 아저씨 한 분이 찾아왔다. 품에 아이스크림을 잔뜩 사 들고 온 그분은 기웃거리며 누군가를 찾는 눈치였다. 누군가의 입에서 민수 아빠라는 소리가 나왔다. 구석에서 옷을 갈아입던 민수가 얼굴이 빨개지며 고개를 숙였다.

"이거."

민수 아빠는 아이스크림 봉지를 대기실 바닥에 내려놓고는 말도 없이 돌아갔다.

아이들을 데리고 나오는데, 강당 입구에 교감이 서 있었다.

"고생했어요."

"바쁠 텐데……."

"선배 덕에 박살났어요."

"미안해."

"애들 저녁이나 먹여 보내요."

마다하는데도 교감은 억지로 박 선생 주머니에 봉투를 넣어 주었다.

연극 공연은 박 선생이 경위서를 제출하는 걸로 마무리되었다. 마뜩잖은 일이겠지만 시장이 전화를 걸어 잔뜩 치사를 하고, 지역신문에도 크게 보도되고 나니 교장도 더 이상 문제를 삼을 수가 없었을 것이다. 앞으로 학생들의 외부 대회 참가나 공연에는 반드시 학교장의 결재를 받아야 한다는 내규를 새로 만드는 걸로 그 문제는 마무리가 되었다.

서랍 뜯는 선생들

 박 선생은 정미의 대학 특별 전형을 알아보느라 이리저리 바쁘게 지냈다. 정미네 담임은 무조건 연극부 지도교사인 박 선생에게 떠맡기고, 정미는 너무도 가고 싶었던 학교인지라 몸이 달아 쉬는 시간마다 교무실을 들락거렸다.
 정미가 가고자 하는 대학의 연극영화과는 청소년 연극제 연기 우수상을 받은 학생에게 사 년간 장학금이 지급되는 특전을 주고 있었다. 가정 형편이 어려운 정미에겐 놓칠 수 없는 기회였다. 다른 대학도 있었지만 등록금을 내야 하고, 수능 시험도 치러야 하기 때문에 정미가 감당할 수가 없었다.
 대학에 직접 전화를 걸어 자세한 사항을 알아본 박 선생은 제 일처럼 기뻐하며 정미를 격려했다.
 "몇 가지 서류만 내면 된 거나 다름없겠다."

수상 증명서와 학교장 추천서에다 몇 가지 기본 서류만 제출하면 정미는 특기 장학생으로 대학에 가게 되는 것이었다. 그는 정미에게 학부모 동의서와 주민등록등본을 떼어 오라 하고, 교무실에 들러 학교장 추천서 발급을 신청했다.
　오후 수업을 마치고 돌아오던 변은 교무실에서 터져 나오는 고성에 걸음을 멈추었다. 얼핏 체육과 한영무 선생 목소리 같은데 누군가와 다투는 듯했다. 복도에 모여 웅성거리는 아이들을 교실로 돌려보내고 변은 교무실로 들어섰다.
　"나보다 김재복 선생이 높은 근거를 대라니까."
　얼굴이 벌겋게 달아오른 한 선생이 교감을 몰아세우고 있었다.
　"남의 서랍을 함부로 열어 봐도 되는 겁니까?"
　교감이 추궁해 보지만, 이내 한 선생의 큰 목소리에 눌려 버렸다.
　"왜 남이 보면 안 될 꿍꿍이라도 있단 말이오?"
　영문을 모르는 변은 한편에 비켜 서 있던 백 선생에게 자초지종을 물었다.
　"교감 서랍을 열어 성과급 추천 명부를 꺼내 보았다는군요."
　"성과급?"
　"교감 평정 점수가 문제지요."
　변은 내년부터는 이번 성과급의 점수로 보직교사를 임명하겠다던 교장의 말이 머리를 스쳤다. 동료 교사의 평가나 기본 경력 항목 등이 있긴 했지만 보직교사에 대한 평정은 교감이 주는 점수가 결정적이었다. 체육 부장을 맡고 있던 한영무 선생은 최충운 교장이 밀려나면서 자리를 빼앗길까 전전긍긍했다. 아마 불안을 느낀 한 선생이 교감의 서랍을 열어 몰래 명부를 확인해 본 모양이었다.

"전교조 등에 업고 교장 몰아내더니 이젠 뵈는 게 없으신가?"

"말 함부로 하지 마세요."

묵었던 최 교장 일까지 들추는 한 선생의 말에 교감도 얼굴을 붉히며 목소리를 높였다. 그때 곁에서 지켜보고 있던 백 선생이 미처 말릴 사이도 없이 언쟁 속으로 끼어들었다.

"전교조는 누구 등에 업혀 다니지 않습니다."

생각지도 않은 백 선생의 등장에 잠시 당황한 표정을 짓던 한 선생이 입을 비죽이며 빈정거렸다.

"그러면 안고 다녔나 보지."

"누구네처럼 어디 붙어먹고 살지도 않습니다."

한 선생이 속한 다른 교원 노조를 대고 하는 말이었다. 말귀를 못 알아들었는지 한 선생은 다시 화살을 교감에게 돌렸다.

"하여간에 이 따위 순위를 내났다간 가만히 있지 않을 테니까 똑바로 하쇼."

나이로 보나, 경력으로 보나 선배 격인 한 선생은 작년까지만 해도 평교사였던 교감에게 함부로 대했다. 평소에 직위를 내세워 거들먹거리는 교감이 아니었지만 한 선생이 함부로 내뱉는 말에 몹시 화가 난 표정이었다.

"지금 위협하는 겁니까? 공식적인 자리에서 할 말이 있으면 절차를 밟아야지, 어디 함부로 서류를 훔쳐봅니까?"

교감의 말에 불끈 성을 내며 달려들려는 한 선생을 교무 부장이 나서서 밖으로 데리고 나간 뒤에야 교무실은 조용해졌다. 의자를 뒤로 돌려 창밖을 내다보는 교감의 뒷모습이 유난히 쓸쓸해 보였다. 최근 들어 자주 만나게 되는 느낌이었다.

그는 급기야 서랍까지 뜯겨 가며 폭언을 듣게 되었지만 그것은 어찌 보면 예견된 일이었다.

"다 돈이 웬수여."

"돈이 아니라 경쟁이 문제죠."

백 선생의 말이 맞기는 했다. 성과급이야 사이좋게 나눌 수 있지만, 그걸 인사에 반영한다니 말썽이 생긴 것이다.

"그런다구 제비뽑기루 부장을 앉힐 수두 읎잖어."

성과급 점수가 나돌면서 왜 내가 몇 등급이냐, 왜 내가 누구보다 더 낮으냐는 푸념들이 곳곳에서 새어 나왔다. 그런 이야기들을 근거로 내년에 누가 어느 부장 자리를 맡게 되고, 누구는 밀려나게 된다는 소문들이 나돌면서 급기야 교사 간에 말다툼이 벌어지고, 패를 지어 왈가닥거리는 일들이 잦아졌다.

이런 가운데서도 교원 평가를 당연시 여기는 이들도 있었다. 교감이 대표적인 사람이었다.

"온 국민이 다 교원 평가를 찬성하는데, 왜 반대해야 하는지 설득할 명분이 있나요? 솔직히 교원 평가는 전교조가 예전에 주장하던 거 아니었어요? 교장 마음대로 근무평정하고, 힘든 일은 쫄따구들이 다 하고, 선배들은 나이 먹었다고 가만히 앉아서도 높은 점수 받고, 학교가 무슨 군대입니까? 그러니 교장 혼자 떡 주무르듯 하는 근평을 객관적인 기준을 마련해서 제대로 평가하자, 아이들이건 학부모건 오픈 시켜 놓고 평가해 보자던 게 다면 평가 아닙니까? 근데, 어째서 이제 와선 그걸 반대하는 겁니까?"

"그거야 무늬만 그럴듯하니 꾸며 놓고 실제로는 여전히 교장 마음대로 평가하자는 거 아닌가?"

"그러면 어떻게 할 것인지를 놓고 싸워야지, 아예 하지도 못하게 하겠다면 안 되지요. 현재 대한민국에서 평가받지 않고 봉급 타 먹는 사람들이 어디 있습니까? 그 허접한 국회의원이나 하다못해 아파트 주민 회장도 임기마다 선거라는 걸로 평가를 받잖습니까? 교원이 무슨 특권이라고 국민이 다 받는 평가를 언제까지 반대만 하겠냐구요?"

"교원 평가안 만들어 놓은 거 본 적이 있어?"

박 선생이 교감에게 물었다.

"체크리스트로 되어 있는데 그 안에 뭐가 있는 줄 알우? 교사가 웃으며 수업을 진행하는가라는 게 있더군."

"상 찡그리는 거보다야 웃는 게 낫지, 뭘."

"생각해 봐. 대한민국 모든 교사가 하나같이 웃음 지으며 교단 앞에 서 있는 모습이 어떨 거 같아?"

실없이 웃는 걸 좋아하지 않던 변은 그런 상상이 별로 호감이 가지는 않았다.

"교원 평가라는 건 결국 모든 선생들을 똑같이 만들겠다는 거 아니겠어? 틀에다 넣고 찍어 대는 붕어빵처럼 말이야."

"애들 책상에서 잠자는 선생보담은 낫지요."

정주봉 선생을 두고 하는 말에 박 선생은 손사래를 쳤다.

"그런 별난 선생들이 그리워지게 될 거야."

"교원 평가럴 안 받겠다니 바깥에선 교사들이 즈이멋대루 철밥통 껴안구 놀구 먹는 줄 알잖우. 사실은 개밥그릇을 핥구 있는디."

"지금 같은 교원 평가를 하면 가뜩이나 왕 노릇하는 교장들 손에 학교를 통째로 쥐여 주는 셈이지. 당장 따지기 잘하는 나나 전교조 선생들에게 교장들이 몇 점을 줄 거 같아?"

"그러니 이제 헐 만큼 했으니 박 선생두 전교조 정리허구 부장두 한번 허는 게 으떨까?"

"처음에야 전교조지만 그 다음엔 누구를 내쫓을 거 같아? 그땐 정말 교사들은 파리 목숨이 되는 거야."

"파리구 모기구 간에 나 있는 동안은 별일 읎겠지?"

변의 말에 박 선생은 고개를 흔들며 입을 다물었다.

다음 날 교무 회의 시간에 한영무 선생이 앞으로 불려 나왔다.

"사과를 하세요."

어제의 기세는 어디 가고 한 선생은 눈에 띄게 풀이 죽어 있었다. 교장의 말에 그는 교감에게 머리를 숙이고 사과를 했다.

"제가 불민하여 학교를 시끄럽게 한 점 죄송스럽게 생각합니다."

이날 직원 예배 시간에 교장이 직접 기도를 했다. 합력하여 선을 이루라는 로마서 8장 말씀을 전하며 교장은 무엇보다 믿는 학교에서 하나님의 사랑으로 인화 단결하라는 기도를 했다.

들리는 말로는 교장이 한 선생에게 사표를 내라 했다고 한다. 처음에는 교감의 부당한 평정에 대해 항변하던 한 선생은 교장이 다른 문제를 들춰내자 꼼짝도 못하고 사죄했다고 했다. 그 문제란 것이 여학생들에게 적절하지 못한 신체적 접촉을 해서 학부모들이 교장실로 전화를 한 일이라거나, 체육복을 교체하면서 업체에서 금품을 받은 사실이 드러난 일이라느니 설왕설래했다. 한 선생이 사과를 하면서 마무리되었지만, 정작 문제가 된 성과급 순위나 교원 평가안은 구렁이 담 넘듯이 슬그머니 넘어가고 말았다.

여기저기 떨어져 있는 사무실들을 돌아다니며 교원 평가 반대 서명을 받으러 다니던 박 선생은 생각지도 않은 문제로 교장과 부딪치게 되었다. 정미 때문이었다.

정미의 특별 전형에 필요한 학교장 추천서 신청이 반려된 것이다. 그동안 학교장 추천서라는 것이 신청만 하면 그대로 발급

되어 온 터라 박 선생은 적잖이 당황했다.

"아무래도 공연이 문제가 된 거 같아요."

교감이 난처한 표정을 지으며 설명을 전했지만 수긍할 수가 없는 일이었다. 학교장 추천이라는 것이 여러 가지 면을 고려하여 적합하다고 생각되는 학생을 교장이 추천하는 서류이긴 하지만 여태껏 지도교사나 담임교사가 추천 사유를 작성하면 교장이 도장을 찍어 발급하는 요식적인 문서였다. 여까지 그것이 반려되거나 일일이 교장이 추천 내용에 이의를 제기한 적도 없었다. 어떻게든 학생들이 원하는 대학에 진학하도록 하는 것이야 교장이건 담임교사건 이의가 있을 수 없는 것이었다.

"엄연히 청소년 연극제 수상 실적이 있고, 그걸 근거로 추천해 달라는데 뜬금없이 공연 얘기가 왜 나와?"

"말 그대로 학교장 추천서잖아요."

"그래서 마음에 드는 애는 해 주고 싫은 아이는 안 해 준다?"

"저도 몇 번이고 얘기를 해 보았지만 워낙 단호해요."

"걔는 이 대학 아니면 갈 수가 없어. 아이가 얼마나 기대하고 있는지 알아?"

"선배가 직접 말씀드려 보세요."

아무래도 한바탕 큰소리가 날 것 같아 변이 교장실로 달려가는 박 선생을 따라갔다.

교장은 기다렸다는 듯이 침착한 태도로 박 선생을 맞이했다.

"평소 학교생활이나 대외 활동 등등 여러 가지를 고려해 내린 결과입니다."

"학교생활도 성실하고 모범적인 학생입니다."

"내가 보기에는 학교를 대표해서 추천하는 데에 적절하지 않다고 봅니다."

"혹시 시청에서 공연한 일로 그러십니까?"

"그게 전부는 아니지요."

"한 학생의 장래가 달린 문제입니다."

그 말에 교장은 가벼운 웃음을 지었다.

"승일학원에 학생이 몇 명인지 아십니까? 학교도 기업이고, 단체예요. 전체 이익을 우선 생각해야 하는 겁니다."

"전체 이익이라는 게 인문계 전환입니까?"

교장은 더 할 말이 없다며 입을 다물었다. 구체적인 이유를 밝히지 않으면서도 교장은 정미에 대한 추천서는 절대 발급할 수가 없다고 단호하게 잘라 말했다. 어이가 없는 일이었다. 아무래도 정미가 실업과 학생 대표로 나서 인문계 전환을 반대한 일이며, 자신이 허락하지 않은 연극 공연에 참여한 일들을 교장이 마음속에 두고 있다고 변은 생각했다.

"제발 부탁입니다."

머리를 조아리고 사정하는 박 선생을 교장은 빙긋이 웃음을 지으며 내려다보았다.

"내게 선처를 바라는 겁니까?"

영문을 몰라 어리둥절해하는 박 선생에게 교장은 진지한 얼굴로 다가앉았다.

"나는 장사하던 사람이에요. 내게 이익이 되지 않는 일은 한 적이 없어요."

"내가 어떻게 하면 됩니까?"

"지금 실업과가 시대에 맞다고 봅니까? 상과 나온 아이를 기다리는 곳이 얼마나 될까요? 사무자동화과요? 그깟 워드나 엑셀 다루는 거는 인문과 애들도 다 하는 거지요. 우리 한번 솔직히 말해 봅시다. 그게 아이들 때문인지, 아니면 실업과 자격증을 가진 교사들 걱정 때문인지."

"그 문제와 정미 추천서는 별개라고 생각합니다."

"지난번 일로 학교가 얼마나 손해를 입었는지 아십니까? 교육감, 국회의원, 시장 만나고 다니고, 외부 기관에 용역까지 주어 가며 만든 일이 물거품이 되고 말았어요. 게다가 학교 꼴은 어떻게 되었겠습니까?"

교장은 한숨을 쉬며 창밖을 내다보았다.

"이사장님은 또 어떻게 생각하겠어요? 부끄러운 이야기입니다만 내 동생이 다시 들어서서 최 교장 같은 이에게 학교를 맡기게 된다면 선생님들이나 나나 좋을 게 뭐 있겠습니까?"

변은 혼란스러워졌다. 교장이 두 사람에게 속내를 드러내는 이유를 알지 못했다.

"내 생각은 엉망이 된 학교를 바로 세워 놓고, 어디 내놓아도 버젓한 학교로 만들어 놓고 싶다는 것뿐입니다. 그리고 두 분처럼 훌륭한 분들에게 학교를 맡기고 깨끗이 돌아갈 거예요. 난 기업하던 사람이지 교육자가 아니니까요. 전교조건 뭐건 나는 개의치 않습니다. 학교에 도움이 되는 것이라면 전교조보다 더 한 사람들과도 함께 일할 준비가 되어 있어요. 선생님들, 우리 함께 멋진 학교를 한번 만들어 봅시다. 좀 도와주세요."

어디선가 많이 들어 본 소리였다. 변은 그것이 이근호 교감의 입을 통해 들었던 이야기들과 잇닿아 있다는 사실을 뒤늦게 깨달았다.

"선생님들도 언제까지 평교사로만 머물러 있을 수는 없잖습니까?"

지금 교장은 거래를 하자고 하는 것이었다. 정미를 사이에 두고 흥정을 벌이고 있는 것이었다. 과연 그는 능숙한 장사꾼이었다. 인문계 전환이며, 교원 평가며, 일제고사며 그보다 더한 일들도 입을 다물라는 뜻이리라. 아니, 그런 일들을 앞에 나서서 해 나가는 염소가 되라는 것이리라. 변은 슬며시 박 선생을 훔쳐보았다. 선뜻 자리를 박차고 일어나지 못하고 있는 그의 얼굴에는 여러 생각들이 어지럽게 지나가고 있었다. 언젠가 그의 아내가 했다는 말이 어렴풋이 생각났다.

"이 선생도 교감이 되었다는데, 당신은 뭐예요? 노상 전교조다 뭐다 밤늦도록 쫓아다니고, 집의 애는 팽개쳐 두고 남의 집 나간 애들이나 찾으러 다니며 혼자 선생 하는 사람처럼 유난을 떨더니……. 하다못해 애들도 풀이 죽습디다. 머리는 벌써 허옇게 덮이는데, 허리 구부러진 뒤에도 분필 가루 손에 묻히고 들어오는 아버지를 애들이 뭐라 하겠어요? 그 잘난 전교존가 참 교육인가 하는 거 하느라고 남들 다 하는 교감, 교장 한 번 못 했다고 하면? 당신도 이제 속 좀 차려요, 제발."

요즘 들어 부쩍 밥상머리에 앉아 늘어놓는다던 아내의 원망 섞인 푸념이 그를 흔들고 있는 것일까. 교장실을 나서는 그들의 등 뒤에다 대고 교장이 잘 생각해 보라는 말을 건넸다. 잘 생각해 보라. 잘 생각해 보라.

퇴근길에 들른 호프집에서 박 선생은 한숨부터 쉬었다.

"하루 종일 생각했어."

"뭣을?"

"교장이 한 말들."

"되씹을 건덕지나 있는 겨?"

"고개만 끄덕인다면 정미 추천서는 몇 장이고 써 줬을 거야. 정미도 그걸 원할까?"

변은 거기까지는 생각을 해 보지 않았다. 교장이 말하는 것은 그 이상의 것이라고 그는 생각했다.

"그럴 줄두 모르지. 갸헌티 대학은 전부 아니겄어?"

"근데 왜 고개를 끄덕일 수가 없었을까?"

박 선생은 평소와 달리 술을 많이 마셨다.

"사실 나도 그러고 싶었거든. 근데 말야, 변 선생. 나도 고개를 끄덕이고 싶었는데, 뭐가 생각났는지 알아? 난데없이 이해창 선생이 생각나는 거야. 교문 앞에 우두커니 서서 운동장에서 뛰는 아이들을 바라보던……."
"그려, 이번 세상은 영 틀렸으니께 담 세상에는 교장 노릇 혀면서 편허게 살아 보셔."
몸을 가누지 못하는 박 선생을 부축해 술집을 나서며 변은 혼잣말처럼 중얼거렸다.

마감이 닷새 앞으로 다가오면서 박 선생은 초조함을 감추지 못했다. 대학 측에 사정을 해 보았지만 규정상 학교장 추천서는 필수적이라는 답변만 들었다. 그는 지푸라기라도 잡는 기분으로 백 선생에게 방도를 묻기도 했다.
"일단 지부에 보고를 해 보죠, 뭐."
"그래서?"
"교장이 감정적으로 아이에게 보복한 점을 문제 삼아야겠지요."
"그런다고 교장이 할까?"
"안 되면 언론에 터뜨려서 압박을 해야지요."
박 선생은 썩 내키지는 않았지만 달리 방도가 없던 터라 백 선생이 하자는 대로 고개를 끄덕일 수밖에 없었다.
사정을 전해 들은 지부에서는 그러잖아도 일부 학교에서 학교장 추천서를 둘러싸고 잡음이 끊이지 않고 있다며 이 기회에 비슷한 사례들을 모아서 교육감에게 근원적인 개선 방안을 마련하도록 강력하게 요구하겠다고 했다. 마감이 얼마 남지 않은 터라 박 선생은 마음이 급해졌다.

"얼마나 걸릴까?"

"아직 마감된 건 아니잖아요?"

"며칠 남긴 했지만……."

"기다려 보죠. 학교가 어떻게 나오나……."

백 선생은 아직 학교가 마감 기한을 넘긴 것이 아니니 현재로선 문제를 삼을 수가 없다며 느긋하기만 했다. 박 선생은 입장이 달랐다. 지부의 조치를 기다리다 못해 몇 번이나 백 선생에게 재촉하고 직접 지부에 전화도 넣었지만 그때마다 기다리라는 대답만 돌아왔다.

그런 가운데 정미가 부모 동의서와 서류를 들고 찾아왔다. 아직 속사정을 전혀 모르는 정미에게 무슨 말을 해야 할지 박 선생은 난감해했다. 그렇다고 언제까지 덮어 둘 수만도 없는 일인지라 변이 나서서 자초지종을 정미에게 전했다.

말뜻을 못 알아들은 듯 정미는 어리둥절한 표정을 지었다. 그러다가 추천서 없이는 원서 접수 자체가 불가능하다는 대학 측의 답변 내용을 전해 듣고는 교무실 바닥에 털썩 주저앉았다.

"이런 법이 어딨어요?"

박 선생은 정미에게 이리저리 방법을 찾아보고 있으니 너무 염려하지 말라고 달랬다. 그러나 장학금까지 주는 특별 전형의 기회는 흔하지 않았다. 어쩌면 정미가 대학에 들어갈 수 있는 유일한 방법인지도 몰랐다.

"참고루 허는 말인디, 이름난 배우 중에두 대학 안 나온 이두 많다는 거는 알구 있거라."

그 말에 정미는 눈물이 그렁그렁 고인 눈으로 변을 바라보며 이렇게 말했다.

"나처럼 꺼멓지는 않잖아요."

변은 그 대목에서 할 말이 없었다. 무어라 둘러대려고 했지만 목에 묵직한 돌멩이가 얹힌 것처럼 제대로 말이 나오지 않았다. 네가 좋아하는 인순이도 대학을 안 나왔잖느냐는 말이 머릿속을 맴돌았다. '그러니 오죽했겠어요? 난 그런 고생, 그런 멸시를 이겨 낼 자신도 없고, 설령 그렇게 해도 인순이 아줌마처럼 성공한다는 법도 없잖아요.' 눈물로 흐려진 정미의 눈은 그렇게 말을 하고 있었다.

박 선생은 제 돈으로라도 정미의 입학금을 마련해 보려는 듯했다. 그러나 한 번으로 될 일도 아닌 데다 아내 모르게 뭉텅이 돈을 빼내는 것도 쉬운 일이 아니었다. 여동생 일도 그렇고, 당장 요양 병원에 모신 어머니 병원비만으로도 그의 아내는 폭발 일보 직전이었다. 빤한 살림에 언제까지 들어갈지 모르는 입원비와 간병인 비용까지 마련하는 것만으로도 힘에 벅찰 일이었다. 어떻게든 지부가 나서서 문제를 해결해 주기를 기다릴 수밖에는 다른 방도가 없었다.

그러나 지부에선 마감 당일까지 본부에도 보고하여 근원적인 개선책을 강구하는 중이니 기다리라는 대답뿐이었다. 다급해진 마음에 박 선생은 이리저리 뛰어다녀 보았지만 결국 마감 시한을 넘기고 말았다.

  그날부터 정미는 학교에 나오지 않았다. 일주일째 정미의 자리는 빈 채로 남아 있었다. 정미네 집에 다녀온 연극부 아이들 말로는 온종일 방에 시체처럼 누워 있다고 했다. 정미가 다니는 교회 집사라는 분이 정미가 요즘 교회에도 나오지를 않는다며 무슨 일이 있는지 물으러 학교에 들렀다. 교회 유치부 선생으로 하루도 거르지 않고 교회에서 살다시피 하던 정미가 갑자기 발길을 끊고 찾아가도 만나 주지를 않는다는 것이었다.

🔔 아이가 없어졌다

그러던 어느 날, 학교 종이 사라졌다.

아침 여덟 시면 어김없이 울리던 학교 종이 잠잠해졌다. 종지기 노릇을 하는 종교 부장이 심각한 얼굴로 복도를 이리저리 뛰어다녔다.

"종이 없어졌대."

운동장에서 하는 전체 예배에도 울리던 그 종은 본관 꼭대기에 첨탑처럼 솟구친 종각에 매달려 있었다. 그리 크지는 않았지만 마이크 시설이 되어 있어 종소리는 학교 안팎은 물론 주변 아파트까지 퍼져 나가 이따금 민원이 들어오곤 했다.

종은 승명학원의 상징이었고, 이사장에게 각별한 것이었다. 이사장이 고향을 등지고 총알이 빗발치듯 쏟아지는 삼팔선을 넘을 때, 모든 것 다 버리고 오로지 그 종만을 품에 안고 왔다고 했다. 북에서 만석꾼 지주로 지내며 조부가 일제 관리 노릇까지 했다던 이사장네는 삼대에 걸친 독실한 기독교 집안으로 동네에 교회를 세우고 적잖은 돈을 대어 왔다고 했다. 해방이 되고서 북쪽에 들어선 김일성 정권이 친일 지주 세력이라며 토지를 압류하고, 교회까지 탄압하자 야밤에 교회 종을 떼어 남쪽으로 탈출했다는 것이다.

그 종 안쪽에는 이사장네가 세웠다는 교회 이름인 '반석'과 교회를 봉헌한 이사장의 부친 이름이 적혀 있다고 했다. 적어도 이사장에게 그 종은 빼앗긴 가문의 영화를 증명하는 것이며, 자신의 집안이 겪은 고초와 핍박을 증거하는 가보나 다름없었다. 학교를 새로 인수한 뒤 이사장이 가장 먼저 한 일이 그 종을 학교 옥상에다 매단 일이라고 했다. 한동안 아침저녁으로 하루 두 차례씩 대추나무를 깎아 만든 나무망치로 이사장이 직접 종을 쳤다고 한다. 그 종이 사라진 것이다.

종이 없어졌다는 소식을 들은 이사장이 허위허위 학교로 달려온 것은 이튿날 출근할 무렵이었다. 종각을 오르내리며 연신 '종간나' 소리를 되뇌던 이사장은 눈에 띄는 아무에게나 화부터 냈다.

"학교가 도둑놈의 새끼덜만 키웠구만."

"어디 훔쳐 갈 게 없어서 하나님 종을 떼어 가나."

그 곁을 따라다니는 교장도 어쩔 줄 모르며 허둥지둥했다. 들리는 말로는 종교 부장이 이사장에게 뺨까지 맞았다고 했다. 교장실로 불려 간 변은 종각 부근에서 얼씬거리던 아이들을 불러 일일이 조사를 하라는 지시를 받았다.
"종 찾을 때까지 수업이고 뭐고 다 집어치라우."
그런 이사장의 말에 학교는 오전 수업만 하고 오후 시간에는 담임이 들어가 종을 훔쳐 간 아이를 찾아내게 했다.
일주일이 지나도록 종은 찾을 수가 없었다.
학교에선 임시로 서울 기독교 백화점에 가서 비슷한 종을 사다 걸어 두었지만, 이사장이 당장 떼어 버리라고 호통을 치는 바람에 캐비닛에 넣어 두었다고 한다. 학교는 종 없이 하루를 시작했고, 전체 예배도 그렇게 적막 속에 시작되었다. 아이들은 선생들의 굳은 표정에 지레 겁을 먹고 수군거렸다. 경기가 나빠지면서 교문이나 철봉도 잘라다 팔아먹는 일이 잦아지면서 일단 외부인의 소행으로 의심되었지만 하필이면 학교 꼭대기에 매달린 종을 훔쳐 간 이유를 알 수 없었다. 야간 당직과 수위 김씨가 쫓겨날 것이라는 소문이 파다한 어느 날, 교감이 박 선생을 찾아왔다.
정미가 며칠째 결석을 하느냐고 물은 교감이 걱정스러운 얼굴로 박 선생을 바라보았다.
"아무래도 그 애 짓 같아요."
"그 애라니?"
"안정미요."
"정미?"

방 안에 누워 지낸다는 정미가 학교 종을 훔쳐 갔다는 사실을 변은 믿을 수가 없었다.

"걔는 학교도 나오지 않고 있는데?"

"시시티브이에 찍혔어요."

"시시티브이?"

"배낭에 뭔가를 담아 나오더군요."

"연극부실에 들렀겠지."

"경찰이 조사를 하니까 사실이 밝혀지겠지요."

"경찰?"

"교장이 절도 사건으로 신고했나 봐요."

변은 박 선생과 퇴근하자마자 정미네 집을 찾아갔다. 툇마루에 우두커니 앉아 술을 마시고 있던 정미 어머니가 그들을 보고 걱정스러운 얼굴로 말했다.

"뭘 물어볼 게 있다고 경찰이 데려갔어요."

정미 어머니가 일러 주는 대로 찾아간 지구대에선 정미가 절도 혐의로 경찰서로 넘어갔다고 했다. 아무래도 뭔가 사달이 났다는 생각에 변은 서둘러 경찰서로 달려갔다.

사무적인 태도로 무슨 관계냐고 묻던 담당 경관은 학생 부장이라는 말에 정미가 제 손으로 썼다는 자술서를 보여 주었다. 다섯 줄 정도로 짤막하게 쓴 자술서에는 정미가 지난 토요일 오후에 학교 종각에 들어가 종을 떼어 갔다는 사실이 본인의 손도장과 함께 적혀 있었다.

"일단 절도로 신고가 된 사건이지만, 뭐 큰돈 되는 물건도 아니고, 뭣보다 학생이니까……."

이제 정미는 어떻게 되느냐는 물음에 경찰은 대수롭지 않다는 투로 신고를 해 온 학교가 어떻게 결정하느냐에 달려 있다는 말을 전했다.

의자에 쪼그리고 앉아 있던 정미가 고개를 숙였다.

"워째 그랬댜?"

정미는 대답을 하지 않았다. 이제 와 그걸 물어 무슨 소용이 있을까 싶어 변은 더 이상 묻지 않았다. 경관에게 양해를 구해 면회소에서 식사를 시켜 먹였지만 정미는 한 숟갈 뜨다 말았다.

"먹어라. 대학은 어떻게든 선생님이 해 볼 테니까, 엉뚱한 생각 말고."

그 말에 정미는 처음으로 고개를 들고 박 선생을 바라보았다.

"내가 왜 종을 훔쳤는지 아세요?"

그가 무어라 대답을 하기도 전에 정미는 단호한 목소리로 말을 이었다.

"그딴 종을 아무리 울리면 뭐 해요. 전 이제 하나님을 믿지 않아요."

경관은 정미가 다른 건 다 순순히 밝히면서도 훔친 종을 어디에 감췄는지 입을 다물고 있다고 혀를 찼다.

"종을 찾아야 선처를 하든 말든 할 거 아닙니까."

선처를 바란다는 변의 말에 경관이 퉁명스레 내뱉었다. 정미를 붙들고 종의 행방을 물었지만 정미의 닫힌 입은 열리지를 않았다. 그들이 일어서서 밖으로 나올 때, 등 뒤에다 대고 정미가 지나가는 말처럼 한마디 했다.
"그 종은 다시는 울리지 못할 거예요."

정미는 박 선생을 비롯한 몇몇 선생들과 학부모들의 진정으로 선도 처분을 받고 풀려날 수 있었다. 집으로 돌아온 정미는 여전히 학교에 나오지를 않았다. 그러나 박 선생과 연극부 아이들이 돌아가며 집에 들러 타이른 끝에 학교에 나오게 되었다. 박 선생은 정미에게 전문대학에 수시 특별 전형으로 입학할 수 있다는 소식을 전해 주었다. 처음에는 집안 사정으로 시큰둥하던 정미도 입학금을 대학 측이 면제해 주기로 했다는 말에 금세 안색이 밝아졌다. 여전히 학교장 추천서는 제출해야 하지만, 지부가 학교 측에 정식으로 항의 문건을 내려보내기로 했다니 이번에는 교장도 반려하지 못할 것이었다.
"그러니 너도 교회 종을 돌려 주렴."
"생각해 볼게요."
그렇게 정미는 다시 학교로 돌아오게 되었다. 이십여 일 만이었다.
그런데 정미가 학교에 돌아온 날, 학교는 급히 선도 위원회를 열어 정미에게 퇴학 처분을 내렸다. 변이 어떻게든 막아 보려고 했지만 중과부적이었다. 뒤늦게 소식을 전해 들은 박 선생이 교장에게 항의를 해 보았지만 소용이 없었다. 경찰서에 구속시키지 않은 것만 해도 다행으로 여기라는 교장의 말에 그는 급기야 목소리를 높이고 말았다.

"미우나 고우나 우리 학생입니다. 우리는 교사구요. 걔를 가르친 것도 우리라구요."

"우리가 아니라 당신이겠지."

정미는 그렇게 학교에서 쫓겨났다. 대학 진학의 꿈도 그와 함께 사라졌다. 처음도 아니고, 두 번이나 눈앞에서 꿈이 무너지는 고통을 겪어야 하는 정미로서는 어떤 말도 위로될 수가 없었다. 어떻게든 정미를 구제해 보려고 동분서주하던 박 선생은 급기야 이사장을 찾아가 사정을 해 보았지만 별무소용이었다.

"박 선생은 도둑질이나 하는 애 걱정 말고 본인 걱정이나 하라우."

박 선생은 이사장의 빈정거리는 말만 잔뜩 듣고 돌아와야 했다.

그렇게 박 선생이 동분서주할 무렵, 아이들이 숨어서 담배라도 피울까 싶어 종각을 둘러보러 올라갔던 종교 부장이 정미를 발견했다. 종이 매달려 있던 종루에 퇴학당한 정미가 목을 맨 것을 보고 부리나케 병원으로 옮겼지만 이미 목숨이 끊어진 뒤라고 했다.

학운 위원장을 만나 정미를 구제하도록 손이 닳도록 사정을 하던 박 선생에게 연극부 지영이가 울면서 전화를 걸어 왔다.

정미가 죽었다는 말을 듣는 순간 박 선생은 그 자리에서 풀썩 주저앉고 말았다.

벌써 집으로 옮겼다는 말에 기지촌 골목에 있는 정미네 집으로 달려갔다.

"대체 이게 무슨 변이랴?"

달리는 차 안에서도 변은 여전히 이 모든 게 사실이 아니기를 빌었다. 드문드문 고인 물이 악취를 풍기며 썩어 가는 개울 가장이에 간신히 걸터앉은 정미네 블록 집 담 너머로 울음소리가 들려왔다. 정미 어머니였다. 정미 어머니에게서는 술 냄새가 진동했다.

"니년이나 내년이나 팔짜가 드러워서 그런 걸 어쩌니?"

마당에 주저앉아 하소연을 하다가도 벌떡 일어나 아무에게나 삿대질을 했다.

"아무리 생각해도 원통해, 억울해! 양갈보 딸이라구 대학두 못 가냐? 누군 이러구 싶어 이러구 사는 줄 알어?"

그녀와 눈이 마주친 변은 자신도 모르게 고개를 숙였다.

"당신, 선생이지? 그래, 우리 딸년이 뭘 잘못했다구 그 지랄들야? 말 좀 해 봐."

변에게 달려드는 걸 곁에 있던 재석이 엄마가 간신히 뜯어말렸다. 그녀는 이내 뒤로 까부라지며 울음을 터뜨렸다.

"손오브비치다, 씨발. 가뗌, 염병할 놈의 세상."

그녀가 내뱉는 욕설이 차라리 듣기 편했다. 장례식장도 못 간

채, 촛불을 켜 놓은 단칸방에는 환하게 웃고 있는 정미의 영정 사진만 덩그마니 걸려 있었다. 박 선생은 방 안으로 쓰러지듯 엎어졌다.

선생님, 제 꿈은 뮤지컬 배우예요. 예수님 이야기를 뮤지컬로 만들어 저처럼 아무것도 없는 사람들에게 보여 줄 거예요. 선생님, 하나님 믿으세요? 저는 믿어요. 왜냐면 그래야 나중에 예수님 만날 수 있으니까요. 나중에 하늘나라 가서 예수님을 만나면 꼭 묻고 싶은 게 있거든요. 왜 우리 엄마와 저를 이렇게 만들었는지 묻고 싶어요.

언젠가 정미가 박 선생에게 하던 말이었다. 그때만 해도 별 생각 없이 듣던 말이 가슴을 울리며 되살아났다.
장례를 마치는 동안 박 선생은 정미의 상가를 지켰다. 연극부 아이들이 제 집에서 음식거리도 장만해 오고 이리저리 심부름을 하며 일을 거들었다. 변은 교육청에 제출할 사고 보고서를 작성하느라 학교에 붙들려 있어야 했다.
발인하는 날, 정미를 태운 장의차가 학교에 들렀다. 교문은 굳게 잠겨 있었다. 수위 김씨가 난처한 얼굴로 고개를 가로저었다.
"수업에 방해된다고 교장 선생께서……."
정미 어머니가 울컥 울음을 터뜨렸다. 박 선생이 차에서 뛰어

내려 교문을 열려고 했지만 자물쇠가 채워진 교문은 꿈쩍도 하지 않았다. 수위들과 옥신각신하고 있는데 교감이 걸어왔다.

"열어 드려요."

"아니, 교장 선생님께서 절대로……."

"열쇠 이리 주세요."

찜찜한 얼굴로 김씨가 열쇠를 내밀자 교감이 직접 교문을 열어 주었다. 박 선생은 고맙다는 말도 하지 않았다. 장의차가 교문 안으로 들어서서 텅 빈 운동장을 천천히 한 바퀴 돌았다. 몇몇 아이들이 창밖으로 내다보았다. 수업 중이지만 이내 건물 창마다 아이들이 빼곡히 목을 내밀고 정미를 태운 장의차가 움직이는 걸 지켜보았다.

장의차가 이윽고 학교를 빠져나가자 아이들이 외치는 소리가 들려왔다.

"탄순아, 잘가! 정미야, 안녕!"

정미는 화장을 하여 학교가 바라보이는 야산에 뿌려졌다. 모처럼 맨정신으로 돌아온 정미 어머니가 떨리는 목소리로 중얼거렸다.

"뮤지컬 배운지 뭔지가 되겠다는 것도 다 이유가 있어요. 지가 유명한 배우가 되면 미국두 가고, 거기 가면 지 애비 만날 수 있다구……."

그렇게 정미는 떠나갔다.

종은 끝내 찾지 못했다. 종루에 정미가 목을 맨 뒤에도 학교는 종을 찾는 데에만 골몰했다. 운동장 어딘가에 묻혔다는 말에 전교생을 동원해 운동장을 파헤치기도 하고, 정미가 죽기 며칠 전에 강가에 앉아 노을을 바라보는 걸 보았다는 말에 잠수부들을 동원해 강바닥까지 뒤졌지만 잃어버린 종은 찾을 수가 없었다.

정신없이 지내다가 변은 모처럼 한가한 시간을 맞게 되었다. 연일 이런저런 보고서를 제출하라고 닦달을 하던 장학사들도 이제는 어지간히 물렸는지 조용했다. 죽은 아이도 안됐지만 산 학생 부장도 죽을 맛이었다. 의자 깊숙이 몸을 뉘고 잠깐 눈을 붙이려는데 인터폰이 울렸다. 교장이었다.

"차나 마시러 오시지요."

설마 이 와중에 영어 공부하자는 건 아닐 거라면서도 변은 불안하기만 했다.

"이번에 고생이 많았죠?"

교장이 몸소 차를 타서 내준다.

"마땅히 지가 헐 일인데유, 뭐."

"학생 부장 자리가 오죽 고달픈 곳입니까?"

"그렇지유, 뭐."

"경력도 적잖은데 좀 편한 자리로 옮길 때도 되지 않았나요? 언제까지 분필 가루 먹으며 수업할 수 있는 일도 아니고."

교장의 말에 변은 황감하여 차마 고개를 바로 들지 못했다.

"근데 변 부장도 전교조요?"
"아, 전교조라기보담두 건성으루 이름만 걸구 있을 뿐이쥬."
"이거 의욉니다. 변 부장처럼 둥글둥글허구 인간성 좋은 분이……."
아쉬움이 짙게 밴 교장의 얼굴을 살피며 변은 허겁지겁 손을 휘저었다.
"그거야 낼이래두 말끔하니 정리럴 헐 수 있는 일이쥬."
변은 자신이 교총 회원이기도 하며, 사람은 모름지기 강가의 자갈돌마냥 둥글둥글 모나지 않게 살아야 한다는 가친의 가르침을 실천하며 살고 있다고 장황스레 이야기를 늘어놓았다. 교장은 그때서야 흡족한 얼굴로 손을 내밀었다.
"잘해 봅시다."
변은 교장이 내미는 손을 부여잡고 넙죽 허리부터 꺾었다.

사흘 동안 연가를 내고 학교를 비웠던 박 선생은 일주일이 넘도록 집 안에 누워 지냈다. 교감이 가 보자는 말에 변은 하던 일을 놓아두고 따라나섰다. 부스스한 모습으로 자리에 누워 있던 박 선생을 보고 교감은 쓴웃음을 지었다. 그의 손에는 검은 비닐봉지에 담긴 소주병과 안주거리들이 들려 있었다.
"누구는 뼁이 치는데 팔자 좋게 웬 꾀병?"
"웬일이야?"
"지각 한 번 않던 양반이 무단결근이니 안 와 볼 수가 있어야지요."

그러고 보니 변은 박 선생이 지각이나 결근한 것을 본 적이 없었다. 변은 그와 함께한 날들을 더듬어 보았다. 이태 동안 잠시 머물려 했다던 박 선생의 교직 생활이 벌써 스무 몇 해를 넘고 있었다. 변은 새삼 지나온 세월의 무상함을 절감했다. 벌써 희끗희끗 서리가 내려앉은 그의 머리를 바라보며 변은 박 선생에게 아이들이 없었다면 어떻게 되었을까 생각해 보았다. 부질없는 물음이었다. 아이들이 없는 학교가 어디 있단 말인가.

"괜찮우?"

주섬주섬 술병을 꺼내 종이컵에 따라 주던 교감이 걱정스러운 표정을 지었다.

"어쩔 거요?"

"뭘?"

"학교 언제 나올 거냐구요?"

박 선생은 무언가 하려던 말을 이내 삼켜 버렸다.

"나도 선배 믿고 버티는 거요."

이맛살을 찌푸리며 소주잔을 비운 교감의 얼굴 위로 어두운 그림자가 스쳐 지나갔다. 술집 근처에만 가도 진저리를 치던 교감이었다.

"속 모르는 이들은 내가 교감, 교장 해 먹으려고 이 짓이라고 떠든다지요?"

교감이 곁에 있던 변을 힐끗 바라보며 지나가는 말처럼 물었다.

"학교에 뭔 일이 있는 거야?"

"서부 전선 이상 없다지요, 뭐. 상과 3학년 재적에서 한 명이 줄어든 것뿐, 뭐 별일이 있겠어요."

변은 그가 건네는 술잔을 받아 들었다. 끼니를 거른 빈속에 짜르르 술이 흘러 들어갔다.

"백 선생 혼자 물 만난 고기처럼 뛰어다닙디다."

장례식장에 들른 백 선생은 변이 보기에도 생기가 넘쳐 보였다. 마감을 눈앞에 두고 조급해하던 박 선생에게 기다려 보라고 하던 그 느긋함과는 대조적이었다.

"이번 일과 관련하여 교육감에게 강력하게 시정을 요구했답니다. 조만간 학교로 감사가 내려올 거예요. 제대로 걸린 거죠."

"아이가 없어졌어."

박 선생은 파르스름하니 피어오르는 향연만 바라보며 그 말만 되뇌었다. 보다못해 교감이 곁에서 한마디 건넸다.

"미안해요. 아직 내가 힘이 없어서……."

"그 힘이 언제 생기는데?"

"글쎄요. 한 발, 한 발 나가다 보면……."

"그새 아이들은 어떻게 되고?"

못 마시는 술을 연거푸 마신 교감의 얼굴이 홍당무처럼 붉어졌다.

"애들 잘못되는 게 어디 교감 잘못여?"

보고만 있던 변이 한마디 끼어들었다.

"전교조도 그래요. 비판만 하지 말고, 대안을 달라 이거예요. 우리 학교만 해도 많이 바뀌었잖아요. 조개탄 난로도 전기 난방으로 바꾸고, 교실마다 에어컨도 들여놓구요. 아이들 교복도 산뜻하니 바꾸어 놓았잖아요. 형도 내가 교감 자리에 앉은 게 감투 욕심 때문이라고 생각해요? 아니잖아요. 누군가 그 자리는 앉아야 하는 거고, 밖에서 비판만 할 게 아니라 안에 들어가 제대로 학교를 만들어 보자는 거 아닙니까? 내가 누구예요? 전교조 출신 교감이라구요. 얼마든지 귀 열어 놓고 듣겠다는 거고, 들어서 좋으면 뭐건 하겠다는 거 아닙니까?"

교감도 쌓인 게 많았던지 울컥 긴 말을 토해 냈다. 그런 교감의 얼굴에도 지친 기색이 역력했다. 새 교장을 움직여 학교를 바꾸어 보겠다던 일이 그의 생각대로 움직여지지 않는다는 것은 일찌감치 알고 있던 일이다. 새 교장은 이윤을 남기는 기업을 경영해 온 사람이었다. 그런 사람이 남이 시키는 대로 움직여 주리라고 기대하는 일 자체가 순진한 생각 아니겠는가.

"오래 있지 않을 거예요. 학교가 웬만큼 자리 잡으면 다시 평교사로 돌아갈 겁니다."

변은 그의 말이 사실일지도 모른다고 생각했다. 그에게 감투는 아무것도 아닐지도 몰랐다. 그보다는 그가 꿈꾸는 대로 학교를 움직이고, 만들어 보겠다는 생각. 그러나 그 생각이야말로 감투에 빠진 사람들보다 더 지나친 욕심이 아닐까.

"그러니까 형님들도 딴 생각 말고 저 좀 도와주세요. 뼈아픈 충고도 아끼지 말구요. 같이 한번 학교를 확 바꿔 보자구요."

"생각나? 이해창 선생 있을 때 말야. 1학년 담임 하면서 오토바이 타고 샛강으로 낚시 가던 거……."

뜬금없는 지난 이야기에 뜨악해하던 교감도 어렴풋한 기억을 되살리며 얼굴에 잔잔한 웃음을 살려 냈다.

"난 초임 때잖아요. 툭하면 애들 데리고 천렵 가고, 그때 이해창 선생님 집에서 고추장 퍼다가 매운탕 진짜 많이 끓여 먹었는데……. 저거 생각나요? 배구 그물 들고 세 반 애들 데리고 토끼 몰던 거? 그러고도 무슨 얘기가 그리 많았는지, 만날 붙어 다니면서 밤을 꼬박 새우고……. 집에서 안 쫓겨난 게 신기해요."

"그려, 학급 문집 만든다구 가리방 긁느라 온 방에 잉크 범벅이를 해 놔 하숙집서 쫓겨나게 맨든 것은 생각나지 않었지?"

오랜만에 세 사람은 지난 이야기로 시간 가는 줄을 몰랐다.

"낼이라두 나와. 앞자리가 비니까 허전혀서 못쓰겄어."

변의 말에 박 선생은 맥없이 웃으며 고개를 끄덕였다.

🔔 진리가 너희를 자유케 하리니

 이튿날, 박 선생은 학교에 나왔다. 여드레 만의 출근이었다. 조례를 마치고 들어온 그가 교장실에 다녀온다기에 인사나 하러 가는 줄 알았다. 담배 피는 아이들을 잡으러 화장실을 뒤지고 오니 잠깐 비웠던 교무실 안이 소란스러웠다.
 "모르셔요?"
 "뭘요?"
 "박 선생님 관두는 거."
 변은 뒷머리를 둔기로 한 대 얻어맞은 것 같았다. 자리에서 벌떡 일어나 박 선생을 찾아다녔지만 보이지 않았다. 한참을 헤매고 다니자니 종각이 있는 복도 끝에서 그가 걸어 내려오고 있었다.
 초췌한 그의 얼굴을 마주하니 막상 변은 무어라 말이 나오지 않았다.

"워쩐 일여?"

"너무 늦었지 뭐."

"늦다니?"

"첨부터 내 길이 아니었어."

"걷다 보면 다 길이지, 타구난 길이 따로 있는 뱁여?"

"부끄러워."

"쫓겨난 이두 교문 앞에서 며칠이구 버티구 섰던 거 벌써 잊었어? 심들어두 악착같이 버텨야 허는 거 아녀?"

"쫓겨나는 거보다 달아나는 게 더 부끄러워. 나는 실패한 교사야."

"지랄. 뉘는 성공혀서 버티구 있는 중 아나?"

변이 근 한 시간을 화도 내 가며 입씨름을 벌였지만 그의 마음은 이미 멀리 떠나 있었다. 박 선생이 사직서를 냈다는 소식은 금세 학교에 퍼져 나갔다. 담임 학급 아이들과 연극부 아이들이 그에게 달려왔다. 재석이 그를 부둥켜안고 가지 말라고 울먹였다.

"선생님 가시면 또 사고 칠 거예요. 가지 마세요."

박 선생은 아이들에게도 여전히 미안하다는 말만을 되뇔 뿐이었다. 아이들 곁을 떠나는 선생에게 무슨 변명이 남아 있겠느냐, 그저 감내하지 못하는 것만이 미안하고 부끄럽다고 했다.

짐 꾸리는 꼴이 보기 싫어 창밖만 내다보고 있자니, 백 선생이 조합원들과 찾아왔다.

"선생님이 왜 그만두세요. 그만두려면 교장이 그만둬야지."

"내 힘이 모자라서 중도에 도망치게 되었어."

"이제 학교는 빠져나갈 데가 없어요. 이번엔 필히 이길 수 있는 싸움이라구요. 그런데 왜 선생님이 물러서려는 거예요?"

"이기면 무슨 소용이겠어?"

"그래도 좀 크게 생각하세요. 정미 문제는 불행한 일이지만, 그 아이를 위해서도 이런 일이 다시 일어나지 않도록……."

"무슨 말인 줄은 알겠지만 나는 할 수가 없어."

"이번 싸움에 이겨야 정미의 희생이 헛되지 않을 겁니다."

"요즘 들어 교육이란 게 이기고 지는 싸움만은 아니라는 생각이 들어."

새 교사가 채용될 때까지는 근무를 하겠다는 박 선생의 말에 교장은 강사를 쓸 테니 걱정하지 말라고 했다. 박 선생은 배려에 고맙다고 인사를 한 뒤, 퇴직 서류들은 나중에 우송해 달라고 부탁했다. 교장은 곧바로 행정 실장을 불러 서둘러 처리하라고 지시했다.

전체 조회가 있는 날에 아이들과 인사를 나눌 기회를 주겠다는 교장의 배려도 고사한 채 박 선생은 서둘러 짐을 꾸렸다. 그는 학교에 잠시도 머물러 있을 수가 없어 보였다. 정미가 걷던 복도며, 그 아이가 앉았던 교실을 들여다보는 것만으로도 그는 힘겨워했다. 쫓기듯 캐비닛에 쌓여 있던 서류철과 책들을 정리

했다.

그는 캐비닛에 쌓아 두었던 온갖 서류들을 꺼내 파쇄기에 집어넣었다. 조각조각 찢기며 순식간에 사라지는 활자들과 온갖 통계 숫자들은 굉음을 울리며 돌아가는 기계에 맥없이 해체되었다. 스무 몇 해를 머문 교단의 짐은 달랑 가방 하나였다. 이제 캐비닛에는 해묵은 교무 수첩들만이 수북하니 쌓여 있었다. 잠시 머뭇거리던 박 선생은 스무 권이 넘는 교무 수첩들을 폐지함에 넣기 시작했다. 교무 수첩 하나가 바닥에 떨어지며 펼쳐졌다. 그걸 집어 든 변의 눈에 자잘한 메모 내용이 들어왔다.

영준이 가출. 오후 여섯 시에 역전에서 정민과 만나기로…….
5월 28일, 물청소 준비물 하이타이, 손걸레 준비…….

그리고 그 곁에는 이제 이름도 가물가물한 어린 제자들의 빛바랜 증명사진들이 가지런히 붙어 있었다. 그리고 수첩 갈피에서 무언가가 떨어졌다. 사진이었다. 소풍 가서 아이들과 어깨동무를 한 젊은 선생 하나가 환히 웃고 있었다. 그 사진을 들여다보던 변은 제 일처럼 코끝이 시큰해져 왔다. 박 선생은 폐지함에 던져 넣었던 교무 수첩을 다시 꺼내 가방에 차곡차곡 담고 있었다.

행정실에 들러 퇴직에 필요한 서류를 작성하고 절차를 다 마쳤을 때, 백 선생이 들렀다.

"난 그냥 맥없이 물러나진 않을 거예요."

"백 선생은 어떻게든 아이들 곁에 남아 있어야 해."

"그러는 선생님은요?"

"부끄럽지만 난 그런 선생이 못 되는구려."

분회에서 준비하겠다는 송별식 모임도 박 선생은 어디론가 여행을 떠날 예정이라며 사양했다.

"학교를 그만둬도 싸움을 잊지 마세요. 반드시 우리가 이길 겁니다. 파이팅!"

"백 선생, 그런데 우리가 원하는 것은 싸움이 아니라 아이들이라는 것을 싸우는 데 정신이 팔려 종종 잊어버리곤 했어. 백 선생은 그러지 않길 바라네."

사무실들을 돌아다니며 박 선생은 자리에 있는 선생들과 작별 인사를 나누었다. 모두들 아쉬워하면서도 수업 시간에 쫓겨 뿔뿔이 흩어졌다. 학급에 들어가 아이들에게 마지막 인사를 나눈 뒤, 짐을 챙겨 들고 나서는 박 선생을 변과 교감이 따라나섰다.

"형수하고는 상의한 일이유?"

짐을 대신 들며 교감이 걱정스러운 얼굴로 물었다. 박 선생은 건성으로 고개를 끄덕였다. 변은 그가 거짓말을 하고 있다는 걸 직감했다. 아내에게 무어라 그가 설명을 할 것인지 제 일처럼 걱정이 몰려왔다. 막상 박 선생의 얼굴은 평온하기만 했다. 하기야 세상은 어떻게든 살아가게 되어 있었다. 그런 걱정도 결국

다 지나가게 마련이었다. 세상은 그렇게 모두 지나가고 마는 것이다.

"나도 교감 그만두기로 했수."

"무슨 소리야?"

"선배가 백수 되는데 나도 평교사로 돌아가야지, 뭐. 우리가 그동안 목이 쉬게 외치던 교장 보직제에도 맞는 일이고."

"그간 애쓴 게 어딘데……."

"학교 한번 멋지게 만들어 보려고 했는데, 아무래도 역부족이네요."

서로 쳐다보며 허탈하게 웃음을 지을 뿐 따로 더 할 말이 없었다.

그만 들어가라고 교감을 돌려보내고, 박 선생은 학교를 조용히 둘러보았다. 어느 해 식목일엔가 아이들과 함께 심었던 살구나무는 벌써 아름드리 고목이 되어 있었다. 그의 반 아이가 거꾸로 매달렸다 떨어져 머리를 다친 철봉도 그 자리에 여전히 서 있고, 여름이면 아카시아 꽃이 하얗게 내려앉는 임간 교실의 돌 의자도 가지런하다. 그와 거기 앉아서 이런저런 이야기를 나누던 일이 생각나 박은 걸음을 멈추고 돌의자에 걸터앉았다.

"도종환 선생 시처럼 언제고 저 아카시아나무 밑에서 풍금 치며 애들하고 노래 부르고 싶었는데 못 하고 떠나고 마네."

"그러게 남아서 신물 나게 혀."

누군가 헐떡거리며 달려왔다. 박카스 선생이었다. 말을 못 하고 머뭇거리기만 하던 그는 이내 박 선생의 손을 덥석 움켜잡았다.

"미안해요."

"노 선생이 미안할 게 뭐가 있어요."

"사실은……. 하여간, 미안해요."

워낙 말수가 없는 그는 무언가 할 말이 있는 눈치였지만 쉽게 입을 열지 못했다. 박 선생은 가만히 웃으며 그가 잡은 손을 마주 흔들었다. 변은 그가 일제고사 거부하는 모임을 할 때 회의 내용을 학교 측에 일러바친 것을 알고 있었다. 술 문제로 학교 측에 사직을 강요받으면서 이런저런 궂은일을 하고 있다는 사실을 교감이 귀띔을 해 주었다.

"언제 술이나 한잔해요."

그 말에 노 선생은 웃는 것도 우는 것도 아닌 얼굴로 우두커니 바라다보았다.

교문을 나서는 박 선생의 등 뒤로 새로 구입한 종이 울렸다. 예배 시간을 알리는 종소리였다. 교실에서 몰려나온 아이들이 운동장에 줄을 맞춰 서는 모습이 멀찌감치 보였다. 웅웅거리며 울려 퍼지는 종소리를 듣는 그의 얼굴은 고통스럽게 일그러졌다. 어쩌면 그의 귀에는 그 소리가 정미의 울음소리로 들리는지도 몰랐다.

"근디 땡그랑 종은 어디루 갔을까?"

분위기를 바꾸려고 변이 꺼낸 말에 박 선생은 쓴웃음을 지었다.

"다시는 울리지 못할 거야."

"그렇겠지."

변은 박 선생이 정미가 했던 말을 되뇌고 있다는 걸 모르지 않았다. 확성기에서는 종소리에 이어 준비 찬송 소리가 울려 나오고 있었다.

전하고 기도해 매일 증인되리라
세상 모든 사람들 듣고 그 사랑 알도록

박 선생은 '진리가 너희를 자유케 하리라'는 경구가 적힌 교훈석 앞에서 걸음을 멈추었다.

"잘 있어."

"그려, 뭣보담두 건강 잘 챙겨."

박 선생의 얼굴 위로 쓸쓸한 웃음이 번져 나갔다. 머뭇거리던 그는 고개를 숙인 채 교문 밖으로 걸음을 떼었다. 변은 멀어져 가는 그의 뒷모습을 지켜보며 코끝이 매캐해졌다.

"저게 뭐여? 저러려구 이 길을 걸었단 말여?"

변은 자신만큼은 절대 저런 뒷모습을 보이지 않으리라 오지게 마음먹었다. 무슨 일이 있어도 정년을 채우고, 평생을 나라와 교육을 위해 어쩌고 하는 표창도 받고, 가슴에 훈장도 매달 것이다. 주머니에서 손수건을 꺼내 질척해지는 눈가를 힘주어

누르며 그는 서둘러 교장 만날 생각에 잠겼다. 비게 될 교감 자리에 자신이 물망에 올랐다는 언질을 출근길에 교목에게서 받았던 것이다. 때르르 울리며 걸려 온 손전화에 찍힌 교장 이름을 들여다보며 그는 회심의 웃음을 지었다. 그려, 살 사람은 살아야 허는 게 인생 아니던가. 인생은 다 갈 길이 따로 있는 뱁여. 그게 인간적인 세상이라고 변은 생각했다.
"아무리 등거죽을 떠밀어두 내는 찰싹 들러붙어 떨어지질 않을 겨."
그게 교사의 길이 아니겠는가.

작품 해설

열린 교육과 그 적들

홍기돈_가톨릭대학교 교수, 문학평론가

1. 누구를 위하여 종은 울리나

《종을 훔치다》는 종소리 이야기로 시작하여 그 종이 묘연하게 사라지는 데서 끝을 맺는 소설이다. 따라서 종의 의미를 파악해 나가는 일은 이 작품을 이해하는 한 가지 방편이 되겠다. 그러니 먼저 소설이 시작하는 장면부터 살펴보도록 하자. 첫 문장은 이러하다. "그려, 완전히 종 치고 만 거여."(11쪽) 수업 시작을 알리는 종이 울리자 전임 교장의 처지를 빗대 변주영 선생이 이죽거리는 소리이다. 전임 최 교장은 이사장의 차남에게 줄을 대서 학교를 쥐락펴락했던 인물. 그러했던 그가 학교 운영권이 이사장의 장남에게로 옮겨 가자 하루아침에 평교사로 내려앉아 운동장에서 흙먼지를 마시며 수업하는 처지로 전락하고 만 것이다. 아무리 견고한 일상도 체제가 전도될 때에는 내장하고 있던 한계와 모순을 적나라하게 드러내는 법이다. 예컨대 교사가 일 분이라도 늦게 수업에 들어가는 꼴을 참지 못해 쏟아내던 최 교장의 잔소리는 이제 자기 자신에게로 고스란히 되돌아가야 할 형편이 되고 말았다. 이 순간 최 교장의 간섭이 얼마나 시시콜콜한 것이었는가가 새삼 선명하게 불거진다.

일상에서의 자질구레한 규율 혹은 간섭이야 나름의 정당성에 근거하고 있다지만, 각종 편법과 권모술수를 동원하며 은폐해 왔던 "저 장터 뒷골목에서 은밀히 벌어지는 야바위판보다 더한 짓들"(106쪽)은 어떻게 해도 옹호해 낼 도리가 없다. "아이들 머릿수 장사부터 선생들을 채용하며 사례비 조로 뜯어먹는 것은 기본이고, 학원에 아이들을 보내 주고 두당 얼마씩 받아먹는 일까지 벌였다. 수학여행 여관 잡는 일부터 소풍 가는 놀이 공원에 이르기까지 우려낼 수 있는 곳은 빠뜨리지 않고 츕츕스럽게 해 먹었다."(106쪽) 뿐만 아니라 교육청 지원을 받게 되자 계절이 바뀔 때마다 크고 작은 공사를 벌였는데, 이는 "업자와 짜고서 공사비를 부풀려 지원금을 떼어먹는 수법"으로 "업자가 입을 열지 않는 한 그것은 입증할 수 없는 일이었다."(106쪽) 교사를 채용하면서 기부금을 요구하는 일도 벌어졌다. 이사장의 차남과 공모하여 벌인 이러한 일들이 이사장 귀에 흘러 들어간 까닭에 최 교장은 평교사로 내려앉게 된 것이다. 차남은 그렇게 해서 거둬들인 돈을 이사장 몰래 챙겨 오고 있었다.

'학교 종이 땡땡땡 어서 모이자'라는 노랫말에서도 알 수 있듯이 종소리는 시간의 훈육과 관련을 맺는 장치이다. 종소리가 울리면 수업이 시작되거나 끝나고, 학생들은 여기에 맞추어 모이거나 흩어지는 일을 당연한 사실로 체득하게 된다. '근대'라는 체제는 이렇게 시간을 체계적으로 분할하여 구성원들을 끼워 맞출 수 있을 때 원만하게 작동하기 시작한다. 그런 점에서 '한강의 기적'으로 상징되는 한국의 고도성장에서 학교교육이 담당한 역할은 적지 않았을 것이다. 하지만 이러한 성공이 병영국가兵營國家 시스템과 맞물리면서 가능했다는 사실을 놓치지 말아야 한다. 즉 '교편敎鞭'을 휘두르는 모습으로 상징되는 학교교육은 병영국가 시스템의 한 축으로 든든하게 기능해 왔다는 말이다. 그러니 교장이 제왕처럼 권력을 행사하는 학교 조직에서 군대 조직을 연상케 되는 것은 결코 우연이 아니다. 합리적인 대화보다 상명하복이 우선하는 두 조직은 애초부터 상동相同 관계에 놓여 있었던 것이다. 학교에서 '야바위판보다 더한 짓들'이 버젓이 벌어질 수 있는 데에는 이러한 권력 구조의 문제점이 크게 작용하고 있다. 고도성장의 뒷면에는 이러한 그림자가 우울하게 드리워져 있다. 그 그림자가 백일하에 드러난 순간 수업을 알리는 종소리가 마치 최 교장의 조종弔鐘 소리처럼 울리면서 소설은 시작하는 것이다.

"그러던 어느 날, 학교 종이 사라졌다."(252쪽) 새롭게 취임한 교장(이사장의 장남)의 농간으로 인해 대학 진학에 실패한 정미가 종을 탈취하여 어딘가에 숨겨 버린 것이다. 그리고 얼마 후 정미는 종이 매달려 있던 종루에 목을 매어 자살해 버렸다. 이로써 학교 종의 행방은 영원히 오리무중으로 빠져들게 되었다. 이때 관심을 끄는 사항은 정미가 학교 종과 자리를 대체하고 있다는 사실이다. 정미는 왜 하필 학교 종을 탈취하였으며, 다른 데도 아닌 종이 매달려 있던 그곳에 자신의 목을 매달았을까. 문면에 따르자면, 승명학원에서는 종이 상징하는 바가 각별했기 때문이다. "종은 승명학원의 상징이었고, 이사장에게 각별한 것이었다. 이사장이 고향을 등지고 총알이 빗발치듯 쏟아지는 삼팔선을 넘어올 때, 모든 것 다 버리고 오로지 그 종만을 품에 안고 왔다고 했다."(252쪽) 그러니까 학교에 반항하는 맥락에서 정미는 학교의 상징인 종을 폐기해 버렸고, 그 자리에 자신의 죽음을 대체함으로써 현재의 학교 현실이 자신을 죽음으로 몰아넣었다는 사실을 분명하게 상기시키고 있다는 것이다.

기실 종이라고 하면 맑은 소리가 사방으로 울려 퍼지듯이 천지 만물에 대한 애정을 넓고 둥글게 전파해 나가는 정신의 상징이다. 그렇지만 현재의 학교교육은 오히려 경쟁과 미움의 가치를 유포해 나가는 측면으로 많이 기울어 있고, 사립학교의 경우에는 문제가 한층 심각하다고 할 수 있다. 사립학교 이사장들은 대체로 교육기관의 공공성을 몰각하고 학교를 그저 영리 추구의 도구로 파악하는 실정이다. 그런 까닭에 부인이나 아들, 손자, 며느리 등을 학교 요직에 배치해 운영권을 장악하면서 조금의 부끄러움도 없다. 이러한 인식이 자연스럽게 통용되는 상황에서라면, 《종을 훔치다》에서 적절하게 그려졌듯이, 부패한 교장이 물러가고 새로운 교장이 들어온다고 해도 상황은 결코 개선되지 않는다. 학교 운영의 궁극적인 목표는 언제나 이윤 창출로 맞춰질 터이기 때문이다. 그런 맥락에서 바라보자면, 학교 종이 울리는 것은 학생을 위해서가 아니라고 말해야 할 것이다. 정미의 선택은 바로 이러한 관점에서 이해할 수 있다. 누구를 위하여 종은 울리나. 비정상적인 사립학교의 운영 체제가 견고함을 증명하기 위해서이다. 그 안에서 학생들의 영혼은 날로 말라 들어가고 있다. 정미의 자살은 그러한 경향이 빚어내는 결과의 한 가지 사례에 해당한다. 교육 현실을 이 이상 승인해서는 결국 파국으로 치달을 수밖에 없다는 사실, 이것이 정미의 자살을 통해 드러내고자 했던 작가의 전언이다.

2. 고리디우스의 매듭을 풀기 위한 첫 걸음

교육 문제란 본디 학교나 학원 등 어느 기관에 내맡겨서 해결할 수 있는 것이 아니다. 명문대에 입학하기 위한 노력을 교육이라는 용어로 치환할 수는 없기 때문이다. 그럼에도 불구하고 우리 사회에서는 입시 경쟁에 뛰어들어 발버둥 치는 일이 마치 교육의 본령인 듯 여겨지는 추세가 막강하다. 교장으로 취임한 이사장의 장남이 실업계를 없애겠노라며 당당하게 추진할 수 있는 배경에는 이러한 혼동이 개입해 있다. 경영학을 전공한 그는 인문계로의 전환이 더 많은 흑자로 이어지리라는 계산을 끝낸 상태이고, 공부를 잘하는 아이들의 부모들도 이를 원하고 있으며, 땅값이 오르기를 바라는 주민들 또한 이를 지지하고 있는 상황이다. 교장, 학부모, 지역이 하나로 뭉친 양상인데, 사회 풍토까지도 여기에 설득력을 더하는 방향으로 전개되고 있다. "지금 부기나 주판을 익히는 상과를 어디에 쓰겠습니까? 하다못해 마을 단위 농협에서도 인문계 졸업생을 데려다 쓰는 게 훨씬 낫다는 겁니다."(156쪽) 삼자의 이익이 만나는 지점에서 진정한 교육은 증발해 버리고 만다. 해당 학생, 관련 교사들과의 대화는 생략된 채 불도저가 밀고 나가듯이 모든 일들이 일방적으로 진행되어 버리는 것이다. '교육'이라는 허울을 둘러쓰고 사회 전반이 나서서 '교육 죽이기'에 나선 양상이라고나 할까. 교육 문제를 해결하려면 우리 사회의 전면적인 체질 개선이 동반되어야 하는 까닭은 여기에서 확인할 수 있다.

이렇게 난마처럼 얽힌 교육 문제를 풀어 나가기란 요원한 일에 가까울 수밖에 없다. 그래서 《종을 훔치다》에 등장하는 인물들은 정미로 대변되는 학생은 물론 교사들까지도 모두 패배자로 나타나고 있다. 적극적으로 학교 측과 맞섰던 이해창 선생은 파면되어 쫓겨나고 말았다. 전교조 활동을 전면에 나서서 했던 이근호 선생은 "밖에서 비판만 할 게 아니라 안에 들어가 제대로 학교를 만들어 보자는"(266쪽) 의도를 가지고 이사장의 장남에게 편승하여 교감으로 취임하였으나 결국 "학교 한번 멋지게 만들어 보려고 했는데, 아무래도 역부족이네요."(273쪽)라고 현실을 인정하기에 이른다. 현재 전교조 분회를 이끄는 백경훈 선생은 학생들의 상황 개선보다는 학교 당국과의 싸움을 우선하고 있으니 문제 파악과 해결 측면에서 뒤떨어진다고 할 수 있다. "원하는 것은 싸움이 아니라 아이들이라는 것을 싸우는 데 정신이 팔려 종종 잊어버리곤"(272쪽) 하는 부류의 전형으로 꼽을 만하다. 이들이 작품 전개에서 주변부를 차지하고 있다면, 중심부를 차지하는 박선호 선생과 변주영 선생의 실패는 교육 현실을 바라보는 작가의 의식을 파악하는 데 중요한 실마리를 제공한다.

먼저 주인공이라고 할 수 있는 박 선생을 보자. 현대 소설이 서사시가 아닌 다음에야 영웅을 주인공으로 내세워서는 곤란한 노릇이다. 내면의 갈등이 후경으로 밀려나고 세계와의 대결이 전면으로 드러나서는 모험담에 가까워지기 때문이다. 그럼에도 불구하고 항상 학생들을 믿고 그들과 함께하고자 하는 박 선생의 태도에서는 어느 정도 영웅의 풍모가 느껴진다. 작가는 왜 박 선생을 작품 전개의 중심에 배치할 수밖에 없었을까. 아마도 사립학교의 현실을 작가가 심각하게 우려한 데 따른 귀결일 터이다. 다시 말해서 후안무치한 일들이 거리낌 없이 반복되는 작태를 폭로하기 위하여 이러한 인물형을 중요하게 취할 수밖에 없었다는 것이다. 그런 까닭에 박 선생의 영웅적인 분위기는 한국 교육계의 후진성과 연동하여 불가피한 측면이 존재한다고 정리할 수 있겠다. 반면 박 선생에게서 연신 품어 나오는 긴장감을 상쇄하면서 생활인의 면모를 환기시키는 인물이 변 선생이다. 이러한 역할을 수행하기 위하여 변 선생은 소설 속에서 박 선생과 짝패처럼 붙어 다니며, 충청도 사투리를 구사하면서 비장한 대결 분위기의 이완에 기여하고 있다. 그러니까 박 선생과 변 선생을 입사 동기로 묶어 함께 내세운 설정은 작가의 균형 감각이 낳은 산물인 셈이다. 하지만 이들 역시 실패에 직면하고 만다. 정미의 자살로 실의에 빠진 박 선생은 학교에 사표를 제출하고, 변 선생은 교장이 내미는 달콤한 제안에 순순히 응하는 마지막 장면이 이를 보여 준다.

그렇다면 《종을 훔치다》는 결국 암담한 교육 현실의 무게를 환기시키는 데 머무르고 마는 것일까. 싸움이 아니라 아이를 원하는 사람이라면 이러한 물음이 얼마나 헛된 것인가를 능히 간파할 수 있으리라. 지금 우리는 학교 안에서 어떤 일이 벌어지는가에 대해서도 제대로 모르며, 그동안의 실패에서부터 무엇을 배울 것인가라는 자세조차 가다듬지 못하는 상태이다. 그러니 우선 《종을 훔치다》가 그려 내는 이 자리에서부터 첫걸음을 내디뎌야만 한다. 그리고 '1+1=?'과 같은 문제는 답변을 통해 물음이 지워지지만, 이와는 달리 어떤 문제는 답변 속에 뿌리를 내려 더 큰 물음으로 되돌아온다는 사실을 염두에 둘 필요가 있을 것이다. 가령 존재의 의미라든가 추상적인 가치를 가늠하는 물음들. 아마도 교육을 통한 성숙이란 이러한 물음과 뒤엉키면서 비로소 가능해지지 않을까 싶다. 인간의 영혼은 저울로 무게를 달 수 없으며, 교육은 영혼의 무게를 풍요롭게 일구어 가는 과정이어야 하기 때문이다.

우편엽서

보내는 사람

이름

주소

☐☐☐ - ☐☐☐

우편요금
수취인 후납 부담
발송 유효 기간
2011.11.15~2013.11.15
마포 우체국 승인
제40055호

받는 사람

서울시 마포구 서교동 449-6호 선사인빌딩 4층
(주)우리교육 검둥소 담당자 앞
전화 (02)3142-6770 팩스 (02)3142-8108
이메일 geomdungso@naver.com

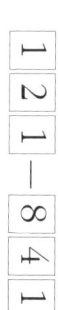

1 2 1 - 8 4 1

검둥소 독자 엽서

이 엽서를 보내 주시거나 우리교육 홈페이지(www.uriedu.co.kr)에 서평을 올려 주시면 고맙겠습니다. 이 엽서는 검둥소가 좋은 책을 만드는 데 많은 도움이 됩니다.

이름   전화번호
_____
이메일
_____
직업   성별
_____
이번에 사서 읽은 책 이름
_____
이 책을 산 서점   에 있는   서점
_____
이 책을 어떻게 사 보게 되었나요?

☐ 주위에서 권해서   ☐ 소개 기사를 보고(에 실린 글)

☐ 광고를 보고(에 실린 광고)   ☐ 출판사를 믿고

☐ 서점에서 책을 고르다가(표지/제목/내용)이 눈에 띄어서

☐ 지은이를 보고   ☐ 그 밖에

_____
이 책을 읽으신 느낌은?

• 내용에는: ☐ 만족 ☐ 보통 ☐ 불만   • 제목에는: ☐ 만족 ☐ 보통 ☐ 불만

• 표지에는: ☐ 만족 ☐ 보통 ☐ 불만   • 책값에는: ☐ 만족 ☐ 보통 ☐ 불만

검둥소에서 펴내기를 권하는 책 ? 검둥소에 하고 싶은 말

이 엽서를 보내 주시거나 우리교육 홈페이지에 서평을 올려 주시는 분들 중 다달이 10분을 추첨하여 검둥소 신간을 보내 드립니다.